프랭클린 자서전

Benjamin Franklin

프랭클린 자서전

벤자민 프랭클린 지음 I 이정임 옮김

한문화

꙳

왜 이 시대에 벤자민 프랭클린인가?

내가 벤자민 프랭클린에 대해 특별한 관심을 갖게 된 것은 3년 전, 힐링 다큐멘터리 〈체인지Change〉 시사회를 준비하면서였다. 미국 100개 도시를 순회하는 대장정이다 보니 그곳 현지인들과도 좀 더 가깝게 소통할 수 있는 뭔가가 필요했다. 그때 '번쩍' 하고 떠오른 인물이 벤자민 프랭클린이었다. 그는 미국 건국의 아버지로 불리며 100달러 지폐의 주인공이기도 하다.

벤자민 프랭클린은 열일곱 형제 중 열다섯 번째, 가난한 집안의 막내아들로 태어났다. 어려운 가정 형편으로 정규교육은 2년밖에 받지 못했고, 열 살 때부터 양초와 비누를 만드는 아버지 일을 도와야 했으며, 열두 살 때부터는 형의 인쇄소에서 견습공으로 일하며 일찍부터 사회에 첫 발을 내디뎠다. 열악한 환경에 고된 노동이었지만 오직 근면함과 성실함, 정직함으로 자기 앞에 주어진 일들을 누구보다 열심히 해냈다. 학교에서 못다 한 공부는 틈틈이 독서를 하며 보충했고 독학으로 스페인어, 프랑스어, 이탈리아어, 라틴어를 익혔으며 훗날 프랑스 대사로 활약하기도 했다.

그는 평생을 성실하고 근면하고 정직하게 살았으며 이웃들에게 친절했다. 또 현실에 안주하지 않고 자신을 발전시키려는 끊임없는 노력으로 많은 성공을 거두었다. 물론 이런 특징은 자수성가한 사람들에게 공통적으로 나타나는 요소이기도 하다. 그런데 프랭클린을 위대하게 만든 데는 좀 더 특별한 것이 있다. 바로 20대의 나이에 '인격완성'이라는 놀랍고도 원대한 삶의 목표를 세웠다는 점이다.

자칫하면 이상주의자의 꿈으로 그칠 수 있는 이 목표를 실현하기 위해 그는 아주 구체적인 실천 덕목 13가지를 정했다. '절제, 침묵, 질서, 결단, 절약, 근면, 진실, 정의, 중용, 청결, 평정, 순결, 겸손'이라는 덕목 실천표를 만들어 매일 그날에 행한 덕목을 점검하면서 잘못된 행동들은 인내심을 가지고 하나씩 교정해나갔다. 그런 끈기와 성실함으로 철저하게 자기관리를 한 덕분에 그는 가난한 집안의 보잘것없던 인쇄공에서 미국인들이 가장 존경하고 사랑하는 국부의 위치로 올라설 수 있었다.

그토록 간절히 도달하고 싶었던 '인격완성'의 꿈은 그를 진정한 거인으로 만들었다. 처음부터 정치인이나 외교관, 발명가가 되겠다는 목표는 없었지만 누구보다도 존경받는 정치인으로, 외교관으로, 출판인으로, 저술가로, 발명가로, 과학자로 다양한 영역에서 최고의 위치까지 오르며 놀라운 업적을 남겼다.

피뢰침, 다초점렌즈, 프랭클린 스토브 등 실용적인 발명품을 만들어 많은 사람들의 생활을 편리하게 만들었고, 프랑스와의 동맹을 이끌어내 영국과의 독립전쟁에 기여했으며, 미국 독립혁명의 주역 중 한 사람으로 미국독립선언문 작성에 참여하기도 했다. 그리고 자신이 살고 있는 도시를 살기 좋은 곳으로 만들기 위한 공익활동에도 앞장섰다. 미국 최초의 공공도서관을 설립했으며, 우편제도 개혁, 소방대 창설, 도로 포장, 거리청소 등 수많은 공공사업을 추진했고, 대학 및 병원을 설립하는 일에도 참여했다.

그는 어머니에게 보낸 편지에서 자신이 이렇게 많은 시간을 공익사업에 바치는 이유가 '후세 사람들에게 부자로 살다 죽었다는 말보다 가치 있는 삶을 살았다는 말을 듣고 싶어서'라고 했다. 바로 이런 점이 200년도 더 된 그를 잊지 못하고 다시 되새기게 만드는 이유이다.

그는 정말 자신이 목표한 삶을 살았다. 부와 명예를 얻은 뒤에도 교만하지 않았고 죽을 때까지 삶에 대한 성실한 태도와 겸손함을 잃지 않았다. 자신의 묘비에는 간단히 '인쇄공 프랭클린'이라고만 쓰게 할 정도로 마지막까지 허영심과 자만심을 경계했으며 자신의 전 생애를 통해 우리에게 과연 어떻게 사는 것이 올바른 길인지를 보여주었다.

역사학자인 로잘린드 레머는 프랭클린의 인생 자체에 놀라움을 나타내며 "그가 남긴 가장 위대한 발명품은 바로 그 자신이었다"고 말한 바 있다. 실제로 인간은 스스로 목표를 정하고 자기계발을 하면 누구나 건강하고 행복한 삶을 살 수 있다. 뿐만 아니라 얼마든지 더 위대해질 수도 있다. 나는 지난 30여 년간 이것을 역설하며, 구체적인 방법으로 뇌를 잘 활용할 수 있는 뇌운영 프로그램인 보스(BOS : Brain Operating System)를 창안해서 전 세계에 보급해오고 있는데 벤자민 프랭클린의 인생이야말로 보스를 설명할 수 있는 가장 대표적인 사례이다. 그래서 나는 작년에 그의 이름을 딴 '벤자민인성영재학교'를 설립하기도 했다.

그동안은 수학영재나 과학영재가 각광을 받았지만 앞으로는 '인성영재'의 시대가 올 것이다. 공부도 잘하고 머리도 좋은데 인성이나 도덕성이 떨어져 주변에 피해를 주는 일이 얼마나 많은가. 좀 모자란 범죄자는 주변 몇 명만 괴롭히지만 똑똑한 범죄자는 사회 전체에 아니, 인류사에 엄청난 해악을 끼쳤다는 사실을 간과해서는 안 된다.

교육에도 순서가 중요하다. 재능이나 능력을 키우기 전에 인성을 기르는 게 먼저다. 인성교육은 출세나 직업선택을 위한 지식이나 기술교육과 달리 모든 교육의 근원이 되는 뿌리교육이다.

인성영재란 자기 안의 밝은 양심에 따라 행동하며, 삶의 목적을 '인격의 완성'에 두고 홍익의 가치실현과 자기계발을 위해 자신의 삶을 독립적이고 창조적으로 설계할 줄 아는 인재를 말한다. 인성영재의 또 다른 표현은 대한민국의 교육이념인 '홍익인간'이다. 홍익인간은 자기 자신이나 가족, 자기가 속한 작은 공동체만 생각하지 않고 지구까지 생각할 줄 아는 큰 사람이다. 이런 사람은 당연히 널리 인간과 세상을 이롭게 하려는 홍익정신을 갖게 된다. 또한 아주 자연스럽게 사회와 지구를 치유하는 일에 앞장서게 된다.

지금 우리는 물질문명의 한계에 와있다. 많은 사람들이 더 빨리, 더 많이 성취하기 위해 무한경쟁시스템 속에 내몰리며 자기 가치를 잃어가고 있다. 특히 성적이나 성공을 최우선으로 하는 학교교육은 학생들에게 자신감이나 자존감을 심어주기보다 좌절감과 패배감을 안겨주는 데 일조하고 있다. 우리는 여기에 제동을 걸어야 한다.

나의 교육적 이상인 홍익인간을 배출할 벤자민인성영재학교는 올해 첫 졸업생과 2기 입학생을 맞았다. 입학생들은 1년간 학교나 교실이 아닌 세상을 학교로 삼아 자기 스스로 원하는 것을 선택하고, 목표를 세우고, 책임을 지는 과정을 통해 자기 삶의 진정한 주인으로 성장하게 된다. 가장 감동적인 순간은 소극적이고 주눅이 들어있던 학생들이 자기 가치를 발견하면서 놀라운 속도로 성장하고 변화해가는 모습을 지켜볼 때다. 나는 그들에게서 대한민국의 희망을, 아니 인류의 희망을 본다.

두뇌활용이 기술인 것처럼 인격완성도 하나의 기술이다. 벤자민 프랭클린을 통해서도 알 수 있듯이, 인간은 하나의 직업이나 하나의 인격으로 고정된 존재가 아니라 끊임없이 자신을 창조하며 새롭게 만들어갈 수 있는 무한한 가능성의 존재이다.

최고의 자기계발은 인격완성이라는 큰 목표 속에서 이뤄진다. 인격완성은 죽을 때까지 해야 한다. 인격완성에는 졸업이 없다. 건강하고 행복한 삶을 원한다면, 정말 자기 인생의 주인이 되는 삶을 살고 싶다면 이 자서전을 꼭 일독해보기를 권한다. 그래서 벤자민 프랭클린이 한 것처럼 인격완성을 목표로 시간과 공간의 주인으로, 모든 환경을 자신이 원하는 대로 디자인하며, 자신의 가능성을 마음껏 실험하며 살 수 있기를 희망한다.

벤자민인성영재학교 설립자, 글로벌사이버대학교 총장

일지 이승헌

차 례

-->))(((--

3부 ● 성공의 길, 공익의 길

일러두기

1. 이 책은 존 비글로가 편집한 《프랭클린 자서전》을 원문으로 번역
   한 것입니다.
2. 프랭클린은 1771년에 자서전을 쓰기 시작하여 세상을 떠나기 반
   년 전인 1789년까지 19년 동안 집필을 계속했습니다. 바쁜 와중
   에도 시간을 쪼개 귀중한 자서전을 써냈는데 애석하게도 가장 왕
   성한 활동기인 만년 30년 동안의 일은 기록되어 있지 않습니다.
3. [ ] 표시를 한 부분은 옮긴이 주입니다.

The Autobiography of
Benjamin Franklin

1부

사랑하는 나의 아들,
윌리엄 프랭클린에게

1771년 세인트 아사프 교구의 트위포드에서

"누군가 내게 똑같은 삶을

다시 살 수 있는 기회가 주어진다면

어떻게 하겠냐고 물었다. 그때마다 나는

기꺼이 그러겠노라고 대답했다."

프랭클린 가문의 사람들

사랑하는 아들에게

나는 예전부터 선조들의 일화를 수집하는 것을 즐겼단다. 우리가 함께 영국에 갔을 때 내가 그곳 친척들에게 이런저런 이야기들을 물어보았던 것을 너도 기억할 게다. 사실 그 여행도 그런 연유로 갔던 거란다. 내가 그랬던 것처럼 너도 아버지가 어떻게 살아왔는지 알고 싶을 거라고 생각한다. 내 삶에 대해서 거의 모르고 있을 테니 말이다. 마침 일주일간 시골에서 한가롭게 지낼 수 있는 시간이 생겨서 너를 위해 이 글을 쓰기로 했다. 물론 글을 쓰고 싶은 또 다른 이유도 있다.

나는 가난하고 이름 없는 집안에서 나고 자랐다. 하지만 지금은 행복을 누리며 풍족하게 살고 있고 세상에 어느 정도 이름도 알렸다. 하나님의 축복 덕분에 이룬 성공이지만, 나의 후손들에게 내가 성공에 이르게 된 방법을 알려주고 싶구나. 내가 들려주는 이야기를 듣고 각자의 처지에 맞는 방법을 선택해서 따라준다면 좋겠다.

돌이켜보면 나는 더없이 행복한 삶을 누려온 것 같다. 그래서 누군

15

가 내게 지나온 삶을 똑같이 다시 살 수 있는 기회가 주어진다면 어떻게 하겠느냐고 물어볼 때마다 기꺼이 그렇게 하겠다고 대답했다. 단 작가들이 초판에서 한 실수를 개정판에서 바로잡듯 나 역시 잘못을 바로잡을 수 있으면 좋겠구나. 잘못을 바로잡는 것과 함께 내 삶에서 일어났던 불행한 사건이나 사고들을 좀더 좋은 일들로 바꿀 수만 있다면 더 바랄 것이 없겠지. 설사 이것이 불가능하다 하더라도 다시 살아보고 싶은 마음에는 변함이 없다. 하지만 인생을 다시 산다는 건 애당초 불가능한 일이니 살아온 길을 되돌아보고 영원히 남을 기록으로 남기는 것이 그 못지않게 의미 있는 일이 될 것이다.

살면서 겪은 여러 가지 일들을 시시콜콜 늘어놓는 것을 좋아하는 여느 노인들처럼 나도 그런 마음이 생긴다. 하지만 늙은이를 공경하는 차원에서 억지로 내 얘기를 듣는 것은 바라지 않는다. 이렇게 글로 남기면 읽든 말든 마음대로 할 수 있을 것이다. 그리고 마지막으로 한마디만 더 하자면(내가 아니라고 해도 아무도 믿지 않을 테니 차라리 짚고 넘어가는 게 좋겠다) 어쩌면 나는 내 자만심을 만족시키기 위해 이 글을 쓰는지도 모르겠다. "절대 자랑하려고 하는 말은 아닌데"라는 얘기 뒤에는 으레 우쭐대는 말이 나오기 마련이다.

대부분의 사람들은 자기는 자만심을 갖고 있으면서도 다른 사람의 자만심을 참지 못한다. 하지만 자만심이 그것을 가진 사람이나 그의 주변 사람들에게 대체로 생산적으로 작용한다는 것을 확신하므로 나는 자만심을 가진 사람을 편견 없이 대하려고 한다. 그래서 어떤 사람이 자만심을 내려준 하나님께 감사한다고 해도 어리석다고 생각하지

매사추세츠 주 보스턴에 있는 프랭클린의 생가.

는 않을 것이다.

이제 하나님께 감사하다는 말을 해야겠다. 내가 행복한 삶을 꾸려 온 것도, 나를 성공으로 이끈 것도 모두 그분의 너그러운 섭리가 있었기 때문임을 겸허히 고백하려고 한다. 이러한 확신은 나를 희망으로 이끌어준다. 단정 지을 수는 없지만 내가 언제나 행복하게 살아가고, 다른 사람들이 그랬던 것처럼 역경을 이겨낼 수 있도록 내게 한결같은 축복을 베풀어주실 거라고 믿는다. 내 앞날의 운명은 하나님만이 알고 계시며 그 권능 안에서 우리에게 축복을 내리시고 고통 또한 주시는 것이다.

나처럼 가문의 일화를 수집하는 일에 흥미가 있는 아저씨 한 분이 내게 기록을 넘겨주셨는데, 그 기록에서 우리 선조들과 관련된 몇 가지 사실을 알 수 있었다. 그 기록에 따르면 우리 집안은 적어도 300년 동안 노샘프턴셔 지방의 엑턴이라는 마을에서 살았다. 언제부터 살았는지는 그 아저씨도 몰랐다. 아마도 나라 전체에서 사람들이 성을 사용하기 시작하면서 이전까지는 계급을 나타내던 프랭클린이 성으로 쓰이게 된 그때부터일 수도 있다.

어쨌든 우리 집안은 30에이커 정도의 자유 토지를 보유했으며 대장간 일도 함께 했는데, 대장간 일은 아저씨 시대까지 이어졌고, 언제나 장남에게 대물림되었다. 그래서 아저씨와 나의 아버지도 풍속에 따라 장남에게 물려주었다. 엑턴에서 호적부를 조사해보니 출생, 결혼, 사망에 대한 기록은 1555년 이후의 것만 있고, 그 이전 기록은 남아 있지 않았다. 그 호적부를 보고 내가 5대에 걸친 막내아들 집안의 막내아들의 후손임을 알았다. 나의 할아버지 토머스는 1598년에 태어났고 나이가 들어서 더 이상 일을 할 수 없을 때까지 엑턴에서 살았다. 그 후에는 옥스퍼드셔의 밴버리에서 염색 일을 하던 아들 존의 집에서 지냈다. 나의 아버지도 거기서 염색 일을 배웠다. 할아버지는 그곳에서 돌아가시고 묻혔다. 1758년에 우리 둘이 할아버지 묘비를 함께 본 적이 있었지.

할아버지의 장남인 토머스는 엑턴에 있는 집에서 살았고, 후에 웰링버러의 피셔 집안으로 시집간 외동딸에게 집과 토지를 물려주었는데 그들은 지금의 영주인 이스테드 씨에게 그 재산을 팔았다. 나의 할아버지는 토머스, 존, 벤자민, 조사이어, 이렇게 네 아들을 두었다. 자료를 두고 오는 바람에 내가 알고 있는 얘기밖에 해줄 수가 없구나. 내가 없는 동안 그 기록들이 분실되지 않고 남아 있으면 네가 나중에 더 자세하게 알아보도록 해라.

먼저 토머스 삼촌은 할아버지 밑에서 대장간 일을 배웠다. 하지만 머리가 영리해서 당시 그 교구의 유지였던 파머 씨의 도움으로 공부를 할 수 있었고(그 형제분들이 다 그랬다고 한다) 마침내 공증인 자격까지 얻었다. 그러고는 그 지방의 유력 인사가 되었고, 노샘프턴 주와 엑턴을 위한 공공사업에 적극적으로 앞장섰으며, 핼리팩스 경의 눈에 띄어 후원까지 받았다고 한다. 그 분은 내가 태어나기 꼭 4년 전인 1702년 음력으로 1월 6일에 돌아가셨다. 엑턴에 사는 어르신들한테 그분의 생애와 성품에 대해 듣고는 기막힐 정도로 나와 비슷한 면이 많아서 네가 깜짝 놀랐던 일이 기억난다. 그때 너는 이렇게 말했지.

"만약에 아버지가 큰할아버지 돌아가신 날에 태어났다면, 모두 아버지가 큰할아버지의 환생이라고 했을 거예요."

둘째 존 삼촌은 염색 일을 배웠는데, 아마도 모직물을 다루었던 것 같다. 셋째 벤자민 삼촌은 런던에서 견습공으로 일하면서 견직물 염색을 배웠다. 존 삼촌은 재능이 많은 분이었다. 어렸을 때 존 삼촌이 보스턴 우리 집에서 몇 년간 함께 살았기 때문에 그 분에 대해서는 잘 알고 있다. 벤자민 삼촌은 아주 장수했고, 그 분의 손자 새뮤얼 프랭클린은 지금 보스턴에 살고 있다. 벤자민 삼촌은 이따금 시를 써서 친구나 친척들에게 보내곤 했는데 4절판으로 된 원고 두 권이 남아 있다. 그 중 내게 보내준 시를 다음에 적어본다(원고 여백에 '여기에 삽입할 것'이라고 적어놓았지만 실제로 시가 인용되어 있지는 않다. 스파크스 씨에 따르면 원고는 저자의 증손녀로 보스턴에 살고 있는 이먼스 부인이 가지고 있다고 한다.《프랭클린의 인생 Life of Franklin》, 6쪽).

벤자민 삼촌은 직접 고안한 속기술을 내게 가르쳐주었는데 연습을 하지 않아서 지금은 다 잊어버렸다. 내 이름을 삼촌의 이름을 따서 지을 만큼 벤자민 삼촌과 아버지의 우애는 각별했다. 벤자민 삼촌은 신앙심이 깊어서 명망 있는 목사의 설교에는 빠짐없이 참석해 속기한 뒤 설교집을 몇 권 만들기도 했다. 또 정치에도 지나칠 정도로 관심이 많은 분이셨다. 얼마 전에 런던에서 벤자민 삼촌이 1641년부터 1717년까지 만든 공공 문제 관련 주요 소책자를 구할 수 있었다. 매겨진 번호로 보면 빠진 것이 많지만, 그래도 2절판이 8권, 4절판과 10절판이 24권이나 되었다. 내가 가끔씩 들르던 헌책방 주인이 우연히 발견하고는

프랭클린의 아들이자 뉴저지 주지사인 윌리엄 프랭클린.

내게 보내준 것이다. 벤자민 삼촌이 아메리카로 가면서 두고 간 모양인데, 그렇게 따지면 50년도 더 된 것들이다. 소책자의 여백에는 삼촌의 메모가 잔뜩 달려 있다.

이름도 없었던 우리 가문은 일찍부터 종교개혁에 참여했고 메리여왕 치세 동안 개신교로 일관했다. 그때 로마 가톨릭에 격렬하게 반항하는 바람에 위험에 처하기도 했다. 우리 가족은 영어 성경을 갖고 있었는데 안전하게 숨겨두기 위해 조립식 의자의 뚜껑 안에 성서를 펼쳐서 끈으로 묶어두었다고 한다.

고조할아버지가 가족들에게 성서를 읽어줄 때면 무릎 위에 그 의자를 거꾸로 놓고 그 끈 밑으로 책장을 넘겼단다. 그동안에 아이들 중 하나가 문간에 서서 종교재판소의 관리가 오는지 살폈고, 관리가 들이닥칠 때는 의자를 다시 뒤집어놓았다. 그러면 성경은 원래대로 의자 밑에 감쪽같이 감추어졌다. 벤자민 삼촌에게 들은 얘기다. 찰스 2세의 치세가 끝날 무렵에 우리 가족은 모두 영국 국교도가 되어 있었다. 당시 영국 국교로의 개종을 거부해 파면당한 성직자 몇 명이 노샘프턴셔에서 비밀 예배 모임을 열었는데 벤자민 삼촌과 나의 아버지 조사이어는 거기에 참석했다. 두 분은 영국 국교도로 남은 다른 가족들과 달리 일생 동안 신념을 버리지 않았다.

나의 아버지 조사이어는 일찍 결혼해서, 1682년경에 아내와 세 아이를 데리고 뉴잉글랜드로 이주했다. 당시 영국에서는 비국교도의 비밀 예배가 법으로 금지되어 있었기 때문에 방해를 받는 일이 많았다. 그 때문에 아버지의 지인들 중 상당수가 종교의 자유를 찾아 그곳으로 떠났고, 아버지도 그분들의 설득에 결국 그곳으로 가기로 결정한 것이다. 그곳에서 아버지는 첫 아내에게서 자식 넷을 더 두었고, 둘째 아내에게서 열 명의 자식을 두어서 모두 열일곱 명의 자식을 두게 되었다. 언젠가 모두 장성해서 각자 가정을 꾸린 열세 명의 자식들이 아버지와 함께 식탁에 둘러앉았던 기억이 난다.

나는 뉴잉글랜드의 보스턴에서 열다섯째 아들로 태어났다. 밑으로 여동생 둘이 있었다. 후처인 내 어머니 어바이어 폴저는 뉴잉글랜드 초기 이민자였던 피터 폴저의 딸이었다. 코튼 매더는 《아메리카에서의 그리스도의 업적》이라는 뉴잉글랜드 교회사에서 피터 폴저를, 내 기억이 맞다면 '신앙심이 깊고 학식 있는 영국인'이라며 경의를 표했다. 외할아버지는 이런저런 짤막한 글들을 많이 쓰셨다고 들었는데 출판된 것은 단 한 편뿐이었다. 오래 전에 나도 그것을 읽은 기억이 있다. 1675년에 쓰신 글인데, 당시의 시대상과 사람들에 대한 것으로 그곳의 정부 관계자들에게 보내는 소박한 시였다.

그 시에서 할아버지는 양심의 자유를 지지하고 침례교나 퀘이커교도 그리고 박해받는 여러 교파들을 두둔하며 인디언과의 전쟁이나 나라에 닥친 여러 재난들이 다 이런 박해의 탓이라고 주장했다. 그리고 극악무도한 죄를 벌하시는 하나님의 심판을 받은 것이니 자비롭지 못한 법을 당장 폐지해야 한다고 호소했다. 그 시에서는 품위 있는 당당함과 남자다운 솔직함이 느껴졌다. 처음 두 연은 잊어버렸지만 나머지 여섯 줄은 기억하고 있다. 이 시의 요점은 자신의 책망이 선의에서 나온 것이므로 당당히 자신의 이름을 밝히겠다는 것이다.

비방자가 되는 것은

정말 싫으니

내가 살고 있는 셔번 마을에서

내 이름을 밝힌다.

악의 없는, 그대의 진정한 친구

그 이름은 피터 폴저

소년 시절

형들은 모두 견습공 생활을 하면서 제각기 다른 기술을 배웠다. 하지만 나는 교회에 십일조를 헌납하듯 아들 하나를 바치고 싶어 했던 아버지의 뜻에 따라 여덟 살 때 라틴어 학교에 들어갔다. 나는 아주 어릴 적부터 글을 읽기 시작했고(글을 읽지 못했던 시절이 기억나지 않는 걸 보면 아주 어렸을 때부터였겠지), 아버지 친구분들 모두 내가 틀림없이 훌륭한 학자가 될 거라고 했기 때문에 아버지는 나를 선택했던 것이다. 벤자민 삼촌도 아버지 의견에 찬성하면서 속기로 써둔 설교집을 내게 주겠다고 했다. 내가 그 설교집의 내용을 익혀두면 든든한 재산이 될 거라고 생각했던 것 같다.

그러나 나는 라틴어 학교를 1년도 채 다니지 못했다. 학교에 다니는 동안 나는 반의 중간에서 일등이 되었고, 그 덕분에 월반을 했으며, 그해 말에는 두 학년이나 월반을 할 수 있었다. 하지만 워낙 대가족이라 식구를 먹여살리기도 버거웠던 아버지에게 대학 학비는 부담이었고, 또 교육을 많이 받은 사람들이 그렇게 잘 살지는 못한다는 사실(내가 듣는 자리에서 아버지가 친구분들에게 둘러댄 이유였다) 때문이었다.

그래서 아버지는 나를 라틴어 학교에서 자퇴시키고 작문과 산수를 가르치는 학교로 보냈다. 그 학교는 조지 브라우넬이라는 유명한 사람이 운영하고 있었다. 그는 온화하면서도 학생들의 사기를 높여주는 교육 방식으로 큰 성공을 거둔 사람이었다. 그의 교육 덕분에 입학한 지 얼마 지나지 않아 내 글쓰기 실력은 꽤 괜찮아졌지만 웬일인지 계산 실력은 도통 늘지 않았다. 열 살이 되어서는 그 학교마저 그만두고 아버지의 일을 돕기 위해 집으로 돌아왔다.

아버지는 양초와 비누를 만드는 일을 하셨는데 처음부터 그 일을 하셨던 것은 아니다. 뉴잉글랜드로 이주한 후에 염색 일거리가 워낙 없어서 생계가 어려워지자 어쩔 수 없이 시작한 것이었다. 내가 한 일은 양초의 심지를 자르고, 재료를 틀에 부어 양초를 만들고, 가게를 보거나 심부름을 다니는 것이었다.

나는 그 일이 정말 싫었다. 나는 바다를 동경해 선원이 되고 싶었지만 아버지는 안 된다고 못 박았다. 바닷가 근처에 산 덕분에 나는 헤엄도 잘 쳤고 배도 잘 다뤘다. 보트나 카누를 타고 놀 때면 으레 내가 대장 노릇을 했다. 특히 위험한 상황에서는 예외 없이 내가 지휘를 했다. 그래서인지 배 위에서뿐만 아니라 다른 놀이에서도 보통 내가 대장 역할을 했다. 가끔은 친구들을 끌어들여 엉뚱한 일을 벌이기도 했다. 그때 있었던 일 하나를 얘기하려고 한다. 비록 제대로 마무리가 되지는 못했지만 내가 어려서부터 공적인 일에 관심이 많았음을 보여준다.

물레방아에 쓸 물을 모아두는 저수지의 한쪽에는 바닷물이 드나드는 늪지가 있었다. 밀물 때가 되어 물이 최고 수위에 오르면 우리는 그곳에 가서 작은 물고기를 잡곤 했다. 우리가 하도 첨벙거리며 짓밟아 대는 바람에 그곳은 완전히 진흙탕이 되어버렸다. 그래서 나는 친구들에게 우리가 서서 고기를 낚을 수 있는 둔덕을 만들자고 제안했다. 마침 늪지 근처에 새 집을 지으려고 쌓아놓은 돌무더기가 있어 친구들에게 보여주었다. 우리 목적에 딱 맞는 재료들이었다.

밤이 되고 인부들이 돌아가자 나는 친구들 몇 명을 모아 개미들이 먹이를 나르듯 돌 하나에 두셋이 달라붙어 부지런히 돌을 날라서 둔덕을 완성시켰다. 다음날 아침 인부들은 돌이 없어진 것을 보고 깜짝 놀랐고 우리가 만든 둔덕에서 그 돌들을 찾아냈다. 그들은 누가 이런 짓을 했는지 이리저리 알아보았고 우리는 곧 발각되었다. 우리는 그 인부들에게 꾸지람을 듣고 아버지로부터 호되게 야단을 맞았다. 내가 아버지에게 이 일이 왜 필요한지에 대한 유용성을 열심히 설명했지만 아버지는 과정이 정당하지 않으면 유용할 수도 없다고 따끔하게 일러주셨다.

여기서 네 할아버지의 인격과 품성에 대해서 말해도 좋을 듯싶다. 그분은 체격이 아주 좋았다. 키는 보통이었지만 균형이 잘 잡혔고 무척이나 튼튼한 분이셨다. 머리도 좋으셨고 그림과 음악에도 꽤 소질이 있었다. 목소리가 아주 맑고 좋아서 이따금 하루 일을 마친 저녁 시간에 바이올린을 켜면서 찬송가를 부를 때면 정말 기분이 좋았다. 기계를 다루는 데도 천부적인 재능이 있어서 다른 상인들에게 빌려온 연장도 능숙하게 다루었다. 하지만 아버지의 가장 뛰어난 점은 사적인 일이든 공적인 일이든 신중을 기해야 할 일이 생기면 사리 분별 있게 생각해서 신뢰할 만한 판단을 내렸다는 것이다. 하지만 사실 아버지는 공적인 일에는 한 번도 참여하지 않았다. 많은 자식들 학비를 대느라 생업에 매달려야 했기 때문이다. 하지만 내가 기억하기로는 마을이나 교회에 일이 생기면 마을 어른들이 자주 아버지를 찾아와 의견을 구했고 아버지의 판단과 조언을 존중했다. 어려운 일을 당한 이웃사람들도 마찬가지였다. 이웃간에 다툼이 있을 때에도 아버지에게 중재를 부탁했다.

아버지는 가능한 한 자주 현명한 친구나 이웃을 식사에 초대해서 이야기 나누는 것을 즐겼다. 그때마다 독창적이고 유용한 주제로 이야기를 나누었는데 아마도 당신 자식들의 생각을 발전시키려는 의도였을 것이다. 이런 방법으로 아버지는 우리가 인생을 살면서 선하고 공정하고 옳은 것에 언제나 관심을 갖도록 이끌었다. 그렇지만 식탁에 차려진 음식에는 간이 맞는지 안 맞는지, 제철 음식인지 아닌지, 맛이 있는지 없는지, 질 좋은 재료인지 아닌지에 전혀 관심을 갖지 않았다. 그런 환경에서 자라다보니 나도 내 앞에 무슨 음식이 놓이든 개의치 않게 되었고, 또 잘 보지도 않기 때문에 식사를 마치고 몇 시간 뒤에 누가 무엇을 먹었느냐고 물어보면 제대로 대답을 하지 못한다. 여행을 할 때는 이런 습관 때문에 편하기도 했다. 좋은 음식에 길들여져서 음식 취향과 입맛이 까다로운 친구들은 입에 맞는 음식이 없으면 굉장히 불편해 했다.

어머니도 아주 건강하셨다. 열 명이나 되는 자식들을 모두 모유로 키웠다. 아버지는 89세, 어머니는 85세에 돌아가셨는데, 그 전에 한 번도 두 분이 편찮았던 모습을 본 적이 없다. 두 분은 보스턴에 합장했다. 몇 년 전 나는 두 분의 무덤에 대리석으로 만든 묘비를 세워드렸다. 묘비에는 다음과 같은 비문을 새겨 넣었다.

조사이어 프랭클린과 그의 아내 어바이어,
여기에 잠들다.
두 사람은 서로 사랑하며
지난 55년 동안 함께했다.
큰 재산이나 빛나는 직함은 없었지만
끊임없는 노력과 부지런함 그리고 신의 은총으로
가정을 화목하게 꾸렸고
열세 명의 자녀와 일곱 명의 손자 손녀를
훌륭하게 키웠다.
그러니 이것을 읽는 이들도 용기를 얻어
각자의 소명에 충실하기를,
그리고 신의 섭리를 의심하지 말기를.
신앙심 깊고 신중했던 남편과
사려 깊고 정숙했던 아내,

두 분을 추모하며

막내아들이 이 묘비를 세우다.

조사이어 프랭클린, 1655년 출생, 1744년 사망, 향년 89세

어바이어 프랭클린, 1667년 출생, 1752년 사망, 향년 85세

이야기가 엉뚱한 방향으로 흐르는 걸 보니 나도 늙었나 보다. 예전에는 제법 체계적으로 글을 썼는데 말이다. 하지만 사적인 자리에서 딱딱한 정장 차림을 할 필요는 없는 거겠지. 하긴 이것도 핑계고 다 내가 게을러진 탓이다.

다시 본론으로 돌아가자. 나는 2년간, 그러니까 열두 살이 될 때까지 아버지 일을 거들었다. 나의 형 존도 이 일을 배우고 있었는데 결혼을 하면서 로드아일랜드로 떠나 자립하는 바람에 꼼짝없이 내가 형을 대신해 양초를 만들어야 하는 상황에 처했다. 하지만 나는 그 일을 계속하고 싶지 않았다. 아버지는 내게 어울리는 일을 찾아주지 않으면 조사이어 형이 그랬던 것처럼 나도 가출해서 선원이 될까봐 불안해 했다. 그래서 아버지는 가끔 나를 데리고 산책을 하면서 목수, 벽돌공, 선반공, 놋갓장이 같은 사람들이 일하는 것을 보여주었다.

그러고는 내가 좋아하는 것을 살피면서 내가 어떤 것이든 육지에서 할 수 있는 일에 마음을 붙일 수 있게 하려고 애썼다. 그때부터 나는 숙련된 기술자들이 연장을 다루는 모습을 지켜보는 것이 즐거웠다. 그 일은 아주 유용하게 쓰이기도 했는데, 일꾼을 구하기 힘들 때는 어깨너머로 배운 기술로 내가 직접 집안의 자질구레한 일들을 해

결할 수 있었다. 또한 실험에 대한 욕구가 새롭게 생기면서 내 실험을
위한 작은 기계 장치를 만드는 데도 도움이 되었다. 마침내 아버지는
나를 칼장이를 시키기로 결정했다. 런던에서 그 일을 배운 벤자민 삼
촌의 아들 새무얼이 마침 그 무렵 보스턴에서 가게를 냈다. 아버지는
그 일이 내게 맞는지 알아볼 겸 나를 그곳으로 보냈다. 하지만 새무얼
이 내게 견습료를 요구하자, 아버지는 기분이 상해 나를 다시 집으로
불러들였다.

　나는 어려서부터 책 읽는 것을 좋아해서 내 손에 얼마라도 돈이 들
어오기만 하면 모두 책을 사는 데 썼다. 그 중에서도《천로역정》을 아
주 재미있게 읽었다. 그래서 내가 처음으로 수집한 책들은 문고판으로
된 존 버니언의 작품들이었다. 나중에는 그 책들을 팔아서 R. 버튼의
《역사 전집》을 샀다. 행상인에게서 산 그 전집은 사오십 권의 문고판
으로 값이 저렴했다. 아버지의 작은 서재에는 주로 신학神學 논쟁을 다
룬 책들이 많았고, 나는 그 책들을 거의 다 읽었다. 지금 생각해보면
지식에 목말라하던 그 시기에 좋은 책들을 더 많이 접할 수 없었던 것
이 유감스럽다. 이제는 내가 목사가 되지 않으리라는 것이 확실해졌으
니 말이다. 아버지 서재에 있던《플루타르크 영웅전》은 여러 번 읽었
는데, 지금 생각해도 굉장히 유익했다. 디포의《기업론》과 매더 박사의
《선행론》은 내 사고방식을 변화시켰고 훗날 내 삶에 일어난 몇몇 중요
한 사건들에 큰 영향을 미쳤다.

견습공 벤자민

아버지는 독서를 좋아하는 나의 성향을 알아보고 이미 아들 하나(제임스)가 인쇄업을 하고 있는데도 결국 나에게 그 일을 시키기로 결정했다. 제임스 형은 1717년에 영국에서 인쇄기와 활자를 가지고 들어와 보스턴에서 인쇄업을 하고 있었다. 아버지가 하는 일보다는 인쇄 일이 훨씬 마음에 들었지만 나는 여전히 바다에 대한 동경을 버리지 못했다. 아버지는 그런 내 동경심을 막기 위해서 하루라도 빨리 나를 형에게 붙여놓으려고 안달을 하셨다. 나는 얼마간 그 일을 하지 않겠다고 고집을 부리다가 결국 아버지의 설득에 넘어가서 열두 살의 나이에 견습 고용 계약서에 서명하게 되었다. 스물한 살까지 견습공으로 일하다가 마지막 한 해 동안만 기술자 임금을 받는다는 조건이었다.

얼마 지나지 않아서 나는 그 일에 능숙해졌고 형에게 꽤 쓸 만한 일꾼이 되었다. 그 일을 하면서 나는 좋은 책들도 많이 접할 수 있었다. 책방의 견습 점원들과 친해지면서 가끔씩 책을 빌려볼 수 있었던 것이다. 물론 깨끗하게 보고 빨리 돌려주어야 했다. 손님이 책을 찾을 때 없으면 안 되기 때문에 저녁에 빌려와서 밤새 읽은 뒤 아침 일찍 돌려주었다.

그렇게 지내던 어느 날 우리 인쇄소에 자주 들르던 매튜 애덤스라는 뛰어난 사업가 한 분이 나를 눈여겨보고 자기 집 서재에 나를 초대했다. 그의 서재에는 상당히 많은 책들이 있었는데, 그는 친절하게도 내가 읽고 싶어 하는 책들을 빌려주었다. 그 시절에 나는 시에 빠져 있었다. 그래서 짤막한 시를 몇 편 지어보기도 했는데 형은 이것이 돈 벌이가 되겠다 싶었는지 시사 민요를 써보라고 했다. 그래서 두 편을 지어봤는데, 두 딸과 함께 물에 빠져 죽은 워딜레이크 선장의 이야기를 담은 〈등대의 비극〉과 티치라는 해적을 체포하는 뱃사람들의 이야기를 다룬 〈티치(혹은 검은 턱수염)〉였다. 둘 다 삼류 유행가풍의 졸작이었지만 형은 그것들을 인쇄해주면서 밖에 나가 팔아보라고 했다. 당시 세상을 떠들썩하게 했던 사건을 담은 내용이어서인지 〈등대의 비극〉은 불타나게 팔렸다.

이 일로 나는 한껏 우쭐해졌다. 하지만 아버지는 내 작품을 비웃으면서 시인들은 거의 다 가난뱅이라고 말했다. 그 말에 나는 크게 낙담했다. 그래서 시인이 되는 것을 포기했다. 아마 시인이 되었다고 해도 삼류 시인밖에는 되지 못했을 것이다. 그러나 글쓰기는 내 인생에 큰 도움이 되었고, 성공을 하는 데 중요한 역할을 했다. 그러니 대단한 능력은 아니더라도 내가 어떻게 그런 환경에서 그런 글재주를 갖게 되었는지 이야기해주려 한다.

우리 마을에는 나만큼이나 책을 좋아하는 존 콜린스라는 친구가 있었다. 친한 사이였던 우리는 자주 어울렸고, 가끔씩 서로 반대 의견을 내세워 말싸움을 벌였는데, 논쟁 그 자체를 즐겨서 서로 상대방을 어떻게든 이기기 위한 논조를 펼치기도 했다. 그런데 이렇게 논쟁 그 자체를 좋아하는 것은 아주 나쁜 버릇이다. 논쟁에 빠지면 무조건 상대방의 의견에 반대 의견을 내세워야 하고, 그러다보면 대화를 망치게 되고 상대를 불쾌하게 만들 수 있다. 친구를 사귈 수 있는 자리에서 오히려 미움과 적개심만 불러일으키게 된다. 내가 이것을 깨닫게 된 것은 아버지가 갖고 있는 종교적 논쟁에 관한 책들을 읽으면서였다. 그 후로 내가 관찰한 바에 따르면 변호사나 학자 그리고 에든버러 태생의 사람들을 제외하고는 제대로 된 상식을 가진 사람이라면 그런 악습에 좀처럼 빠지지 않았다.

한번은 어떤 계기로 나와 콜린스는 여성에게 교육을 시키는 것이 타당한가를 놓고 논쟁을 벌였다. 여성에게 학문을 할 능력이 있느냐 하는 것이 그 문제였다. 콜린스는 여성은 천성적으로 학문에 맞지 않으므로 여성을 교육하는 것은 무의미한 일이라고 주장했다. 나는 반대 의견을 말했는데 어느 정도는 논쟁 자체를 위해서였던 것 같다. 콜린스는 타고난 달변가에 어휘 구사력도 뛰어났다. 그래서 논리보다 청산유수 같은 그의 말솜씨에 밀렸다는 생각이 들 때도 있었다. 결국 우리는 결론을 내리지 못하고 헤어졌고, 한동안 서로 만나지 못했다.

나는 결론을 내리고 싶어서 내 논점을 잘 정리해서 콜린스에게 보냈다. 그는 바로 답장을 보내왔고, 나는 또 다시 반박 글을 적어 보냈다. 그렇게 서너 번 편지가 오고갔을 때 우연히 아버지가 내 편지를 읽게 되었다. 아버지는 논쟁의 쟁점이 아니라 나의 글 쓰는 방식에 대해 얘기해주셨다. 내가 철자법과 구두점에 대해서는 콜린스보다 우수하지만(인쇄소에서 일한 덕분이었다), 표현의 우아함이나 전개 방식, 논리의 명쾌함에서는 훨씬 못 미친다고 했다. 그러고는 편지를 보면서 몇 가지 예를 지적해주셨다. 아버지 말씀에 일리가 있어서 그 뒤로는 글을 쓸 때 더 신경을 쓰고 고치려고 노력했다.

이 무렵 나는 《스펙테이터》라는 잡지를 보게 되었다. 제3호였다. 이제까지 한 번도 본 적 없는 잡지였다. 그것을 사서 읽고 또 읽었는데 아주 재미있었다. 잡지에 실린 문장이 훌륭해서 가능하면 흉내라도 내보고 싶을 정도였다. 이런 생각으로 나는 몇 페이지를 골라서 각 글의 요점을 종이에 적었다. 며칠 그대로 내버려두었다가 책을 보지 않고 그 요점에 적합한 단어가 떠오르면 그 단어를 넣어서 원래의 문장에 가깝게 만들어내려고 노력했다. 그리고 내가 작성한 글과 원문을 비교하며 내 글에서 잘못된 점을 찾아내 고쳤다.

이런 과정을 통해서 어휘가 풍부하지 않고 언제든 적당한 단어를 찾아내서 사용할 수 있는 능력이 내게 부족하다는 것을 알게 되었다. 시를 계속 썼더라면 이미 이런 문제가 해결되었을 거라는 생각도 들었다. 시를 쓸 때에는 같은 의미의 단어 중에 길이가 다르거나 소리가 다른 단어들로 운율을 맞추기 위해 언제나 다양한 단어들을 찾지 않으면 안 되기 때문이다. 마음속에서 다양한 단어들을 가려내고 가장 적합한 단어들을 찾기 위해 노력했더라면 아마 나는 그 방면의 대가가 되었을지도 모른다.

그래서 나는 이야기 몇 편을 골라 시로 바꿔보았다. 그리고 얼마 후에 원문을 거의 완전히 잊어버렸을 때쯤 내가 쓴 시를 다시 원문처럼 써보았다. 또 요점을 적어놓은 글을 뒤섞어 놓고 몇 주 뒤에 그것들을 순서대로 맞춘 다음 완전한 문장을 만들어 글 전체를 완성시켰다. 이런 일련의 과정은 생각을 질서정연하게 정리하는 법을 배우는 데 효과적이었다. 나중에 내 글과 원문을 비교해보면서 잘못된 부분을 많이 바로잡을 수 있었다. 가끔은 표현력이나 어휘력에서 꽤 나아졌다는 생각이 들어 기쁘기도 했다. 이대로 잘 해나간다면 그런대로 괜찮은 작가가 될 수 있지 않을까 하는 희망도 생겼다. 나는 정말 작가가 되고 싶었다. 이런 글쓰기 연습이나 독서는 일이 끝난 밤이나 아침에 일을 시작하기 전, 아니면 일요일에나 가능했다. 일요일에 사람들은 교회에 갔는데 나는 이런저런 핑계로 빠지고 인쇄소에 혼자 남아 공부를 했다. 교회에 나가는 것을 철칙으로 여기는 아버지 밑에 있을 때는 있을 수 없는 일이었다. 나도 교회에 나가는 것을 의무로 여기고 있기는 했지만 공부할 시간이 없어서 어쩔 수 없었다.

열여섯 살쯤 되었을까. 나는 우연히 트라이언이 쓴 채식을 권장하는 책을 읽었다. 그리고 나도 채식을 해보기로 결심했다. 아직 미혼이었던 제임스 형은 다른 직공들과 함께 하숙을 하고 있었다. 형은 고기를 먹지 않으려는 나 때문에 다들 불편해 한다며 별나게 굴지 말라고 잔소리를 해댔다. 그래서 감자를 삶고, 밥을 짓고, 속성으로 푸딩을 굽는 등 간단한 트라이언식 요리법 몇 가지를 직접 익히기로 했다.

이런 방식에 익숙해지자 나는 형에게 매주 내 몫으로 나가는 식비의 절반만 주면 식사를 스스로 해결하겠다고 제안했다. 형은 그 자리에서 허락해주었다. 얼마 지나지 않아 나는 형이 준 돈의 절반을 남길 수 있었다. 그 돈은 책을 구입하는 데 썼다. 이런 식사법에는 또 다른 이점이 있었다. 인쇄소에서 형과 견습공들이 식사하러 가면 나는 혼자 남아서 비스킷이나 빵 한 조각, 건포도 한 줌이나 제과점에서 산 파이 한 조각에 물 한 잔으로 가볍게 식사를 해치웠다. 그리고 사람들이 돌아올 때까지 공부를 했다. 먹고 마시는 일을 절제하니 머리가 맑아지고 이해도 빨라져서 공부에 큰 진전이 있었다.

바로 이 즈음에 나는 계산이 서툴러서 창피를 당하는 일이 여러 번 있었다. 학교를 다닐 때에도 셈에서 두 번이나 낙제를 했다. 그래서 이번에는 크게 마음을 먹고 코커의 산수책을 집어 들었다. 그리고 독학으로 책을 끝냈는데, 이번에는 쉽게 터득할 수 있었다. 또 셀러와 셔미가 지은 항해에 관한 책도 읽었고 그러면서 책에 소개된 기하학에 대해서도 조금은 알게 되었다. 하지만 응용할 수 있을 정도로 깊이 공부한 것은 절대 아니었다. 로크의 《인간오성론》과 포르루아얄 학파의 《생각의 기술》도 이 무렵에 읽었다.

이렇게 글솜씨를 늘리려고 열중하는 동안 영문법 책 한 권을 만났다. 그린우드에서 나온 걸로 아는데 그 책의 말미에 수사법과 논리학이 간략하게 기술돼 있었다. 특히 논리학 부분은 소크라테스식 논쟁법의 한 예가 실려 있었다. 그 책을 읽고 얼마 지나지 않아 크세노폰의 《소크라테스의 회고록》을 손에 넣었는데, 여기에 소크라테스식 논쟁법들이 풍부하게 실려 있었다.

소크라테스식 논쟁법에 매료된 나는 그 방법을 사용하기로 했다. 남의 의견을 뚝 자르고 반박하거나 단정적으로 내 의견만을 내세우지 않고 겸손하게 질문하는 자세를 갖게 되었다. 또 섀프츠베리와 콜린스의 책을 읽는 동안 기독교의 교리에 대해 많은 의문을 갖게 되었는데, 이런 논쟁을 할 때에 이 방법이 내게는 가장 안전하면서도 상대방을 꼼짝 못하게 한다는 것을 알게 되었다. 그래서 한동안 이 방법을 즐겨 사용했고, 꾸준히 연습해서 경지에 이르게 되자 나보다 아는 것이 훨씬 많은 사람들까지도 예상하지 못한 곤경에 빠트려 꼼짝 못하게 만들었다. 내 생각에도 타당하지 않은 논리를 가지고 말이다. 몇 해 동안 이 방법을 사용하다가 점차 그만두었지만 나 자신을 겸손하게 표현하는 습관만은 계속 유지했다. 반론이 나올 것 같더라도 '확실히', '의심할 여지없이'처럼 단정적인 단어를 사용하지 않았다. 그 대신 '나는 이러이러하다고 생각합니다', '나는 이러이러한 이유로 이렇게 생각하는데요', '그럴 거라고 짐작이 갑니다만', '내가 틀리지 않았다면 그건 이럴 겁니다'라는 식으로 말했다.

이런 습관은 내 의견을 관철시키거나 사람들을 설득할 때 큰 효과가 있었다. 원래 대화의 목적은 서로 정보를 주고받고 즐거움을 느끼고 상대를 설득하는 데 있다. 아무리 착하고 똑똑한 사람이라도, 그가 하는 일이 아무리 선한 일이라고 해도 단정적이고 거만한 태도로 나오면 힘을 발휘할 수 없고 반감만 사게 된다. 더 정확히 말해서 정보와 즐거움을 주고받는 대화의 목적을 망가뜨리고 만다.

정보를 제공하면서 독단적인 태도로 의견을 밀고 나간다면 상대는 반발심이 생겨 대화에 관심을 갖지 않을 것이다. 다른 사람에게서 정보를 얻어 자신의 발전을 이루려고 할 때 혼자만의 생각에 붙잡혀 그것만 고집하면 안 된다. 그런 태도로는 상대를 기쁘게 해줄 수도 없고 상대에게서 바라는 동의를 얻어낼 수도 없다. 겸손하고 분별 있고 논쟁을 싫어하는 사람이라면 우리의 주장에서 잘못을 발견하더라도 지적하지 않을 것이다. 영국의 시인인 포프는 이런 명언을 남겼다.

사람을 가르칠 때는 가르치지 않는 것처럼 해야 하며
그 사람이 모르는 것은 잊어버린 듯 여겨야 한다.

그는 또 이런 말도 했다.

확실한 것이라고 해도 겸손하게 말해야 한다.

이 행을 다음 행과 연결시켰으면 좋았을 텐데 그는 어울리지 않는 다른 행과 연결시켜 놓았다.

겸손함이 부족한 것은 사리 분별의 부족이니.

왜 어울리지 않느냐고 묻는다면 이 구절을 반복해야겠다.

오만한 말에는 변명의 여지가 없다.
겸손함이 부족한 것은 사리 분별의 부족이니.

한데 겸손함이 부족하다는 것에 대한 변명이 분별력이 부족하기 때문이어야 하지 않겠는가? 다음 구절처럼 말이다.

오만한 말에는 오직 이 변명만 가능하다.
겸손함이 부족한 것은 곧 사리 분별의 부족이니.

하지만 이 점은 더 좋은 판단에 맡기기로 하자.

제임스 형은 1720년인가 1721년인가부터 신문을 발행하기 시작했다. 《뉴잉글랜드 커런트》라는 이 신문은 아메리카에서 두 번째로 발행된 것이었다. 그전에는 《보스턴 회보》 하나뿐이었다. 형이 신문을 발행한 다고 하자 형의 친구들이 아메리카는 신문 하나로 충분하다며 승산이 없다고 형을 말렸던 기억이 난다. 하지만 1771년인 지금 25종 이상의 신문이 발행되고 있다. 아무튼 형은 주위의 만류를 뿌리치고 신문 발행을 시작했고, 나는 조판과 인쇄가 끝나는 대로 거리로 나가 신문을 팔았다.

형 친구들 중에는 똑똑한 이들이 몇 있어서 이 신문에 짤막한 글을 즐겨 실었다. 그 덕분에 신문의 평판이 좋아지고 구독자도 점점 늘어나기 시작했다. 형의 친구들은 자주 우리 인쇄소를 찾아왔다. 그들의 대화를 듣다보면 자기가 쓴 글이 좋은 평을 받았다는 얘기도 나왔는데, 그럴 때면 나도 같이 어울리고 싶었다. 하지만 그들과 어울리기에 나는 아직 어렸고, 게다가 내가 쓴 글인 줄 알면 형은 신문에 실어주지 않을 게 뻔했다. 생각 끝에 필체를 바꾸고 '사일러스 두굿(좋은 일을 소리 없이 한다는 뜻)'이라는 필명으로 글을 써서 밤에 인쇄소 문 밑으로 밀어 넣었다. 다음날 아침 원고가 발견되었고, 평상시처럼 형 친구들이 인쇄소에 들렀을 때 형은 그 글을 그들에게 보여주었다. 그들은 내가 있는 데서 글을 읽고 평을 했는데, 내 글을 칭찬하는 이야기가 나올 때면 날아갈듯이 기뻤다. 게다가 작자에 대한 추측을 하면서 학식 있고 머리 좋고 이름만 들어도 알 만한 사람들의 이름이 오르내렸다. 지금 생각해 보면 내가 심사위원들을 잘 만났든가, 아니면 형 친구들이 내가 생각했던 것만큼 그리 훌륭한 평론가들은 아니었든가 둘 중에 하나였을 것이다.

그러나 이 일로 용기를 얻은 나는 글을 몇 편 더 써서 같은 방법으로 인쇄소에 전달했고 그것들 역시 인정을 받았다. 하지만 나의 얄팍한 지식이 바닥을 드러내는 바람에 얼마 안 가서 비밀을 털어놓게 되었다. 그때부터 형 친구들은 나를 주목하기 시작했지만, 형은 그다지 달가워하지 않았다. 내가 우쭐댈 거라고 생각했던 것 같다. 이 무렵 우리는 사이가 벌어지기 시작했는데, 그 일도 원인이 되었을 것이다.

우리는 형제지간이었지만 형은 자신을 주인으로, 나를 견습공으로 생각하고 있었다. 따라서 다른 직원이 일하는 것처럼 내가 일해주기를 바랐다. 반면에 나는 형이 내게 지나치다고 생각했고 좀 더 관대하게 대해주기를 바랐다. 우리는 때때로 아버지 앞에서 말싸움을 벌이기도 했다. 내 주장이 옳았는지, 아니면 내가 말을 잘 해서였는지 아버지는 주로 내 편을 들어주셨다. 하지만 형은 성격이 불같아서 종종 내게 주먹을 날리기도 했다. 그런 행동이 너무 불쾌했고 화가 났다. 형이 나를 그렇게 거칠고 권위적으로 대했기 때문에 내가 권력을 멋대로 휘두르는 것을 평생 혐오한 게 아닌가 하는 생각이 든다. 그렇지 않아도 견습공 생활이 아주 지겨워지고 있던 참이라 나는 인쇄소를 그만둘 기회만 엿보고 있었다. 그런데 생각지도 않게 그 기회가 찾아왔다.

지금은 내용이 잘 기억나지는 않지만 우리 신문에 실린 정치 관련

기사가 주의회의 심기를 건드렸다. 형은 의장의 명령으로 체포되어 조사를 받고 한 달 동안 감옥에 갇혀 있었다. 아마도 필자의 이름을 밝히려고 하지 않았기 때문이었을 것이다. 나 역시 의회로 불려가서 조사를 받아야 했다. 하지만 그들이 만족할 만한 대답을 한 것도 아닌데 그냥 훈계, 방면 조치를 받는 것으로 끝났다. 아마도 나를 주인의 비밀을 지켜야 할 의무가 있는 견습공쯤으로 생각한 모양이었다.

형과 사이는 나빴지만 이 일에 몹시 화가 난 나는 형이 갇혀 있는 동안 신문사를 꾸려나갔다. 나는 대담하게 정치인들을 비꼬는 기사를 신문에 실었다. 형은 이런 내 행동을 너그럽게 봐주었지만, 다른 사람들은 어린 녀석이 남을 비방하고 비꼬는 재주만 있다며 곱지 않은 시선을 보냈다. 의회는 형을 석방하면서 "제임스 프랭클린은《뉴잉글랜드 커런트》신문을 더 이상 발행해서는 안 된다"는 판결을 내렸다.

형 친구들은 인쇄소에 모여서 형이 이 상황에 어떻게 대처해야 할지 의논했다. 신문 이름을 바꿔서 의회의 명령을 피해보자는 의견도 나왔다. 하지만 형은 그렇게 하는 건 여러모로 불편한 점이 많다면서 반대했다. 결국 그보다 나은 방안으로 '벤자민 프랭클린'을 발행인으로 내세워 신문을 발행하자는 결정이 내려졌다.

하지만 견습공의 이름으로 계속 신문을 발행하다가는 의회에 꼬투리가 잡힐 수 있었다. 그래서 형은 옛날의 고용 계약서 뒷면에 나를 완전히 해고했다는 고용 해약서를 작성해서 보관하고 있다가 조사가 뜨면 그걸 보여 주기로 했다. 대신 나는 남은 기간 동안 형 밑에서 견습공으로 일한다는 새 고용 계약서에 서명해야 했고, 이 사실은 비밀에 부치기로 했다. 얄팍한 수법이었지만 즉시 실행에 옮겨졌고 몇 달간 내 이름으로 신문이 발행되었다.

그러는 사이 형과 나는 다시 충돌하기 시작했다. 형이 새 고용 계약서를 내놓을 수 없다는 약점을 이용해 내가 자유를 주장했던 것이다. 이 주장은 정당하지 못한 것이었던 만큼 내 인생 최대의 오점이라고 생각한다. 하지만 그때는 그다지 부당하다고 생각하지 않았다. 불같은 성미로 걸핏하면 주먹을 휘두르는 형에게 분노를 느끼고 있었기 때문이다. 하지만 다른 일에는 고약하게 굴지 않았던 걸로 봐서 내가 너무 건방지고 도전적으로 보였던 탓도 있는 것 같다.

내가 인쇄소를 그만두리라는 것을 눈치 챈 형은 시내 인쇄소의 주인들을 찾아다니며 나를 고용하지 말라고 부탁했고, 당연히 나는 일자리를 구할 수 없었다. 그래서 인쇄소가 있는 도시 중 가장 가까운 뉴욕으로 가기로 마음먹었다. 보스턴을 떠나려고 한 데는 다른 이유도 있었다. 신문 사건으로 이미 의회에 미움을 산 데다 형의 사건을 겪으면서 의회가 얼마나 독단적으로 행동하는지 보았던 터라 보스턴에 그대로 남아 있다가는 곤경에 빠질 게 뻔했다.

그뿐 아니라 무모하게 종교 논쟁을 벌인 탓에 신앙심이 깊은 사람들은 나를 이단자, 무신론자라고 적대시하며 손가락질하기 시작했다. 나는 떠나기로 결심했다. 그런데 아버지가 이번에는 형의 편을 들어주셨다. 공공연히 떠날 준비를 하다가는 아버지에게 붙잡혀 주저앉게 될 것 같았다. 그래서 친구 콜린스의 도움을 받기로 했다. 그는 뉴욕으로 가는 범선 선장에게 내 승선을 부탁했다. 아는 사람이 행실이 나쁜 여자를 만나 임신을 시켰는데, 여자 집안에서 억지로 결혼을 시키려는 바람에 남몰래 떠나야 한다는 이유를 댔다. 나는 책을 팔아서 약간의 여비를 마련해서 사람들 눈을 피해 배에 올랐다. 배는 순풍을 만나 사흘 만에 300마일이 떨어진 뉴욕에 도착했다. 그렇게 해서 나는 열일곱이라는 나이에 추천서 한 장 없이, 주머니에 돈 몇 푼 없이, 의지할 사람 하나 없는 낯선 땅에 발을 디뎠다.

필라델피아에서의 새로운 출발

이즈음 바다로 가고 싶다는 동경은 완전히 사라졌다. 그렇지 않았다면 마음의 갈망을 따라 바다로 떠나버렸을 것이다. 하지만 이제 기술도 있고, 또 스스로 꽤 괜찮은 기술자라고 자부했기 때문에 그곳 인쇄소를 찾아가 일자리를 구했다. 인쇄소 주인인 윌리엄 브래드퍼드라는 노인은 펜실베이니아 주 최초의 인쇄업자였는데 조지 키드와 다투고 난 뒤 뉴욕으로 옮겨왔다고 한다.

그는 일거리는 없고 일할 사람은 많다면서 채용할 수 없다고 했다. 하지만 이렇게 덧붙였다. "필라델피아에 있는 내 아들 밑에서 일하던 아킬라 로즈라는 직공이 죽어서 일손이 부족한 모양이야. 거기 가면 일자리를 줄 걸세." 필라델피아는 뉴욕에서 100마일이나 더 떨어진 곳이었다. 그래도 나는 앰보이로 가는 작은 배에 올랐고 짐은 내 뒤의 배편에 맡겼다.

그런데 뉴욕 만을 건너는 도중에 돌풍을 만나 허술한 돛들이 너덜너덜 떨어졌고, 우리 배는 킬 해협으로 들어가지 못하고 롱아일랜드로 밀려갔다. 그 와중에 만취한 네덜란드인 승객 하나가 바다로 떨어졌다. 그 사람이 막 가라앉으려고 할 때 내가 팔을 뻗어서 머리채를 잡아 배로 끌어올렸다. 물에 빠진 덕분에 술이 좀 깬 그는 주머니에서 책을 한 권 꺼내더니 내게 말려 달라고 부탁하고는 잠들어 버렸다.

책은 내가 좋아하는 작가 버니언의 《천로역정》의 네덜란드어 판이었다. 고급 종이에 정교하게 인쇄되어 있었고 동판 삽화도 들어 있었다. 장정도 그때까지 본 어떤 원어판보다 훌륭했다. 그때서야 나는 이 책이 유럽 대부분의 언어로 번역되어 성경책 다음으로 많이 읽히는 책이라는 것을 알게 되었다.

내가 알기로는 저자인 버니언은 서술과 대화를 섞어서 글을 쓴 최초의 작가였다. 이런 글쓰기 기법은 독자들을 끌어당기는 매력이 있다. 이야기가 흥미진진하게 전개될 때 독자들은 작품 속에 빠져들어 그 인물들과 함께 대화를 나누는 듯한 착각에 빠진다. 디포는 《로빈슨 크루소》, 《몰 플랜더스》, 《신성한 구혼》, 《가정교사》 등의 작품에서 이 기법을 모방해 성공했고, 리처드슨도 《파멜라》 등에서 같은 기법을 썼다.

배가 섬에 접근한 뒤에야 우리는 배를 댈 만한 곳이 없다는 것을 알게 되었다. 바위투성이의 해안에 파도가 거세게 치고 있었다. 그래서 닻을 내리고 해안 쪽으로 방향을 바꾸어 회전했다. 그때 몇 사람이 물가에 내려와서 우리를 향해 뭐라고 소리쳤다. 우리도 그렇게 했지만 세찬 바람과 요란한 파도 소리에 묻혀 서로 무슨 소리를 하는지 알 수가 없었다. 우리는 해변에 작은 배가 몇 척 있는 것을 발견하고 우리를 데리러 오라고 신호를 보냈다. 하지만 우리 신호를 이해하지 못한 건지, 아니면 파도가 높아 불가능하다고 생각한 건지 그들은 그냥 가버렸다. 어둠이 내리기 시작했지만 우리는 바람이 잔잔해지기를 기다리는 수밖에 없었다.

나와 선원들은 그동안 잠을 자두기로 했다. 여전히 젖은 상태인 네덜란드인 선객을 데리고 승강구로 들어갔는데 물보라가 뱃머리를 덮치면서 안으로 스며들어 그 네덜란드인만큼이나 우리도 흠뻑 젖고 말았다. 그렇게 우리는 한숨도 자지 못하고 뜬 눈으로 밤을 지새웠다. 다음날 아침 바람은 잔잔해졌고 우리는 해가 지기 전에 겨우 앰보이에 도착할 수 있었다. 고약한 맛이 나는 럼주 한 병 말고는 먹을 것도 마실 것도 없이 서른 시간을 짜디짠 바닷물 위에서 보낸 것이다.

저녁이 되자 온몸에 열이 나서 나는 얼른 침대 속으로 기어들어갔다. 찬물을 많이 마시면 열이 내린다는 것을 어디선가 읽은 기억이 나서 그대로 했다. 그래서인지 밤새 땀을 흠뻑 흘렸고 아침에는 열이 떨어졌다. 나는 나루를 건너 벌링턴까지 50마일을 걸어갔다. 그곳에 가면 필라델피아까지 가는 배를 탈 수 있다고 들은 터였다.

그날은 종일 비가 쏟아졌다. 그 비에 흠뻑 젖었고 정오 무렵에는 벌써 지쳐버렸다. 그래서 허름한 여관에 들어가 하룻밤을 보내는데, 집을 떠나온 게 그렇게 후회가 되기 시작했다. 또 내 행색이 너무 초라했는지 이것저것 물어보는 사람들도 많았다. 내가 도망친 하인이 아닌지

의심하는 것 같았다. 하마터면 그 혐의로 잡혀갈 뻔도 했다. 그러나 여행을 멈출 수는 없었다. 다음날 저녁에는 벌링턴에서 8~10마일 정도 떨어진 여관에 묵었다. 브라운이라는 의사가 운영하는 곳이었다. 내가 간단하게 요기를 하는 동안 그는 내게 말을 걸어왔다. 내가 글줄이나 읽은 것을 알아채고는 몹시 상냥하고 친절하게 대해주었다. 이 인연으로 그가 죽을 때까지 우리는 친분을 쌓았다. 그는 순회 의사였던 것 같다. 영국의 어느 도시든, 유럽의 어떤 나라든 모르는 곳이 없을 정도였다. 그는 문학적 소양도 있고 머리도 좋았지만 지독한 무신론자였다.

그로부터 몇 년 뒤에는 코튼[1630~1687 : 영국의 시인]이 버질[B.C.70~B.C.19 : 고대 로마의 유명한 시인]의 작품을 가지고 한 것처럼 성경을 조잡한 시로 고치려는 심술궂은 일을 벌이기도 했다. 이런 식으로 그는 여러 가지 사실들을 말도 안 되는 시각으로 바라보았다. 그의 작품이 출간되었더라면 판단력이 약한 사람들에게는 해를 끼쳤겠지만, 다행히 그런 일은 일어나지 않았다.

그의 집에서 밤을 보내고 다음날 아침 벌링턴에 도착했지만 정기선은 내가 도착하기 직전에 떠나고 없었다. 그날이 토요일이었는데 화요일까지는 배가 없었다. 나는 다시 시내로 돌아갔다. 어떤 할머니한테서 배 안에서 먹을 생강 빵을 샀는데 그 할머니에게 의논해볼 생각이었다. 할머니는 다음 배가 올 때까지 자기 집에 있어도 된다고 하셨다. 오래 걷느라고 피곤했던 터라 그러기로 했다.

할머니는 내가 인쇄공이라는 것을 알고는 그 마을에서 인쇄소를 차려보라고 하셨지만, 그건 인쇄소를 차리는 데 얼마나 많은 돈이 드는지 몰라서 하는 소리였다. 할머니는 쇠고기 요리를 곁들인 근사한 저녁을 차려주셨는데 나는 답례로 맥주 한 병밖에 드리지 못했다. 나는 화요일까지 그곳에 묵을 생각이었다. 그런데 저녁에 강변을 산책하다가 필라델피아로 가는 배 한 척을 발견했다. 다행히 그들은 나를 태워주었다. 그날따라 바람이 전혀 불지 않아서 우리는 계속 노를 저어야 했다. 자정이 다 되도록 도시가 보이지 않았다. 일행 중 몇 사람이 우리가 목적지를 지나친 게 틀림없다면서 노를 그만 저어야 한다고 했다. 나머지 사람들은 그곳이 어디인지 알지 못했다. 결국 우리는 배를 돌려 근처의 작은 만으로 들어가 낡은 울타리가 둘러쳐진 곳에 배를 댔다. 시월이라 밤기운이 차가웠다. 우리는 울타리 빗장을 뜯어다가 모닥불을 피우고 동이 트기를 기다렸다. 날이 밝자 일행 중 한 사람이 그곳이 쿠퍼 강 지류라고 했다. 그 지류를 벗어나니 바로 필라델피아가 보였다. 우리는 일요일 오전 8~9시 무렵에 필라델피아에 도착해서 시장 거리의 부두에 내렸다.

지금까지 필라델피아에 도착하기까지의 여정에 대해 자세히 이야기했다. 이제는 그 도시에 도착해서 내가 겪은 일들을 이야기하려고 한다. 그렇게 보잘 것 없던 시작에서 내가 얼마나 큰 것을 이뤄냈는지 알 수 있을 것이다. 좋은 옷들은 다른 배편으로 부쳤기 때문에 그때 나는 작업복 차림이었다. 오랜 여행으로 행색도 지저분했고 셔츠와 양말을 마구 쑤셔 넣은 주머니는 불룩했다. 아는 사람도 없었고 잘 곳도 없었다. 오랫동안 걷고 노를 젓느라 나는 지칠 대로 지쳐 있었다. 빨리 누워서 쉬고도 싶고 배도 몹시 고팠다. 하지만 내가 가진 돈이라고는

1달러짜리 네덜란드 지폐 한 장과 1실링짜리 동전 한 닢뿐이었다. 그나마 동전은 배 삯으로 내주고 없었다. 그 사람들은 나도 노를 저었으니 받지 않겠다고 했지만 내가 고집을 부렸다. 사람이란 돈이 많이 있을 때보다 없을 때 더 후해지는 법이다. 아마도 빈털터리라는 걸 들키는 게 두려워서일 것이다.

길을 따라 걸으며 주위를 두리번거리다가 시장 근처에서 빵을 들고 있는 한 소년을 만났다. 빵으로 끼니를 많이 때웠던 나는 아이에게 빵을 어디서 샀는지 물었다. 나는 아이가 가르쳐준 대로 곧장 2번가에 있는 빵집으로 달려갔다. 보스턴에서 먹던 비스킷을 사려고 했지만 필라델피아에는 그런 건 없었다. 하는 수 없이 3페니짜리 빵을 사려고 했는데 그것도 없다고 했다.

필라델피아의 물가가 더 싸다는 것도 빵 이름도 몰랐던 나는 그래서 아무 빵이나 3페니어치 달라고 했다. 그랬더니 주인은 잘 부풀어 오른 큼지막한 빵 세 덩어리를 주었다. 양이 많은 것에 놀라며 받긴 했는데 주머니엔 양말이 가득해서 하는 수 없이 양쪽 겨드랑이에 하나씩 끼고 나머지 하나는 뜯어 먹으면서 길을 걸었다.

그런 상태로 시장을 지나 4번가까지 갔고 훗날 장인이 될 리드 씨의 집 앞을 지나게 되었다. 그때 미래의 아내인 리드 양이 문가에 서 있다가 나를 보았는데 정말 볼품없고 우스꽝스러운 꼴을 하고 있다고 생각했다는데, 그럴 만도 했다. 거기에서 나는 방향을 돌려 체스트넛가와 월넛가로 갔다. 계속 빵을 먹으면서 이리저리 돌아다니다 보니 다시 시장 거리의 부두에 와 있었다. 좀 전에 내렸던 배로 가서 강물을 한 모금 마셨다. 빵 하나로 배가 불러서 남은 빵 두 개는 함께 배를 타고 온 부인과 그녀의 아이에게 주었다. 그들은 더 먼 곳으로 가기 위해 갈아탈 배를 기다리고 있었다.

그렇게 기운을 차린 나는 다시 거리를 거슬러 올라갔다. 이번에는 깨끗하게 차려입은 사람들이 떼를 지어 한 방향으로 걸어가고 있었다. 나는 그들을 따라갔다. 그들이 간 곳은 시장 근처에 있는 퀘이커교도의 커다란 예배당이었다. 그들 틈에 앉아서 잠시 주위를 둘러보았지만 아무런 소리도 들리지 않았다(퀘이커교도들은 침묵 속에서 예배를 본다). 전날의 과로와 수면 부족으로 나는 이내 곯아떨어졌다. 집회가 끝난 것도 모르고 자고 있는데 다행히도 친절한 사람이 나를 깨워주었다. 그러니까 그 예배당이 내가 필라델피아에서 처음 방문한 집, 또 처음으로 잠 잔 집이 되었다.

다시 강을 향해 걸으면서 나는 사람들의 얼굴을 살폈다. 인상이 좋아 보이는 젊은 퀘이커교도에게 다가가서 타지에서 온 사람이 묵을 만한 곳을 알려달라고 했다. 그때 우리는 '세 명의 뱃사람'이라는 간판이 달린 여관 근처에 있었다.

"이곳도 묵을 만하긴 한데 평판이 좋지 않습니다. 좀 더 나은 곳을 알려드릴 테니 저를 따라 오십시오." 그는 워터가에 있는 조그만 여관으로 나를 안내했다. 거기서 점심을 먹었는데, 식사하는 동안 사람들이 은근슬쩍 이것저것 물어왔다. 나이도 어린 데다 행색도 말이 아니니 어디서 도망 나왔다고 생각했을 것이다.

식사를 하고 나자 다시 졸음이 쏟아졌다. 나는 주인에게 방을 안내

받자마자 옷도 벗지 않은 채 그대로 침대에 쓰러져 곯아떨어졌다. 저녁 6시에 식사를 하라고 깨울 때까지 계속 잤다. 저녁 식사 후 다시 일찌감치 잠자리에 들어 다음날 아침까지 단잠을 잤다. 다음날 나는 최대한 단정하게 옷을 차려입고 앤드류 브래드퍼드 씨의 인쇄소를 찾아갔다. 뉴욕에서 만났던 그의 아버지가 와 있었다. 말을 타고 와서 나보다 일찍 필라델피아에 도착한 것이었다.

노인은 나를 아들에게 소개시켜주었다. 아들은 정중하게 인사한 후 아침식사를 대접해주었다. 그는 최근에 사람을 구해서 지금 당장은 일손이 부족하지 않다면서, 대신 최근에 키머 씨라는 사람이 인쇄소를 차렸는데 그곳에 가면 일자리가 있을 거라고 했다. 그러면서 만약 일자리를 얻지 못하면 일자리를 구할 때까지 작은 일거리를 마련해줄 테니 자기 집에 있으라고 덧붙였다.

노인이 나를 인쇄소까지 데려다주겠다며 따라나섰다. 키머 씨를 만나자 그는 이렇게 말했다. "이보게, 자네 인쇄소에서 일할 만한 젊은 이를 데려왔네. 자네에게 필요한 사람일 게야." 키머 씨는 몇 가지 질문을 하고 식자용 스틱을 쥐어주며 일하는 모습을 지켜보았다. 그리고 지금 당장은 할 일이 없지만 그래도 고용하겠다고 했다. 또 키머 씨는 자신에게 호의를 가진 마을 노인이라고 생각해서인지 초면인 브래드퍼드 노인에게 지금 자신이 하고 있는 일과 전망에 대해 늘어놓기 시작했다.

노인은 자기 아들이 인쇄업자라는 사실을 밝히지 않은 채 곧 인쇄업계의 거물이 될 거라는 키머 씨의 이야기를 듣고 있었다. 노인은 교묘한 질문을 던지기도 하고 맞장구도 치면서 키머 씨가 자신의 모든 계획을 털어놓게 했다. 키머 씨는 자기의 자금원과 앞으로 어떤 식으로 사업을 진행할 건지 모든 것을 이야기했다. 그 옆에서 그들의 대화를 듣고 있던 나는 한 사람은 교활한 궤변가이고 다른 한 사람은 순진한 풋내기에 불과하다는 것을 알 수 있었다. 브래드퍼드 노인이 가게를 나간 뒤에 내가 그의 정체를 알려주자 키머 씨는 깜짝 놀랐다.

키머 씨의 인쇄소에는 낡은 인쇄기 한 대와 닳아빠진 활자 한 벌밖에 없었다. 그때 키머 씨는 아킬라 로즈를 추모하는 애도가를 조판 중이었다. 앞서 얘기한 대로 아킬라 로즈는 머리가 좋고 인품이 뛰어난데다 마을에서 평판도 좋았고, 주의회의 서기이자 훌륭한 시인이기도 했다. 키머 씨도 시를 쓰긴 했지만 그리 변변치 않았다. 아니, 시를 썼다고도 할 수 없다. 그도 그럴 것이 머릿속에 떠오른 것을 곧바로 조판하는 식이었기 때문이다. 그러므로 원고도 따로 없었고 한 벌 있는 활자는 애도가를 쓰는 데 다 동원되고 있었기 때문에 도와주고 싶어도 도울 수가 없었다.

그래서 나는 인쇄기를 사용할 수 있게 준비해놓고(키머 씨는 아직 그 인쇄기를 한 번도 사용하지 않았고 어떻게 사용하는지도 몰랐다), 그의 작업이 끝나는 대로 애도가를 인쇄하러 오겠다고 약속한 뒤 브래드퍼드 인쇄소로 돌아왔다. 브래드퍼드는 당분간 할 수 있는 작은 일거리를 주었고, 그래서 나는 그곳에서 숙식을 해결했다. 며칠 뒤 키머 씨가 애도가를 인쇄해달라며 나를 불렀다. 그동안 활자도 한 벌 더 마련해 놓았고 재판에 들어갈 소책자도 있어서 키머 씨는 그 일을 내게 맡겼다.

내가 보기에 이 두 사람은 인쇄업을 하기에는 자질이 부족했다. 브래드퍼드는 인쇄 기술을 정식으로 배운 적이 없는 데다 일자무식이었다. 키머 씨는 학식은 좀 있었지만 식자공일 뿐 인쇄 공정에 대해서는 아무것도 몰랐다. 그는 한때 영적인 무아지경 상태에서 신의 계시를 받는 '프랑스의 예언자(영국으로 도망 온 신교도의 한 종파)'라는 한 종교의 신도였다고 했다. 하지만 지금은 특정 종교에 매여 있지 않고 때에 따라 여러 개 중 하나를 선택했다. 그는 세상 돌아가는 일에 관심이 없었고, 지내다 보니 성격도 아주 고약한 구석이 있었다.

키머 씨는 내가 자신과 일하면서 브래드퍼드 집에서 지내는 것을 못마땅해 했다. 그는 집은 있었지만 세간이 없어서 나를 데리고 살 수 없었다. 그래서 앞에서 잠깐 언급한 리드 씨의 집에서 하숙하도록 주선해주었다. 리드 씨는 그의 집주인이었다. 이때쯤 내 짐과 옷가지들이 도착했기 때문에 다시 리드 양을 만났을 때는 이전에 길거리에서 빵을 뜯어 먹던 내 첫인상보다는 훨씬 나았을 것이다.

인쇄소 설립을 부추기는 키드 주지사

얼마 지나지 않아 나는 독서를 즐기는 그 마을의 젊은이들을 알게 되었고, 저녁때면 그들과 어울려 즐거운 시간을 보냈다. 부지런하고 검소하게 생활한 덕분에 돈을 모으기 시작했고, 가능한 한 보스턴 생각은 하지 않고 기분 좋게 살려고 노력했다. 누구에게도 내가 사는 곳을 알리지 않았다. 다만 내 가출을 도와준 친구 콜린스에게는 편지로 소식을 알렸다. 그는 내 비밀을 지켜주었다. 그런데 뜻밖의 사건이 생겨 생각했던 것보다 훨씬 빨리 집으로 돌아가게 되었다.

내게는 보스턴과 델라웨어를 오가는 무역선의 선장이었던 로버트 홈즈라는 매형이 있었다. 매형은 필라델피아 아래쪽으로 40마일 떨어진 뉴캐슬에서 내 소식을 듣고는 편지를 보내왔다. 내가 갑자기 집을 나가버려서 보스턴에 있는 친구들이 걱정하고 있으며 모두 내게 좋은 마음을 가지고 있으니 돌아오기만 한다면 모든 일이 내 뜻대로 될 거라고 아주 간곡하게 타일렀다. 나는 매형에게 충고해줘서 감사하다는 답장을 보냈다. 그러면서 보스턴을 떠난 이유가 매형이 짐작하는 것처럼 내가 무슨 잘못을 저질러서 그런 것은 아니라고 확실히 말했다.

홈즈 선장이 내 편지를 받았을 때 마침 뉴캐슬에 와있던 윌리엄 키드 주지사가 함께 있었다. 홈즈는 내 이야기를 하면서 편지를 보여주었다고 한다. 주지사는 편지를 읽고 내 나이를 듣더니 깜짝 놀랐다고 한다. 유망한 청년 같으니 격려해 주어야 한다고 하면서 필라델피아에는 형편없는 인쇄업자들밖에 없으니 나 같은 젊은이가 개업한다면 틀림없이 성공할 것이라며 자신이 관공서의 일감을 주선해주고 힘닿는 데까지 도와주겠다고 말했다고 한다.

나는 이 얘기를 전혀 모르고 있다가 나중에 보스턴에서 매형에게 전해 들었다. 어느 날 키머 씨와 내가 창가에서 함께 일하고 있는데 잘 차려입은 주지사와 또 한 명의 신사(나중에 알고 보니 뉴캐슬의 프렌치 대령이었다)가 길을 가로질러 우리 인쇄소로 곧장 오고 있는 게 보였다. 잠시 뒤에 문 두드리는 소리가 들렸다.

키머 씨는 자신을 찾아온 손님인 줄 알고 얼른 뛰어나갔지만, 주지사는 나를 찾았다. 그는 내게 다가와서 이제껏 본 적 없는 겸손하고 정중한 태도로 칭찬의 말들을 늘어놓았고 이곳에 오자마자 왜 자신을 찾아오지 않았냐며 다정한 어투로 나무랐다. 그러고는 나와 잘 지내고 싶다면서 프렌치 대령과 고급 마데이라를 맛보러 가는 길이니 함께 가자고 청했다.

나도 적잖이 놀랐지만 키머 씨는 독을 먹은 돼지처럼 눈이 휘둥그레졌다. 나는 지사와 프렌치 대령을 따라 3번가 모퉁이에 있는 술집으로 갔다. 마데이라를 마시면서 지사는 내게 인쇄소를 차려보라고 권했다. 성공 가능성을 열거하면서 자신과 프렌치 대령이 내가 두 개 주정부의 공공 문서 일을 맡을 수 있도록 힘을 실어주겠다고 장담했다.

아버지가 도와주실지 어떨지 모르겠다고 내가 망설이자 지사는 자신이 아버지 앞으로 개업의 이점에 대해 설명하는 편지를 써 줄 테니 그것을 보여드리면 아버지도 분명히 수긍하실 것이라고 말했다. 그래서 나는 아버지 앞으로 쓴 지사의 편지를 들고 첫 배편으로 보스턴으로 돌아가기로 결정했다. 그리고 당분간 이 결정은 비밀에 부치기로 했다. 평소대로 나는 키머 씨의 인쇄소에서 계속 일했다. 지사는 가끔 나를 식사에 초대해주었다. 나는 그것을 아주 영광으로 생각했다. 그때마다 지사는 대단히 호의적이고 친절한 태도로 스스럼없이 나와 이야기를 나눴다.

1724년 4월 말에 나는 보스턴으로 가는 작은 배에 올랐다. 보스턴

에 있는 친구들을 만나러 간다고 둘러대서 키머 씨의 허락을 받아냈
다. 지사는 아버지 앞으로 두툼한 편지 한 통을 써주었는데, 편지에는
온통 나를 칭찬하는 말들로 가득했고, 필라델피아에서 인쇄업을 시작
하기만 하면 크게 성공할 것이라고 강력하게 권하는 말도 빼놓지 않
았다. 그런데 내가 탄 배가 만을 따라 내려가다가 모래톱에 부딪히는
바람에 물이 새기 시작했다. 큰 소동이 일어났고, 우리는 항해 내내
교대로 계속 물을 퍼내야 했다.

　하지만 2주 만에 무사히 보스턴에 도착할 수 있었다. 나는 7개월
만에 돌아왔는데 친구들은 내 소식을 전혀 모르고 있었다. 홈즈 매형
이 아직 돌아오지 않았고, 나에 대한 얘기를 편지로 쓰지도 않은 탓이
었다. 나의 갑작스러운 출현에 가족들은 깜짝 놀랐다. 하지만 모두들
기뻐하며 따뜻하게 맞아주었다. 제임스 형만 빼고 말이다.

　나는 형을 만나기 위해 인쇄소로 찾아갔다. 나는 형 밑에서 일하던
때보다 훨씬 근사하게 차려 입고 있었다. 머리부터 발끝까지 점잖은
양복을 쫙 입었고 손목시계도 찼고 주머니에는 5파운드 가량의 은화
가 들어 있었다. 형은 그다지 나를 반가워하지 않았다. 그저 위아래로
한번 훑어보고는 다시 일을 하기 시작했다.

　하지만 함께 일했던 견습공들은 내가 어디에 있었는지, 그곳이 어
떤 곳인지, 마음에 드는지 등등 꼬치꼬치 캐물었다. 나는 필라델피아
자랑을 늘어놓았다. 거기서 행복하게 살고 있으며 다시 돌아갈 생각
이라고 호기롭게 말했다. 그 중 한 명이 그곳에서는 어떤 화폐를 사용
하는지 물었다. 나는 주머니에서 은화를 한 움큼 꺼내서 그들 앞에 늘

어놓았다. 보스턴에서는 지폐만 사용하고 있었기 때문에 그들에게는 은화가 구경거리가 될 만했다. 그 기회를 이용해 나는 시계까지 보여 주었다. 마지막으로(형은 여전히 부루퉁하니 화가 나 있었다) 나는 그들에게 술 이나 한 잔 하라고 은화 몇 닢을 주고 인쇄소를 나왔다. 그러나 이 일 로 형이 몹시 화가 났다고 한다. 얼마 후에 어머니가 형을 불러 동생과 화해하고 앞으로 의좋게 지내라고 당부하면서 어미의 소원이라고 하 셨다고 한다. 그러자 형은 내가 인쇄소에 찾아와 견습공들이 보는 앞 에서 자신을 모욕했다며 절대로 잊을 수도, 용서할 수도 없다고 했단 다. 하지만 그건 형의 오해였다.

아버지는 지사의 편지를 읽고 꽤 놀라신 것 같았으나 며칠이 지나 도록 아무 말씀도 없으셨다. 그러는 사이 홈즈 매형이 돌아왔고, 아버 지는 매형에게 편지를 보여주면서 키드 지사를 알고 있는지, 그가 어 떤 사람인지 물었다. 그러고는 성년이 되려면 아직 3년이나 있어야 하 는 아이에게 사업을 하라고 부추기는 걸 보면 신중한 사람은 아닌 것 같다는 말을 덧붙이셨다.

매형은 충분히 가능성 있는 일이라며 그 계획에 찬성하는 쪽으로 설득했지만 아버지는 부적절한 일이라며 딱 잘라 거절하셨다. 아버지 는 윌리엄 경에게 정중하게 거절하는 내용의 편지를 쓰셨다. "제 아들 에게 분에 넘치는 친절을 베풀어주셔서 감사합니다. 하지만 그렇게 중 요하고 자금이 많이 드는 사업을 하기에는 아들이 아직 너무 어립니 다. 저로서는 사업을 시작하는 것을 허락할 수 없습니다."

단짝 친구인 콜린스는 우체국 사무원으로 일하고 있었는데, 내가 들려주는 새로운 땅에 대한 이야기를 듣고는 자기도 같이 가겠다고 했다. 내가 아버지의 결정을 기다리고 있는 사이 그는 육로로 로드아일랜드를 향해 먼저 떠났다. 콜린스는 수학과 자연과학에 관한 꽤 많은 책들을 남겨두고 갔는데, 내가 그의 책과 내 책들을 가지고 뉴욕으로 가 그를 만나기로 했다.

아버지는 윌리엄 경의 제안을 거절하셨지만, 아들이 타지에서 그러한 명사에게 좋은 평을 받고 있다는 사실에 흡족해 하셨다. 또 내가 부지런하고 신중하게 행동해서 짧은 시간에 당당히 자립한 것이라고 하셨다. 아버지는 형과 내가 화해할 가능성이 없어 보이자 필라델피아로 돌아가는 것을 허락하셨다. 그리고 이런 당부의 말씀을 해주셨다.

"사람들 앞에서 공손하게 행동하고 다른 이들에게 존경받을 수 있도록 노력해라. 네가 그런 성향이 있는데, 남을 비방하거나 비꼬는 일은 하지 마라. 착실하게 일하고 검소하게 생활하면 스물한 살이 될 때까지는 사업 밑천을 마련할 수 있을 것이다. 혹시 그때가 돼서 좀 모자라면 그 정도는 도와주마." 부모님이 애정의 징표로 주신 작은 선물을 제외하면 이것이 내가 받은 전부였다. 나는 두 번째로 뉴욕행 배에 올랐다. 이번에는 부모님의 허락과 축복을 받으며 떠날 수 있었다.

배가 로드아일랜드의 뉴포트에 도착했을 때, 나는 몇 해 전에 결혼해서 그곳에 살고 있는 존 형을 찾아갔다. 존 형은 언제나 나를 귀여워해주었기 때문에 아주 따뜻하게 맞아주었다. 형에게는 버논이라는 친구가 있었는데, 그는 펜실베이니아에서 받을 돈이 35파운드가 있다면서 그걸 나더러 대신 받아서 보관하고 있다가 나중에 자기가 연락하면 보내달라고 했다. 그러고는 내게 지불 명령서를 써주었다. 나중에 나는 이 일로 상당한 곤욕을 치렀다.

뉴포트에서 뉴욕으로 가는 승객 몇 명이 더 탔다. 그 중에는 친구인 듯한 젊은 여자 두 명과 시중들을 거느린 우아하고 현명해 보이는 퀘이커교도 부인이 있었다. 내가 그 부인의 잔심부름을 몇 가지 도왔는데, 그래서인지 부인은 내게 아주 친절하게 대해 주었다. 그때 젊은 여자 두 명이 내게 접근해왔고 나는 그들과 점점 가까워졌다.

이를 지켜본 부인이 나를 따로 불러 이렇게 말했다. "젊은이, 일행도 없는 것 같고 아직 세상물정도 잘 모르는 것 같군요. 그러니 유혹에 빠지기가 쉽지요. 내가 보기에 틀림없이 저 여자들은 행실이 좋지 않은 사람들이에요. 행동하는 것만 봐도 알 수 있어요. 조심하지 않으면 위험에 빠질 수도 있어요. 처음 보는 사람들이잖아요. 진심으로 걱정이 돼서 하는 말이니 그들과 어울리지 않는 게 좋아요."

나는 처음에는 부인이 걱정하는 것처럼 그 여자들을 그렇게까지 나쁘게 생각하지 않았다. 그러자 부인은 자신이 직접 본 일과 다른 사람에게 들은 이야기 몇 가지를 해주었는데 내가 미처 알지 못한 것이었다. 그제야 나는 부인의 말이 옳다고 믿었다. 나는 부인의 친절한 충고에 감사하면서 그대로 따르겠다고 약속했다. 뉴욕에 도착하자 여자들은 주소를 주면서 한 번 놀러오라고 초대했지만 나는 가지 않았다. 그것은 잘 한 일이었다.

다음날 선장은 은수저 한 개와 물건 몇 개가 선장실에서 없어진 것을 알았다. 그 여자들이 매춘부였다는 것을 알고 있던 선장은 가택 수

색 영장을 받아 그녀들의 집을 수색해 도둑맞은 물건을 찾아냈고, 여자들은 절도죄로 처벌을 받았기 때문이다. 항해 중에 암초를 피한 일도 있었지만 내게는 이 여자들을 피한 것이 더 다행스러웠다.

뉴욕에는 콜린스가 며칠 전에 먼저 도착해 있었다. 우리는 어릴 때부터 아주 친했고 책도 함께 돌려가며 읽었다. 그러나 콜린스는 독서와 공부에 투자할 수 있는 시간이 나보다 더 많았다. 또 수학에는 놀라운 천재성을 가지고 있었는데, 나로서는 따라갈 수 없는 수준이었다. 보스턴에 살았을 때는 시간이 날 때마다 콜린스와 이런저런 이야기를 나누며 보냈다. 그는 부지런했고 술도 입에 대지 않았다.

목사나 어른들도 콜린스의 학식에 혀를 내둘렀고 틀림없이 크게될 거라고 했다. 그런데 내가 없는 동안 콜린스는 브랜디에 빠져서 만취할 때까지 마시는 습관이 생겼다. 콜린스가 내게 털어놓기도 하고, 다른 사람들에게 들어서도 알게 된 일인데, 그 친구는 뉴욕에 온 뒤로 하루도 빠지지 않고 술을 마셔댔고, 술에 취해 굉장히 이상하게 행동했다고 했다. 게다가 도박에까지 손을 대 돈을 다 날리는 바람에 그의 숙박비는 물론 필라델피아로 가는 경비와 그곳에서의 생활비까지 내가 다 부담해야 했기 때문에 여간 골칫거리가 아니었다.

당시 뉴욕 지사였던 버넷(버넷 주교의 아들)이 우리와 같은 배를 타고 있었다. 그는 선장한테 어떤 젊은이가 책을 무척 많이 갖고 왔다는 말을 전해 듣고는 한번 만나고 싶다며 나를 데려오라고 했다. 그래서 그를 만나러 갔다. 콜린스도 데려가야 했지만 그 친구는 술에 취해서 제정신이 아니었다. 지사는 아주 정중하게 나를 대해주었고 자신의 서재를 보여주었다. 굉장히 큰 서재였다. 우리는 책과 작가들에 대해 많은 대화를 나눴다. 그는 나를 알아봐 준 두 번째 지사였다. 나처럼 가난한 소년에게는 참으로 즐거운 일이었다.

우리는 계속해서 필라델피아로 갔다. 도중에 펜실베이니아에 들러 버논 씨가 부탁한 돈을 받았다. 그 돈이 없었다면 우리는 여행을 끝마칠 수 없었을지도 모른다. 콜린스는 회계 사무소에 취직하고 싶어 했지만 가만히 있어도 풍기는 술 냄새 때문인지, 아니면 기이한 행동 때문인지 추천서를 가지고도 번번이 미끄러졌다. 그러니 나와 함께 지낼 수밖에 없었고 하숙비도 내가 치렀다. 또 내가 버논 씨의 돈을 갖고 있는 것을 알고 있었기 때문에 그는 계속 돈을 빌려갔다. 취직하면 바로 갚겠다고 하면서 말이다. 그렇게 빌려간 액수가 점점 불어나자 나는 버논 씨가 돈을 보내달라고 할까봐 늘 불안했다.

콜린스는 계속 술을 마셔댔고, 그것 때문에 다투는 일도 잦아졌다. 그는 술에 취하면 굉장히 난폭해졌다. 한번은 다른 친구들과 함께 배를 타고 델라웨어로 가고 있었는데 그는 자기 차례가 되었는데도 노를 안 젓겠다고 했다. 그는 "노를 저어서 집까지 나를 모셔라"라고 말했다. 나는 "너를 위해 노를 저을 생각은 없어"라고 받아쳤다.

그는 "노를 젓든지 밤새 물 위에 있든지 맘대로 해"라며 쏘아붙였다. 다른 친구들은 "우리가 그냥 젓자. 뭐 대단한 일도 아닌데"라고 했지만 나는 평소 그가 하는 짓이 너무 못마땅했기 때문에 끝까지 버텼다. 그러자 콜린스는 나더러 노를 젓지 않으면 물속에 던져버리겠다고 욕을 해댔다. 급기야는 배를 가로질러 내게로 오더니 나를 때리려고 했다.

나는 재빨리 그의 다리 밑으로 손을 넣어 그를 들어올린 다음 거꾸로 물속에 처넣었다. 콜린스가 헤엄을 잘 친다는 것을 알고 있었기 때문에 별로 걱정하지 않았다. 그가 배를 잡으려고 손을 뻗으면 얼른 노를 저어서 도망쳤다. 그리고 그가 배 가까이 오면 노를 저을 거냐고 묻고 또 노를 저어 빠져나갔다. 콜린스는 약이 오를 대로 올라 죽어도 안 저을 거라고 소리를 질러댔다.

하지만 그가 지쳐가는 걸 보고 우리는 그를 배에 끌어올렸고 흠뻑 젖어 물이 뚝뚝 떨어지는 그를 집으로 데려갔다. 그 뒤로 우리는 험악한 말들을 주고받았다. 그렇게 지내고 있을 때 서인도 제도를 오가는 한 선장이 나타났다. 그는 바베이도스에 사는 한 신사로부터 아들의 가정교사를 구해달라는 부탁을 받고 적당한 사람을 찾고 있는 중이었다. 우연히 콜린스를 만난 그는 콜린스를 데려가기로 했다. 콜린스는 첫 월급을 받으면 내게 빌린 돈을 보내 주겠다고 약속하고 떠났다. 그러나 그 후로 소식 한 번 듣지 못했다.

버논 씨의 돈에 손을 댄 것은 내 일생에서 가장 큰 과오였다. 이 일로 중대한 일을 맡기기에는 내가 너무 어리다는 아버지의 판단이 그다지 틀린 것이 아님을 알 수 있었다. 그러나 키드 지사는 아버지의 편지를 읽더니 아버지가 지나치게 소심한 거라고 했다. 사람마다 개인차가 있기 마련인데 나이가 많다고 해서 반드시 분별력이 있고, 젊다고 해서 반드시 분별력이 없는 것은 아니라고 했다. "아버지께서 인쇄소를 차려주시지 않는다니 내가 차려주겠네. 영국에서 가져와야 할 품목을 적어주면 내가 영국에 주문을 하지. 나중에 형편이 되면 그때 갚게. 나는 이곳에도 훌륭한 인쇄업자가 있어야 한다고 생각하네. 자네라면 틀림없이 성공할 걸세"라고 말했다.

지사가 너무나 진지한 표정으로 얘기해서 나는 그의 말을 조금도 의심하지 않았다. 그때까지 나는 필라델피아에서 인쇄소를 차리겠다는 계획을 비밀로 해왔고 그 후로도 계속 비밀로 했다. 내가 지사를 신뢰한다는 것을 누구라도 알았다면, 아마 그를 잘 아는 사람들이 내게 그의 말을 믿지 말라고 충고를 해주었을 것이다. 나중에 들은 이야기지만 그는 지키지도 않을 약속을 마구 떠벌리는 것으로 유명한 사람이었다. 그러나 내가 부탁한 것도 아닌데 그런 관대한 제의를 해오는데 어떻게 그의 말이 거짓이라고 생각하겠는가? 나는 그를 세상에서 가장 좋은 사람이라고 믿고 있었다.

나는 인쇄소를 차리는 데 필요한 물품 목록을 작성해서 지사에게 주었다. 내 계산으로는 100파운드쯤 되었다. 그는 좋다고 말하면서 나더러 직접 영국에 가서 활자도 고르고 다른 물품들도 더 좋은 것으로 고르는 것이 나을 거라고 했다.

"그러면 거기 사람들과 얼굴도 익히고 서적이나 문방구 쪽 거래처도 뚫을 수 있을 걸세." 나도 그렇게 생각했다. 그가 또 말했다. "그러면 애니스 호를 타고 떠날 준비를 하게." 애니스 호는 그 당시 일 년에 한 번씩 필라델피아와 런던 사이를 오가는 유일한 정기선이었다. 그러나 애니스 호는 몇 달 뒤에야 출항할 예정이었으므로 나는 키머 씨 인쇄소에서 계속 일했다. 그러는 동안 콜린스가 빌려간 돈을 돌려받을 수 있을까 초조했고, 버논 씨가 돈을 돌려달라고 하는 건 아닐까 날마다 불안해 했다. 하지만 그 후로도 몇 년이 지나도록 버논 씨에게서는 아무 연락도 없었다.

한 가지 잊고 안 한 이야기가 있는데 보스턴에서 처음 떠나올 때의 이야기이다. 그날은 바람이 없어서 우리 배는 블록 아일랜드 근처에 정박해 있었다. 사람들은 낚시를 하기 시작했고 꽤 많은 대구를 잡았다. 그때까지 나는 고기를 먹지 않겠다는 결심을 쭉 지켜오고 있었다. 존경하는 트라이언 선생과 마찬가지로 물고기를 잡는 것은 아무 이유 없는 살생이라고 생각했다. 물고기들은 죽임을 당할 만큼 우리에게 해를 끼친 적도 없고 해를 끼칠 수도 없기 때문이었다. 이것은 지극히 당연한 말씀이었다.

그러나 나는 예전부터 생선을 무척 좋아했고 그날따라 프라이팬에서 막 구워낸 생선 냄새가 기가 막히게 좋았다. 원칙과 식욕 사이에서 한참을 갈등하다가 갑자기 방금 전에 생선 배를 갈랐을 때 그 뱃속에서 작은 생선이 나왔던 게 생각났다. 그러자 이런 생각이 들었다. '생선들끼리도 서로 잡아먹는데 나라고 생선을 먹지 못할 이유가 없지.' 결국 나는 대구를 실컷 먹었다. 그 뒤로도 채식을 할 때는 해도 다른 사람들과 있을 때는 생선을 먹었다. 합리적인 인간이 된다는 것은 아주 편리한 일이어서 하고 싶은 일이 무엇이든 그에 합당한 이유를 찾아내거나 만들어낼 수가 있다.

키머 씨와 나는 사이좋게 잘 지냈고 마음도 꽤 잘 맞았다. 그도 그럴 것이 그는 내가 인쇄소를 차리려 한다는 것을 전혀 모르고 있었다.

키머 씨는 젊었을 적 열정을 그대로 간직하고 있어서 논쟁하기를 좋아했다. 그래서 우리는 자주 논쟁을 벌였다. 그럴 때마다 나는 소크라테스식 논법으로 그를 내 마음대로 다루었다. 처음에는 주제와 동떨어진 질문으로 시작해서 차차 핵심으로 접근하면서 그를 함정에 빠트리는 방법을 자주 썼다. 그럴 때마다 그는 자기모순에 빠져 쩔쩔맸다.

계속 그렇게 당하다 보니 그는 우스울 정도로 신중해져서 아주 평범한 질문을 던져도 "그 질문을 하는 의도가 뭔가?"라고 먼저 물어본 다음 대답했다. 키머 씨는 상대를 꼼짝 못 하게 만드는 내 대화법을 높이 평가하면서 자신이 새로운 종파를 만들 계획인데 동참해달라고 진지하게 제안했다. 자기가 설교를 맡을 테니 나는 모든 반대자를 물리쳐달라고 했다. 그러면서 그 교리를 설명해주었는데, 내가 찬성할 수 없는 것이 몇 가지 있었다. 나는 내 의견을 받아들여주지 않으면 동참하지 않겠다고 했다.

키머 씨는 턱수염을 기르고 있었다. 모세의 율법 중에 '수염 끝을 자르지 말라'는 구절이 있기 때문이었다. 그리고 또 토요일을 안식일로 지키고 있었다. 그에게 이 두 가지는 반드시 지켜야 하는 것이었다. 그런데 나는 두 가지 다 마음에 들지 않았다. 하지만 그가 육식을 금하는 교리를 넣어주면 나도 그것들을 받아들이겠다고 했다. 키머 씨는 망설였다. "글쎄, 내 체격에 고기를 안 먹고 버틸 수 있을까." 나는 버틸 수 있을 뿐만 아니라 몸이 더 좋아질 거라고 장담했다.

키머 씨는 평소 엄청난 대식가였다. 그런 그가 허기져서 힘들어 하는 모습을 지켜보는 것도 재미있겠다 싶었다. 키머 씨는 내가 같이 한

'생선들끼리도 서로 잡아먹는데 나라고 생선을 먹지 못할 이유는 없다'는 합당한 이유를 찾아내
채식의 원칙을 깬 프랭클린. 그는 채식을 할 때는 해도 다른 사람들과 있을 때는 생선을 먹었다.

다면 해보겠다고 했고, 우리는 석 달 동안 함께 채식을 했다. 우리의 식사는 이웃에 사는 한 여자가 준비해서 가져다주었다. 나는 생선, 고기 그리고 닭고기도 들어가지 않는 마흔 가지 음식을 적어서 여자에게 주고 매번 다른 음식으로 준비해달라고 부탁했다. 이때의 채식은 내 형편에 잘 맞았다. 일주일치 식비가 18펜스를 넘지 않았다.

그 뒤로 나는 몇 년간 사순절을 엄격하게 지키면서 보통식을 끊고 채식으로 바꾸었다. 그러다가 갑자기 채식을 끊고 보통식으로 돌아가기도 했다. 그래도 별 어려움이 없었다. 이런 걸 보면 변화는 느리게 서서히 해야 한다는 말도 별로 맞지 않는 것 같다. 나는 즐거운 마음으로 계속 채식을 했지만, 불쌍한 키머 씨는 몹시 고통스러워 했다. 채식에 진절머리를 내던 키머 씨는 결국 고기를 실컷 먹겠다며 돼지고기구이를 주문했다. 그는 함께 식사를 하자고 나와 여자 친구 두 명을 초대했다. 하지만 요리가 너무 일찍 나오는 바람에 유혹을 뿌리치지 못하고 결국 우리가 도착하기 전에 다 먹어치우고 말았다.

그 무렵에 나는 리드 양과 사귀고 있었다. 나는 그녀를 존중했고 애정을 품고 있었다. 그녀 역시 내게 같은 마음을 품고 있었다고 생각한다. 그러나 나는 긴 여행을 앞두고 있었고 우리 둘 다 열여덟을 갓 넘긴 어린 나이였다. 사정이 이렇다 보니 그녀의 어머니는 우리 관계가 결혼으로 진전되지 않도록 신경을 썼다. 설사 결혼을 한다고 해도 내가 돌아와서 사업을 시작한 뒤에 하는 것이 좋겠다고 하셨다. 나는 내 장래를 확신했지만, 그녀의 어머니가 보기에는 불안했던 모양이다.

이때 내가 주로 만나던 친구들은 찰스 오스본, 조지프 왓슨, 제임스 랠프였다. 모두들 책을 좋아했다. 랠프는 상점의 점원이었고, 다른 두 친구는 마을에서 유명한 공증인인 찰스 브로그덴 밑에서 서기로 일하고 있었다. 왓슨은 신앙심이 깊고 현명했으며 반듯한 친구였다. 반면 다른 두 친구는 종교적 규율에 그리 얽매이지 않았는데, 특히 랠프는 콜린스처럼 나 때문에 혼란스러워 하고 있었다.

그래서인지 그 두 사람은 나를 힘들게 했다. 오스본은 재치 있고 지나칠 정도로 솔직했다. 친구들에게는 진실하고 다정하게 굴었지만 문학 문제에서만큼은 비판하는 것을 좋아했다. 랠프는 재주가 아주 많고 태도도 점잖았으며 뛰어난 달변가였다. 그 친구보다 이야기를 잘하는 사람을 본 적이 없는 것 같다. 두 사람 다 시를 좋아했고 이제는 직접 짧은 시를 쓰고 있었다. 우리 네 친구는 일요일마다 스쿨킬 강 근처 숲 속을 거닐면서 산책을 즐겼고, 거기서 서로 책을 읽어주기도 하고 그것에 대해 토론을 벌이기도 했다.

랠프는 시를 공부하고 싶어 했다. 위대한 시인들도 처음 글을 쓰기 시작했을 때에는 자기처럼 많은 실수를 했을 거라며 유명한 시인이 돼서 돈을 많이 벌 거라고 장담했다. 하지만 오스본은 랠프에게 시에는 소질이 없으니 지금 하고 있는 일을 열심히 하라고 충고했다. 이대로 부지런하고 꼼꼼하게 일하다 보면 자본이 없더라도 대리 경영을 할 수도 있고, 때가 되면 자기 사업을 할 수도 있을 거라고 설득했다. 나 역시 랠프가 가끔씩 시를 즐기고 어휘력을 늘리는 정도는 괜찮다고 생각하지만 그 이상은 아닌 것 같다고 말했다.

이렇게 해서 다음번 모임에는 논평하고 비평하고 수정하는 실력을

향상시키기 위해 각자 시를 한 편씩 지어오기로 했다. 우리가 염두에
두고 있는 것은 어휘와 표현의 문제이므로 창작물은 제외하고 하나님
의 강림을 묘사한 〈시편〉 18장의 내용을 시로 지어보기로 결정했다.
약속한 날이 가까워졌을 때 랠프가 나를 찾아와서 자기는 시를 완성
했다고 말했다. 나는 바쁘기도 하고 마음도 내키지 않아서 쓰지 못했
다고 했다. 그랬더니 그는 자신의 시를 보여주면서 내게 의견을 물었
다. 내가 보기에도 꽤 훌륭한 시였기 때문에 칭찬을 많이 해주었다.

그러자 그가 말했다. "오스본은 내가 쓴 거라면 무조건 트집을 잡
을 거야. 질투심 때문에 흠을 천 가지는 늘어놓을걸. 그래도 너는 별로
질투하지 않는 것 같으니까 이 시를 네가 쓴 거라고 해보자. 나는 시간
이 없어서 못 쓴 척할게. 그 녀석이 뭐라고 하는지 한번 보자고." 나는
찬성했고 내가 직접 쓴 것처럼 보이도록 그 시를 바로 옮겨 적었다.

약속한 날이 왔다. 왓슨이 먼저 작품을 낭독했다. 훌륭한 점도 있
었지만 결점도 많았다. 다음에는 오스본의 시가 낭독되었다. 훨씬 나
았다. 랠프는 공정한 평가를 해주었다. 결점을 몇 가지 지적했지만 훌
륭한 점은 칭찬해 주었다. 다음은 랠프 차례였다. 랠프는 자신은 써오
지 못했다고 했다. 마지막으로 내 차례였다. 나는 시간이 없어서 제대
로 고치지 못했다는 변명을 늘어놓으며 발표를 망설이는 척했다. 하지
만 변명이 허용되지 않았고 나는 작품을 읽었다.

낭독이 끝났을 때 친구들은 다시 읽어보라고 했다. 왓슨과 오스본
은 경쟁하고 있다는 것도 잊은 채 이구동성으로 칭찬했다. 랠프만 이
것저것 잘못된 점을 지적하며 수정하는 것이 좋겠다고 했지만 나는

원문을 고집했다. 그러자 오스본이 랠프에게 시를 짓는 것도 신통치 않더니 비평도 그 모양이냐고 쏘아붙였다. 랠프는 입을 다물어버렸다. 두 사람이 집으로 함께 돌아갈 때 오스본은 그가 내 작품으로 알고 있는 그 글을 입에 침이 마르도록 칭찬했다고 한다. 그러면서 내 앞에서 계속 칭찬하면 아첨이라고 생각할까봐 참았다고 했단다.

"프랭클린이 그런 글을 쓸 수 있을 거라고 누가 상상이나 했겠나. 묘사력이며 필력하며 그 열정까지. 원작보다 훨씬 낫잖나. 평소 말할 때는 단어 선택도 제대로 못 하고 더듬거리더니. 세상에, 그 친구가 그런 글을 쓰다니!" 다음번에 만났을 때 랠프는 우리가 장난친 것을 밝혔고 오스본은 꽤 놀림을 받았다.

이 일로 랠프는 시인이 되겠다는 결심을 굳혔다. 나는 어떻게든 말리려고 했지만 랠프는 아랑곳하지 않고 계속 시를 끼적거렸다. 포프가 《우인열전》에서 혹평을 하고 나서야 랠프는 시에 대한 미련을 버렸다. 대신 그는 훌륭한 산문 작가가 되었다. 그에 대한 얘기는 다음에 더 하기로 하자. 하지만 다른 두 친구에 대해서는 다시 얘기할 기회가 없을 것 같으니 여기서 잠깐 얘기해야겠다.

왓슨은 그로부터 몇 년 뒤 내 팔에 안겨서 세상을 떠났다. 우리들 중 가장 훌륭했던 친구라 너무나 안타까웠다. 오스본은 서인도 제도로 가서 성공한 변호사로 돈도 많이 벌었지만 그 친구 역시 일찍 세상을 떠났다. 그와 나는 진지하게 약속한 게 하나 있었는데, 먼저 죽는 사람이 뒤에 남은 사람을 찾아와 저 세상에서 본 것들을 얘기해주기로 했다. 하지만 그는 약속을 지키지 않았다.

런던에서의 1년 반

지사는 나와 얘기하는 것이 좋았는지 자주 자기 집으로 초대했고 그 때마다 내게 인쇄소를 차려주는 것을 기정사실로 얘기했다. 나는 지 사의 친구들에게 보여줄 여러 장의 추천장과 인쇄기, 활자, 종이 등을 구입할 때 필요한 돈을 빌릴 수 있는 신용장을 가지고 영국으로 갈 예 정이었다. 이것들이 준비가 되는 대로 그때그때 가서 받기로 했지만 주지사는 차일피일 미루기만 했다.

배 역시 출항이 몇 번이나 미뤄지다가 겨우 출발하게 되었는데 그때까 지도 지사는 계속 미루고만 있었다. 떠나기 전에 인사도 하고 추천장 과 신용장도 받을 겸해서 주지사에게 들렀다. 비서인 바드 박사가 나 와서 하는 말이 주지사님이 지금 편지를 쓰느라 몹시 바쁘신데 배보 다 먼저 뉴캐슬에 가 계실 테니 거기서 추천장과 신용장을 받으라는 것이었다.

랠프는 결혼해서 아이도 하나 있었지만 이번 여행에 나와 동행하기 로 했다. 나는 랠프가 그쪽 거래처들과 안면을 터서 상품의 위탁판매 를 할 생각인 줄 알았다. 나중에 알고 보니 아내와 불화가 생겨서 떠 나려는 것이었고 영영 돌아오지 않을 작정이었던 것이다. 나는 친구들 과 작별 인사를 나누고 리드 양과 몇 가지 약속을 주고받은 뒤 배에 올랐다. 필라델피아를 떠난 배의 다음 정박지는 뉴캐슬이었다.

주지사는 그곳에 와 있었다. 하지만 그가 묵고 있는 숙소에 가니 이 번에도 비서가 나와서 더할 나위 없이 정중한 주지사의 말만 전해주었다. 주지사가 중요한 일로 바빠서 나를 만날 수 없다면서 추천장과 신용장은 배로 보내줄 테니 걱정 말고 무사히 잘 다녀오라는 것이었다. 나는 좀 당혹스러웠지만 여전히 아무런 의심도 하지 않고 배에 올랐다.

내가 탄 배에는 필라델피아의 유명한 변호사 앤드류 해밀턴 씨가 그의 아들과 함께 타고 있었다. 퀘이커교도 상인인 데넘 씨와 메릴랜드에서 철강업을 운영하는 어니언 씨와 러셀 씨가 아주 넓은 일등 선실을 함께 썼다. 랠프와 나는 삼등 선실을 써야 했고 승객 중 우리를 아는 사람이 없어서 우리는 일반 손님으로 취급받았다. 그런데 해밀턴 씨에게 압류당한 선박을 변호해 달라는 거액의 수임료가 걸린 의뢰가 들어오는 바람에 해밀턴 씨와 아들(제임스라는 사람으로 후에 주지사가 되었다)은 뉴캐슬에서 다시 필라델피아로 돌아갔다. 그리고 출항 직전에 프렌치 대령이 배에 올랐는데 나를 보자 정중하게 인사했다. 그러자 사람들은 랠프와 나를 주목하기 시작했다. 나중에는 다른 신사들이 일등 선실에 자리가 비었으니 그리로 오라고 청하기까지 해서 우리는 일등 선실로 옮겼다.

나는 당연히 프렌치 대령이 지사의 편지를 가지고 배에 탔을 거라고 생각했다. 그래서 선장에게 내게 온 편지들이 있을 테니 찾아봐 달라고 부탁했다. 선장은 모든 편지들이 우편 가방에 들어 있기 때문에 지금은 꺼낼 수가 없다면서 영국에 도착해서 내리기 직전에 기회를 봐서 꺼내주겠다고 했다. 그래서 나는 안심하고 여행을 계속했다. 우리는 선실에서 사교적인 사람들과 어울렸고 해밀턴 씨가 두고 간 많은 음식들로 풍족하게 지낼 수 있었다. 이 항해 중에 데넘 씨와 아주 가까워졌는데 그와 맺은 우정은 그가 죽을 때까지 이어졌다. 하지만 계속된 악천후로 항해 자체는 즐겁지 않았다.

배가 영국 해협에 도착했을 때 선장은 약속대로 나를 불러 우편 가방에서 지사의 편지를 찾아보라고 했다. 그러나 내 앞으로 온 편지는 찾을 수 없었다. 글씨체를 보고 내게 약속된 편지라고 생각되는 것을 예닐곱 개 골라냈다. 특히 그 중 한 통은 왕실 전용 인쇄업자인 배스킷 씨에게, 다른 한 통은 어떤 서적상에게 보내는 것이었다. 1724년 12월 24일 드디어 런던에 도착했다. 나는 먼저 서적상을 찾아가 키드 지사가 보낸 편지라고 하면서 편지를 건넸다.

그는 "난 그런 사람 모르는데……"라고 말하면서 편지를 뜯었다. "아, 리들스덴이 보낸 거로군요. 최근에 안 일이지만, 이 작자는 아주 몹쓸 인간이더군요. 이 사람과는 어떤 관계도 맺고 싶지 않고 편지도 받고 싶지 않소이다." 그러고는 편지를 내 손에 쥐어주고 휙 돌아서서 다른 손님을 상대하는 것이었다. 그 편지들이 지사가 쓴 것이 아니라는 것을 알고 나는 깜짝 놀랐다. 그간의 정황을 돌이켜 생각해보고 나는 지사의 진실성이 의심스러워지기 시작했다.

나는 친구 데넘 씨를 찾아가서 지금까지 있었던 일을 털어놓았다. 데넘 씨는 내게 지사의 인간 됨됨이에 대해 얘기해 주면서 그가 나를 위해 추천장을 써줄 리 없다고 했다. 그를 아는 사람이라면 누구도 그를 믿지 않는다는 것이었다. 신용 없는 지사가 신용장을 써 준다고 했다며 그는 웃었다. 내가 앞으로 어떻게 해야 할지 걱정이라고 하자 데넘 씨는 인쇄업 방면으로 일자리를 구해보라고 조언했다. "이곳에 인쇄업자들 틈에서 일하다 보면 실력도 많이 늘 테니 미국에 돌아가서 개업할 때 큰 도움이 될 걸세."

우리는 서적상에게 보낸 편지 덕분에 변호사 리들스텐이 질이 나쁜 인간이라는 것을 알게 되었다. 그는 동업을 미끼로 리드 양의 아버지를 꾀어서 거의 파산 직전에 이르게 한 일도 있었다. 이 편지에 따르면, 우리와 함께 오기로 되어 있던 해밀턴 씨에게 손해를 끼치려는 음모가 진행되고 있는 것 같았다. 게다가 키드 지사도 리들스텐과 함께 그 음모에 가담하고 있었다. 해밀턴 씨의 친구였던 데넘 씨는 이 사실을 그에게 알려주어야 한다고 생각했다.

나는 얼마간은 키드 지사와 리들스텐에 대한 분노와 악의로, 얼마간은 해밀턴 씨에 대한 호의로 영국에 도착하자마자 바로 찾아가서 그 편지를 전해주었다. 그는 중요한 정보를 주었다며 내게 몹시 고마워했고, 그때부터 그는 나의 친구가 되었고 이후에 많은 도움을 주었다.

하지만 어떻게 주지사라는 사람이 그런 한심한 장난을 치고 아무것도 모르는 가난한 소년에게 그렇게 지독한 거짓말을 할 수 있는지! 그것은 그의 습관이었다. 모든 사람을 기쁘게 해주고 싶다, 그러나 줄게 없다, 그러니 기대감이라도 갖게 하자, 뭐 이런 식이었다. 다른 점에서 보면 그는 재능도 많고, 분별력도 있고, 글도 꽤 잘 쓰는 사람이었고, 시민들에게는 좋은 주지사이기도 했다. 때때로 훈령을 무시해서 그의 임명자인 영주들에게는 그렇지 않았지만 말이다. 어쨌든 그는 임기 중에 몇 가지 훌륭한 법안을 입안하고 통과시키기도 했다.

랠프와 나는 둘도 없는 친구가 되었다. 우리는 리틀 브리튼에 있는 하숙집에서 주당 3실링 6펜스를 내고 함께 지냈다. 당시 우리 주머니 사정으로는 최선이었다. 랠프는 친척들을 만나봤지만 그들도 가난했기 때문에 그를 도와줄 수 없었다. 랠프는 그제야 자신은 런던에 계속 남을 거라고 털어놓았다. 필라델피아로 돌아갈 생각이 없다고 했다. 하지만 갖고 있던 돈을 뱃삯으로 모두 써버린 뒤라서 그는 빈털터리였다. 반면 나는 금화 열다섯 닢이 있었다. 랠프는 일자리를 찾는 동안 가끔씩 내게 돈을 빌려 근근이 버텼다. 랠프가 처음 생각한 직업은 배우였다. 자기에게 배우가 될 자질이 있다고 믿었기 때문에 극단에 들어가려고 했다.

하지만 그의 연기를 본 윌크스라는 배우는 배우로 성공할 가망성이 없으니 애초에 그만두는 것이 좋겠다고 진심 어린 충고를 해주었다. 다음은 페이터노스터 로의 출판업자인 로버츠 씨를 찾아가 몇 가지 조건을 제시하며《스펙테이터》같은 주간지에 글을 쓰게 해달라고 했지만 거절당했다. 그러자 그는 법률 학교 주위에 있는 출판업자나 변호사 밑에서 자질구레한 문서를 작성하는 일을 해보려고 했지만 빈자리가 없었다.

반면에 나는 단번에 파머라는 사람이 운영하는, 그 당시 바살러뮤 클로스에서 유명했던 파머 씨의 인쇄소에서 금방 일자리를 얻었고, 1년 가까이 그곳에서 일했다. 나는 꽤 열심히 일했지만 급료의 대부분을 랠프와 함께 연극 구경이나 다른 오락 거리에 다 써버렸다. 가지고 있던 금화마저 바닥이 났고 그야말로 하루 벌어 하루 먹고 사는 형편이 되었다.

그러는 사이 랠프는 아내와 아이의 존재를 완전히 잊은 것 같았고, 나도 리드 양과의 약속이 점점 희미해져갔다. 리드 양에게 한 번밖에 편지를 보내지 않았고, 그마저도 빨리 돌아갈 수 없을 것 같다는 내용이었다. 이것도 내 인생의 크나큰 실수였다. 다시 한 번 살 수 있다면 그렇게 살지는 않을 것이다. 사실 씀씀이가 너무 헤퍼서 고향으로 돌아갈 여비조차 없었다.

파머 인쇄소에서 월라스턴의 《자연의 종교》 재판을 찍고 있었는데 내가 식자 일을 맡게 되었다. 그런데 그의 논거에는 몇 가지 불충분한 점이 보였다. 나는 그것을 비평하는 형이상학적인 논문을 써서 〈자유와 필연, 쾌락과 고통에 관한 소고〉라는 제목을 붙였다. 그리고 '나의 친구 랠프에게 바친다'는 말을 덧붙여서 몇 부를 인쇄했다. 파머 씨는 내 논리에서 불쾌한 부분이 있었는지 진지하게 이의를 제기했다. 하지만 나를 꽤 영리한 젊은이로 보기 시작했다.

그러나 이 소논문을 인쇄한 것은 내가 저지른 또 하나의 실수였다. 리틀 브리튼에서 하숙하는 동안 나는 바로 옆에 있는 서점 주인인 윌콕스 씨와 친하게 지냈다. 그의 서점에는 중고책이 엄청 많았고 당시에는 대출 도서관이 없었다. 그래서 나는 윌콕스 씨와 어떤 합당한 조건으로 계약을 맺었다. 그 조건이 무엇이었는지는 기억나지 않지만 그 계약으로 나는 그의 서점에서 어떤 책이든 빌려 볼 수 있게 되었다. 나는 아주 유리한 이 계약을 최대한 이용했다.

내가 쓴 소논문이 어찌된 일인지 《인간 판단의 정확성》을 쓴 외과 의사 라이언스의 손에 들어갔다. 그것을 계기로 우리는 친분을 맺게 되었다. 그는 나를 아주 높이 평가했고 자주 나를 찾아와서 이런저런 이야기를 나누었다. 그러고는 치프사이드가에 있는 혼즈라는 허름한 선술집으로 데리고 갔다.《꿀벌의 우화》를 쓴 맨더빌 박사를 소개받았다. 맨더빌 박사는 아주 익살맞고 재미있는 사람으로 그곳에서 클럽을 만들어 대장 노릇을 하고 있었다. 라이언스는 또 뱃슨의 커피숍에서 펨버튼 박사에게도 나를 소개시켜 주었다. 박사는 언제고 아이작 뉴턴 경을 만나게 해주겠다고 해서 몹시 고대했지만 그 일은 이루어지지 않았다.

나는 영국으로 건너가면서 몇 가지 진기한 물건을 가지고 갔다. 그 중에 불을 가까이 대면 빛이 나는 석면으로 만든 지갑이 있었다. 한스 슬론 경[왕립학사원장을 지낸 의학자로 그가 수집한 골동품이 토대가 되어 대영 박물관이 세워졌다]은 이 소문을 듣고 나를 찾아와서 블룸스베리 광장에 있는 자기 집으로 나를 초대했다. 그곳에서 그는 진기한 물건들을 모두 보여주고는 내 석면 지갑도 그 목록에 넣을 수 있게 해달라고 설득했다. 나는 그 대가를 후하게 받았다.

우리 하숙집에는 T라는 젊은 부인이 있었다. 클로이스터에서 모자 가게를 운영하는 여자였다. 가정교육을 잘 받았는지 사려 깊고 성격도 명랑한 데다가 무엇보다 대화가 잘 통했다. 랠프가 저녁마다 그녀에게 희곡을 읽어주면서 점점 가까워졌는데 그녀가 하숙집을 옮기자 그도 따라 나갔다. 한동안 그들은 함께 살았다. 하지만 랠프는 여전히 직업이 없었고 그녀의 수입만으로 아이까지 세 사람이 먹고 살기에는 빠듯했다.

결국 랠프는 런던을 떠나 시골에서 학교를 열기로 했다. 글도 잘 쓰고 수학과 계산에도 능하니 자신에게 딱 맞는 일이라고 생각했던 것 같다. 그러나 그는 이 일을 자기 수준에 못 미치는 비천한 일이라고 생각했고 나중에는 더 내세울 만한 일을 갖게 될 거라고 자신하고 있었다. 한때 초라한 일을 했다는 것이 알려지는 게 내키지 않았던지 그는 이름을 바꿨다. 영광스럽게도 내 이름을 가명으로 썼다. 떠난 지 얼마 후에 그에게서 편지가 왔다. 그는 작은 마을(버크셔로 기억하는데, 거기에서 한 사람당 일주일에 6펜스를 받고 열 명에서 열두 명의 학생들에게 읽기와 쓰기를 가르친다고 했다)에 자리를 잡았다고 하면서 T부인을 잘 보살펴달라고 부탁했다. 그리고 자기에 편지를 보낼 때는 어디어디의 프랭클린 선생 앞으로 보내달라는 말도 덧붙였다.

그는 자주 편지를 보냈는데 당시 그가 쓰고 있던 서사시의 긴 견본도 같이 보냈다. 그러면서 나더러 비평과 수정을 해달라고 요구했다. 나는 이따금씩 평을 써서 보내기도 했지만, 그보다는 시 쓰는 것을 그만두게 하려고 노력했다. 바로 그 무렵에 영국의 시인 영이 쓴 풍자시가 출간되었다. 나는 영의 시 대부분을 옮겨 적어 랠프에게 보냈다. 뮤즈의 도움으로 입신출세를 꿈꾸며 뮤즈의 뒤를 쫓아다니는 어리석음에 초점을 맞춘 시였다.

하지만 소용없었다. 편지가 올 때마다 그는 계속 시를 보내왔다. 그러는 동안 랠프 때문에 친구도 일자리도 잃은 T부인은 생활이 어려워져 종종 내게 돈을 빌리러 오곤 했다. 나는 그녀와 있는 것이 점점 좋아졌다. 그때만 해도 종교에 얽매이지 않았고, 또 곤궁한 그녀에게 내가 꼭 필요한 존재라는 점을 이용해 나는 그녀와 성적인 관계를 맺어보려고 했다(또 하나의 실수였다). 그녀는 당연히 화를 내며 나를 뿌리쳤고 랠프에게 고해바쳤다.

이 일로 우리 사이는 금이 가고 말았다. 랠프는 당장 런던으로 달려와서는 내가 자초한 것이라며 채무관계는 취소되었다고 알렸다. 그렇다고 크게 달라질 것도 없었다. 어차피 랠프는 빌려간 돈을 다 갚지 못할 테니까. 그는 돈을 갚을 능력이 전혀 없었다. 그와의 우정을 잃고 나니 오히려 무거운 짐을 벗은 듯 홀가분했다. 나는 이제 돈을 좀 모아야겠다고 마음먹었다. 그래서 더 나은 일을 찾아 파머의 인쇄소를 그만두고 링컨스 인 필즈에 있는, 규모가 훨씬 큰 와츠 인쇄소에 취직했다. 나는 런던을 떠날 때까지 그곳에서 일했다.

와츠 인쇄소에 들어가서 처음 맡은 일은 인쇄였다. 식자와 인쇄 일이 구분돼 있지 않았던 아메리카와 달리 영국은 두 가지 공정이 구분돼있었다. 그래서 나는 몸을 좀 더 움직일 수 있는 인쇄 일을 선택했던 것이다. 나는 물만 마셨는데 50명 가까운 다른 직공들은 맥주를 들이붓듯이 마셔댔다. 이따금 나는 양손에 하나씩 커다란 활자판을 들고 계단을 오르내렸지만 다른 직공들은 양손으로 한 개만 날랐다. 인쇄공들은 '물만 마시는 아메리카인'이 진한 맥주를 마시는 자기들보다 더 힘이 세다는 것을 이상하게 생각했다. 인쇄소에는 언제나 맥주집 점원이 대기하고 있다가 직공들이 시키기만 하면 맥주를 갖다 줬다. 인쇄 작업을 같이 하던 동료 하나는 맥주를 아침 식사 전에 1파인트, 아침 식사 때 빵과 치즈와 함께 1파인트, 아침과 점심 사이에 1파인트, 점심에 1파인트, 오후 6시쯤에 1파인트 그리고 작업이 끝난 후 1파인트씩을 매일 마셨다. 아주 나쁜 습관이었지만 그는 힘든 노동을 견뎌내려면 진한 맥주를 마셔야 한다고 생각했다.

실제로 맥주를 마셔서 얻을 수 있는 힘은 맥주 안에 녹아 있는 보릿가루 양만큼이라고 그에게 말해줬다. 1페니짜리 빵에 들어 있는 밀가루 양이 그보다 더 많은 양이라고도 했다. 그러니 맥주 1쿼터를 마시는 것보다 차라리 물 1파인트와 빵을 먹는 것이 더 힘이 날 거라고 설득했다. 하지만 그는 계속 술을 마셔댔고 토요일 저녁마다 주급에서 4~5실링을 술값으로 날렸다. 나는 그럴 필요가 없었다. 이렇게 해서 이 불쌍한 작자들은 가난에서 벗어나지 못했다.

몇 주 뒤에 와츠가 나더러 식자부에서 일해주기를 원해서 나는 인쇄공들과 헤어졌다. 식자공들은 나를 환영하는 술자리를 가져야 한다며 5실링을 내라고 했다. 나는 인쇄공들에게 이미 환영비 명목으로 돈을 냈기 때문에 부당하다는 생각이 들었다. 주인도 나와 같은 생각이었다. 나는 2~3주 동안 돈을 내지 않고 버텼는데 그 때문에 따돌림을 당했다. 그들은 내가 잠시라도 자리를 비우면 활자나 페이지를 뒤섞어 버리거나 조판해 놓은 것을 흩뜨리는 등 온갖 못된 짓을 했다.

그러고는 내게 모든 것을 예배당 유령이 한 짓이라고 둘러댔다. 정식으로 입회하지 않은 인쇄공에게 유령이 붙어 다닌다는 것이었다. 주인이 이런 짓을 막아주기는 했지만 계속 함께 지내야 하는 사람들과 불편하게 지내는 것은 어리석은 일이라는 생각이 들어서 나는 그들의 요구대로 돈을 내기로 했다.

그 후로는 동료들과 잘 지낼 수 있었고 얼마 지나지 않아 그들에게 상당한 영향력을 행사하게 되었다. 나는 직공들끼리 예배당이라고 부르던 인쇄소의 규칙을 합리적으로 고치자고 제안했고 온갖 반대를 무릅쓰고 끝내 관철시켰다. 나를 본보기 삼아 많은 직공들은 빵과 치즈에 맥주를 곁들이는 머리가 띵해지는 아침 식사를 그만두었다.

그리고 이웃집에 부탁해서 후추를 뿌리고 빵도 잘게 부숴 넣고 버터도 약간 들어간 따끈한 죽을 맥주 1파인트 값인 1페니 반에 배달해 먹었다. 이런 식사는 속도 편하고 값도 싸게 먹히고 머리도 맑게 해주었다. 반면 여전히 하루 종일 맥주에 취해 있는 직공들은 외상값을 갚지 않아서 더 이상 술집에 가지 못하게 되면 '지금 나는 불이 꺼졌다네'라고 말하며 내게 이자를 쳐줄 테니 돈을 빌려달라고 했다.

토요일 밤이 되면 나는 경리과 책상을 지키고 있다가 빌려준 돈을 받아냈는데 한 주에 30실링 가까이 된 적도 있었다. 게다가 동료들은 나를 익살맞은 풍자꾼이라며 대단하게 여겼기 때문에 인쇄소에서 내 입지는 더욱 단단해졌다. 또 결근이 없다보니(나는 일요일에 술을 퍼마시고 월요일에 쉬는 법이 없었다) 주인에게 호감을 샀다. 그리고 식자하는 속도도 빨라서 급한 일이 있으면 모두 내가 도맡아서 했다. 그런 일은 돈도 더 많이 받았다. 이렇다 보니 나는 하루하루가 즐거웠다.

이즈음 나는 하숙을 옮겼다. 리틀 브리튼의 하숙집은 인쇄소에서 너무 멀어서 듀크 가에 있는 가톨릭 성당 맞은편으로 옮겼다. 내 방은 이탈리아 식료품점이 있는 건물 3층 뒷방이었다. 미망인이 주인이었고

1726년, 런던에서 프랭클린이 사용했던 인쇄기.

그녀에게는 딸과 하녀 한 명 그리고 상점을 관리하는 점원이 있었다. 점원은 다른 집에서 살았다. 주인은 먼저 살던 하숙집에서 내 성품에 대해 알아본 후에 방을 내줬다.

하숙비는 이전 하숙비와 같은 3실링 6펜스를 달라고 하면서 집안에 남자가 있으면 든든하기 때문에 싸게 받는 거라고 했다. 주인은 나이가 지긋한 미망인이었다. 개신교 목사의 딸로 자랐지만 남편을 따라 가톨릭으로 개종했다고 했다. 그녀는 남편과의 추억을 소중하게 간직하고 있었다. 예전에는 여러 유명 인사들과 교류하며 살았다고 한다.

그래서인지 찰스 2세 시대까지 거슬러 올라가서 그들에 얽힌 일화들을 많이 알고 있었다. 통풍으로 절뚝거리며 걷다 보니 좀처럼 집 밖으로 나가는 일이 없었기 때문에 이따금 말동무가 되어 달라고 청했다. 그녀의 이야기는 아주 재미있었기 때문에 나는 그녀가 부탁할 때면 언제든 함께 저녁 시간을 보냈다.

저녁이라고 해봐야 버터 바른 기다란 빵 한 조각에 절인 생선 반 토막 그리고 반 파인트 맥주를 둘이 나눠 마시는 것이 전부였다. 하지만 그녀가 들려주는 이야기는 정말 즐거웠다. 나는 늘 시간도 잘 지키고 다른 가족들에게 폐를 끼치지도 않다 보니 그녀는 나를 계속 옆에 두고 싶어 했다. 인쇄소에서 더 가깝고 하숙비가 일주일에 2실링밖에 안 되는 하숙집이 있다는 소릴 들었다고 이야기하자(그때 나는 돈을 모으는 중이어서 그만한 차액이면 영향이 좀 있었다) 그녀는 앞으로 2실링을 더 깎아주겠다며 나를 붙잡았다. 그래서 나는 런던에 있는 동안 1실링 6펜스로 그 집에서 계속 살았다.

그 집 다락방에는 일흔 살의 할머니가 살고 계셨다. 미혼인 할머니는 세상과 연을 끊고 살고 있었는데 주인 말로는 그분은 가톨릭 신자로 젊은 시절에 외국으로 가서 수녀가 되려고 수녀원에 들어갔다. 그러나 그곳 풍토가 몸에 맞지 않아서 영국으로 다시 돌아왔는데 이곳에는 수녀원이 없어서 주어진 환경에서나마 거의 수녀와 같은 생활을 하기로 맹세했다는 것이다. 그래서 전 재산을 자선 기관에 기부하고 생활비로 1년에 12파운드만을 남겨두었다. 이 생활비도 어려운 이웃을 돕는 데 많이 썼고 자신은 죽만 먹고 살면서 죽을 끓이는 일 외에는 불도 피우지 않았다. 할머니는 수년 동안 그 다락방에 살고 있었다. 운 좋게도 그 집의 주인들은 항상 가톨릭 신자였고 할머니가 그곳에 사는 것을 축복이라고 여겨 집세를 받지 않았던 것이다. 한 신부가 매일 할머니를 찾아와 그녀의 고해를 들었다.

주인이 "당신 같은 분이 무슨 회개할 일이 그렇게 많으세요?"라고 물었더니 할머니가 "아, 쓸데없는 생각을 버릴 수가 없네요"라고 대답했다고 한다. 나는 딱 한 번 할머니 방에 들어갈 기회가 있었다. 할머니는 밝고 친절하고 유쾌하게 대화를 이끌어 가는 분이셨다. 방은 깨끗했다.

세간이라고는 매트리스, 십자가와 책 한 권이 놓인 탁자, 내게 앉으라고 내준 의자 그리고 성 베로니카가 손수건을 펼쳐 들고 있는 그림 한 점이 난로 위에 걸려 있었는데, 그 손수건에는 불가사의하게도 피를 흘리는 예수의 얼굴이 나타난다고 할머니는 아주 진지하게 얘기했다. 할머니는 안색이 창백하긴 했어도 한 번도 병을 앓은 적은 없었다고 한다. 적은 수입으로도 얼마든지 건강하게 살 수 있다는 걸 할머니의 삶이 또 한번 보여주는 거라고 생각한다.

와츠의 인쇄소에서 와이게이트라는 똑똑한 청년과 사귀게 되었다. 그는 부유한 친척들이 있어서 대부분의 인쇄공들보다는 더 많이 배웠다. 라틴어도 꽤 잘했고, 불어도 할 줄 알았고, 책읽기도 좋아했다. 나는 그와 그의 친구에게 강에 가서 수영을 가르쳐 준 적이 있는데 두 번째로 강에 갔을 때 그들은 벌써 헤엄을 능숙하게 잘 쳤다.

두 친구가 내게 신사 몇 분을 소개해준 적이 있는데 그들은 대학과 돈 살테로의 골동품을 둘러보러 배를 타고 첼시에 온 시골 사람들이었다. 돌아오는 길에 와이게이트가 내 수영 솜씨에 대해 떠벌리는 말에 호기심이 생긴 사람들의 요구로 나는 옷을 벗고 강물에 뛰어들었다. 첼시 근처에서 블랙프라이어까지 헤엄쳐 가면서 물 위아래로 넘나들며 온갖 묘기를 부렸다. 신기한 구경거리였는지 그들은 깜짝 놀라며 즐거워했다.

나는 어렸을 때부터 헤엄치는 것이 즐거웠다. 그래서 프랑스의 유명한 수영선수인 테베노의 모든 동작과 자세를 연구하고 연습했다. 그것을 바탕으로 유용할 뿐만 아니라 우아하고 쉬운 나만의 수영법을 만들었다. 이번 기회에 내가 갈고닦은 기술을 사람들에게 유감없이 발휘했고 그들의 칭찬에 우쭐해졌다. 공부하는 습관도 비슷하고 이런 묘기도 배우고 싶었던 와이게이트는 나와 점점 더 가까워졌다. 마침내 각지의 인쇄소에서 일을 하면서 함께 유럽 전역을 여행하자는 제안을 해왔다. 처음엔 나도 그 제안에 솔깃했다. 그래서 시간이 날 때마다 만

첼시 근처 템스강, 프랭클린은 이곳에서 친구들에게 수영을 가르쳤다.

나곤 했던 데넘 씨에게 의견을 물어보았다. 데넘 씨는 다른 생각은 말고 펜실베이니아로 돌아갈 생각만 하라며 자신도 곧 돌아갈 참이라고 했다.

여기서 데넘 씨의 훌륭한 성품을 잘 보여주는 얘기를 하나 해야겠다. 그는 전에 브리스톨에서 장사를 했다. 하지만 실패하여 빚더미에 앉았고 채권자들과 얘기해 빚을 해결한 뒤 아메리카로 건너갔다. 그곳에서 장사에만 매달려 부지런히 노력한 끝에 몇 년 만에 큰 재산을 모았다. 나와 같은 배로 영국으로 돌아온 데넘 씨는 채권자들을 식사에 초대했고 그동안의 관대한 처사에 감사했다. 그날 채권자들은 식사 외에는 아무것도 기대하지 않았다. 그런데 첫 번째 접시가 치워졌을 때 남아 있던 빚에 이자까지 더한 액수의 수표가 놓여 있었다고 한다.

데넘 씨는 곧 필라델피아로 돌아갈 것이며 그곳에서 가게를 열기 위해 많은 물건을 싣고 갈 예정이라고 했다. 그리고 나를 점원으로 고용해서 장부를 적고 문서들을 복사하고 가게를 돌보는 일을 맡기겠다고 했다. 장부 기록하는 것을 가르쳐주고 내가 장사에 익숙해지는 대로 밀가루와 빵 같은 화물과 함께 서인도 제도로 보내줄 것이며 돈벌이가 될 만한 다른 일도 알선해 주겠다고 했다.

내가 잘만 하면 번듯하게 독립도 시켜주겠다고 덧붙였다. 마음에 쏙 드는 제안이었다. 런던에서의 생활이 막 지겨워지고 있던 참이었고 펜실베이니아에서 보낸 행복했던 시간들도 생각나서 다시 가보고 싶기도 했다. 그래서 그 자리에서 바로 수락했다. 펜실베이니아 돈으로 1년에 50파운드를 받는 조건이었다. 사실 그 액수는 식자공 월급보다 적었지만 장래를 생각하면 더 나은 일이었다.

이제 인쇄 일하고는 영원히 이별인 것 같았다. 나는 매일같이 데넘 씨와 함께 상인들 사이를 돌아다니며 온갖 물건들을 사들였다. 그리고 짐을 꾸리고 심부름을 다니고 일꾼들을 불러서 문서를 발송하는 등 여러 가지 일을 했다. 짐을 배에 다 싣고 나니 이삼 일 정도 여유가 있었다. 그러던 어느 날 뜻밖에도 이름만 알고 있던 윌리엄 윈덤 경이 나를 부르러 사람을 보내왔다. 나는 심부름꾼을 따라 윈덤 경을 만나러 갔다. 어떻게 들었는지 윈덤 경은 내가 첼시에서 블랙프라이어까지 헤엄친 일이며 와이게이트와 그의 친구에게 두 번 만에 수영을 가르친 일을 알고 있었다. 그러면서 아들 둘이 곧 여행을 떠나는데, 수영을 가르쳐 달라며 사례는 섭섭지 않게 하겠다고 했다.

그러나 윈덤 경의 아들들은 아직 런던에 오지 않았고 나도 며칠이나 더 있을지 확실치 않아서 그 일을 맡을 수 없었다. 그러나 영국에 남아서 수영 학교를 연다면 많은 돈을 벌 수 있을 것 같은 생각이 들었다. 그런 생각이 너무나 강했기 때문에 그 제의가 조금만 빨리 들어왔어도 나는 그렇게 일찍 아메리카로 돌아가지는 않았을 것이다. 하지만 윈덤 경과의 인연은 이것이 끝이 아니었다. 몇 년 후 그의 아들 중 하나(후에 에그레몬트 백작이 된다)와 좀 더 중요한 관계를 맺게 되는데 그 얘기는 나중에 자세히 하도록 하겠다.

그렇게 나는 런던에서 18개월을 보냈다. 대부분의 시간은 열심히 일했고, 연극을 보거나 책을 읽는 것 외에는 나 자신을 위해 보낸 시간은 별로 없었다. 친구 랠프 덕분에 나는 가난뱅이가 되었다. 그에게

27파운드나 빌려줬지만 돌려받기는 이제 그른 것 같았다. 얼마 안 되는 내 수입을 생각하면 어마어마한 돈을 말이다. 그럼에도 나는 랠프를 좋아했다. 호감 가는 점이 많은 친구였다. 나는 런던에서 큰 돈을 벌지는 못했지만 아주 똑똑한 친구들을 여럿 사귀었고 그들과 나눈 대화로 많은 것을 얻었다. 그리고 꽤 많은 책을 읽었다.

사업을 시작하다

우리가 탄 배는 1726년 1월 23일 그레이브센드 항을 출발했다. 이 항해 중에 있었던 일들은 내 일기에 상세히 적어 두었다 그 일기에서 가장 중요한 부분은 '인생 계획'인데, 앞으로 인생을 어떻게 살아갈지 그날 배를 타고 가며 정리해놓은 것이다. 그렇게 어린 나이에 세운 계획을 이 나이가 될 때까지 충실히 지켜온 것을 생각하면 참 대견한 일이다.

우리는 10월 11일에 필라델피아에 도착했다. 그 사이 많은 것이 변해 있었다. 먼저 키드 주지사가 물러나고 고든 소령이 그 자리에 앉았다. 나는 평범한 시민이 되어 길을 걷고 있던 키드 지사와 만난 적이 있는데 나를 보고는 좀 무안한 얼굴로 아무 말 없이 그냥 지나쳤다. 나도 리드 양을 만났더라면 그랬을 것이다. 그녀의 친구들이 내 편지를 보고 내가 돌아올 가망이 없다며, 내가 없는 동안 그녀를 부추겨 로저스라는 도공과 결혼시키지 않았다면 말이다.

그러나 결혼 생활은 불행했고 그녀는 곧 남편과 헤어졌다. 남편에게 또 다른 아내가 있다는 소리를 듣고는 그와 함께 살지도, 그의 성을 따르지도 않았다고 한다. 로저스가 훌륭한 기술자였기 때문에 리드 양의 친구들도 그를 좋은 신랑감으로 생각했다고 하는데 사실 그는 별 볼 일 없는 작자였다. 빚에 쫓겨 1727년인가 28년인가 도망치듯 서인도 제도로 가서는 그곳에서 죽었다. 한편 키머 씨는 더 좋은 건물로 옮겨서 문방구와 새 활자를 많이 갖추어 놓고 유능하지는 않지만 직공들도 여러 명 두고 있는 걸로 봐서 사업이 제법 잘 되는 모양이었다.

데넘 씨는 워터 가에 가게를 얻었고 우리는 그곳에 런던에서 가져온 물건들을 풀었다. 나는 부지런히 일했고 열심히 회계를 공부했다. 얼마 지나지 않아 나는 물건 파는 일에도 명수가 되었다. 우리는 한집에서 먹고 잤다. 데넘 씨는 아버지처럼 조언을 아끼지 않았고 진심으로 내게 마음을 써줬다. 나도 그를 존경하고 사랑했다. 그렇게 둘이 계속 행복하게 지냈으면 좋았을 텐데. 1727년 2월 초, 내가 갓 스물한 살을 넘겼을 때 우리는 둘 다 병에 걸리고 말았다.

내 병은 늑막염이었는데 거의 죽을 뻔했다. 어찌나 고통스러웠는지 마음속으로는 어느 정도 체념하고 있었다. 그래서 회복되기 시작했을 때는 이제 다시 지겨운 일로 돌아가야 한다는 생각에 실망스럽기도 하고 아쉽기도 했다. 데넘 씨의 병이 무엇이었는지는 잊었지만 그는 오랫동안 앓다가 끝내 세상을 떠났다. 구두로 남긴 유언에서 그는 나에 대한 애정의 표시로 약간의 유산을 남겨주었다. 데넘 씨의 죽음으로 나는 다시 한 번 이 넓은 세상에 홀로 남겨졌다. 가게는 데넘 씨의 유언 집행인들이 관리하게 되었고 나의 고용 계약도 끝났다.

그즈음 필라델피아에 있던 홈즈 매형은 내게 원래 하던 일을 다시 하라고 충고했다. 키머 씨도 거액의 연봉을 제안하며 함께 일하자고 부추겼다. 내가 인쇄소를 맡아주면 자기는 문방구 일에 더 집중할 수 있을 거라고 했다. 런던에 있을 때 키머 씨 부인과 그녀의 친구한테서 키머 씨의 사람됨이 좋지 않다는 얘기를 들었던 터라 그와 더 이상 엮이고 싶지 않았다. 그래서 상점의 점원 자리를 더 알아보았으나 좀처럼 구할 수 없어서 어쩔 수 없이 키머 씨와 다시 일하게 되었다.

그의 인쇄소에는 나 외에도 다른 직공들이 있었다. 먼저 휴 메레디스는 웨일즈계 펜실베이니아 사람으로 나이는 서른이었고 어려서부터 농사를 배웠다고 한다. 정직하고 분별 있고 생각도 건전한 데다 책도 좀 읽는 편이었으나 술을 많이 마시는 게 흠이었다. 갓 스물이 된 스티븐 포츠는 시골 출신으로 메레디스처럼 농사를 배웠다. 체격이 유달리 좋았고 재치와 유머감각도 뛰어났지만 좀 게을렀다.

이들은 기술이 느는 대로 석 달에 1실링씩 올려 받는다는 조건으로 아주 낮은 급료를 받고 있었다. 키머 씨는 언젠가는 아주 높은 급료를 받게 될 거라는 기대감을 주어 그들을 꼬드긴 것이었다. 메레디스는 인쇄 일을, 포츠는 제본 일을 하고 있었다. 계약상으로는 키머 씨가 그들에게 기술을 가르쳐줘야 하지만 키머 씨도 모르기는 마찬가지였다.

아일랜드인인 존 아무개라는 사람은 성격이 거칠고 특별한 기술이 없었다. 키머 씨가 어느 선장에게서 4년 계약으로 사 왔는데 인쇄 일을 하기로 되어 있었다. 옥스퍼드 학생인 조지 웹 역시 4년 계약으로 팔려왔으며 식자공으로 키울 생각이었다. 그에 대해서는 곧 다시 얘기하겠다. 그리고 끝으로 시골에서 올라온 견습공 데이비드 해리라는 소년이 있었다.

그들을 보고 나는 키머 씨가 전례 없는 거액 연봉을 제시하여 나를 고용한 속셈을 알 수 있었다. 아무것도 모르는 이 값싼 직공들에게 내가 기술을 가르쳐 놓기만 하면 그들은 모두 계약으로 그에게 묶여 있으니 내가 없어도 인쇄소를 꾸려갈 수 있다는 계산이 깔렸던 것이다. 그래도 나는 아주 기분 좋게 일했다. 어수선했던 인쇄소에 질서를 잡아갔다. 직공들도 점차 자신의 일에 집중하면서 잘 해나가기 시작했다.

옥스퍼드의 학생이 견습공으로 팔려온 것은 이해가 가지 않는 일이었다. 고작 열여덟 살인 웹이 자신에 대해 들려준 얘기는 이러했다. 그는 글로스터 출신으로 그곳에서 중등학교를 다녔는데 학교 연극에서 자신의 배역을 멋지게 잘 소화해 내서 학생들 사이에서 유명해진 일도 있었고, 위티 클럽이라는 지역 문학 동호회에 가입하여 몇 편의 시와 산문을 썼는데 그 글들이 글로스터 신문에 실리기도 했다. 옥스퍼드 대학에 진학해 1년쯤 다녔지만 만족하지 못했고 오직 런던에 가서 배우가 되고 싶다는 생각뿐이었다.

결국 4분기 학비인 15기니를 받자 빚도 갚지 않은 채 그 도시를 떠났다. 교복은 벗어서 가시덤불 속에 던져버리고 런던을 향해 무작정 걸어갔다. 그러나 조언해줄 친구 하나 없는 그곳에서 나쁜 친구들을 만났고, 얼마 지나지 않아 가지고 있던 돈을 다 탕진해버렸다. 배우들을 소개받을 길도 없었고 빈털터리가 되어 옷까지 전당포에 잡혔지만 빵 한 조각 살 돈도 없었다. 주린 배를 움켜쥐고 거리를 걷고 있다가 우연히 전단지를 보게 되었다. 아메리카에서 견습공으로 일할 사람에게 즉시 음식과 원조금을 제공한다는 내용이었다.

그는 곧장 그리로 가서 계약서에 서명했고 배에 실려 아메리카로 건너 왔다. 친구들에게 어디로 가는지 알리지도 못한 채 말이다. 밝고 쾌활하고 재치 있고 바탕이 착해서 같이 지내기는 좋았지만, 게으르고 생각이 짧고 지극히 경솔한 친구였다. 아일랜드인인 존은 얼마 견디지 못하고 도망쳐버렸다. 하지만 나머지 사람들과 나는 아주 사이좋게 지냈다.

키머 씨는 누굴 가르칠 능력이 안 되지만 내게서는 매일 뭔가를 배울 수 있다는 걸 알고는 그들 모두 나를 더욱 존중했다. 키머 씨의 안식일인 토요일에는 인쇄소 문을 닫았기 때문에 나는 그 이틀 동안 책을 읽었다. 그 지역의 똑똑한 친구들도 많이 사귀었다. 키머 씨는 내게 정중하게 대했고 겉으로는 배려해주는 척했기 때문에 불편한 건 전혀 없었다. 다만 갚을 능력이 없는 버논 씨의 돈은 나를 무겁게 짓누르고 있었다. 그나마 다행스럽게도 그에게서 돈을 돌려달라는 연락은 오지 않았다.

인쇄소에서는 종종 활자가 부족했다. 당시 아메리카에는 활자를 주조하는 곳이 없었다. 나는 런던에 있을 때 제임스의 인쇄소에서 활자를 주조하는 것을 본 적이 있었지만 별로 눈여겨보지는 않았다. 그래도 기억을 더듬어서 먼저 틀을 만들고 활자를 각인기로 찍은 후 납을 부어 모형을 만들었다. 번거롭기는 했지만 그런대로 부족한 활자를 채울 수 있었다. 때에 따라서는 조각도 했고, 잉크도 만들었으며, 창고지기도 했다. 한마디로 다재다능한 만능일꾼이었다.

그러나 내가 아무리 일을 잘 한다 해도 다른 직공들의 일이 능숙해짐에 따라 내 일은 점점 줄어들고 있었다. 키머 씨는 두 번째 4분기 임금을 주면서 이렇게 많이 주고는 인쇄소 운영이 어려우니 내 몫을 줄여야겠다고 했다. 그는 점점 더 나를 함부로 대했고 주인 행세에 잔소리를 해대면서 툭하면 말꼬리를 잡고 늘어졌다. 나랑 싸움이라도 하고 싶어 안달 난 사람 같았다. 그래도 나는 키머 씨의 형편이 좋지 않아서 그런가 보다 하고 꾹 참았다. 그러다 결국 사소한 일로 우리 사이는 완전히 틀어지게 되었다. 어느 날 재판소 근처에서 시끄러운 소리가 들리기에 나는 무슨 일인가 하고 창밖으로 머리를 내밀었다. 마침 밖에 있던 키머 씨가 나를 보고는 버럭 소리를 지르며 네 일이나 하라고 욕설을 퍼부었다. 이웃 사람들이 다 지켜보는 자리에서 공개적으로 망신을 당하자 나는 화가 치밀었다.

키머 씨는 곧장 인쇄소로 들어와서 계속 나를 윽박질렀고 급기야 나도 언성을 높이게 되었다. 키머 씨는 해고 3개월 전에 통고해야 한다는 조건에 따라 3개월 후에 나를 해고하겠다고 하면서 그렇게 긴 통고 기간을 정한 것을 후회한다고까지 했다. 나는 당장 그만둘 테니 걱정할 필요 없다고 대꾸하고는 모자를 집어 들고 인쇄소 문을 박차고 나왔다. 내 물건은 아래층에 있던 메레디스가 하숙집으로 가져다

줄 거라고 생각했다. 짐작대로 그날 저녁 메레디스가 내 물건을 챙겨서 찾아왔기에 그와 함께 내 앞날에 대해 얘기를 나눴다. 메레디스는 나를 대단한 사람으로 생각하고 있었기 때문에 내가 인쇄소를 그만둔 것을 무척 섭섭해 했다. 내가 고향으로 돌아갈까 생각 중이라고 하자 그는 키머 씨의 현재 사정을 얘기하며 나를 말렸다.

키머 씨의 인쇄소에 있는 모든 시설이 빚을 내서 구입한 것인데 돈을 빌려준 사람들이 불안해 하고 있다는 것이었다. 현금이 필요하면 밑지는 장사도 마다 않고 가끔은 외상을 주면서 장부에 기록하지 않는 등 인쇄소를 엉망으로 운영하는 탓이었다. 그러니 이대로 가면 키머 씨는 망할 테니까 내게 기회가 생길 거라고 했다. 하지만 내게는 그만한 돈이 없었다. 그러자 메레디스는 자기 아버지가 나를 아주 좋게 보고 있다면서, 아버지와 얘기한 적이 있는데 내가 동업을 한다고만 하면 아버지가 가게를 차려줄 것 같다고 했다. "봄이 되면 키머 씨와 계약이 끝나니까 그때쯤이면 런던에서 인쇄기와 활자를 들여올 수 있을 거야. 내가 기술자가 못 된다는 건 알아. 자네만 괜찮다면 내가 자금을 대고 자네가 기술을 대서 이익을 반씩 공평하게 나누는 거야."

마음에 드는 제안이어서 나는 찬성했다. 마침 그곳에 와 있던 메레디스의 아버지도 우리의 계획을 듣고 찬성했다. 메레디스의 아버지는 아들이 나를 잘 따라서 오랫동안 술도 안 마시는 걸 보고 나와의 동업을 선뜻 허락하신 것이다. 나와 함께 일하는 동안 아들의 나쁜 습관이 완전히 뿌리 뽑히기를 기대했다. 나는 메레디스의 아버지에게 필요한 물품 목록을 적어 주었고, 그는 그것을 한 상인에게 넘겨주었다. 우리는 물건이 도착하기 전까지 모든 일을 비밀에 부치기로 했다.

그동안 나는 가능하면 다른 인쇄소에서 일하려고 했다. 하지만 마땅한 자리가 없어서 며칠 동안 빈둥거렸다. 그즈음 키머 씨에게서 아주 정중한 편지가 왔다. 오랜 친구는 화가 나서 함부로 내뱉은 말 때문에 헤어져서는 안 된다며 인쇄소로 다시 돌아왔으면 한다는 내용이었다. 키머 씨는 뉴저지 주의 지폐 인쇄 주문을 받을 예정이었는데 그 일을 하려면 다양한 문양과 활자체가 필요했고 그걸 할 수 있는 사람은 나밖에 없었다. 만에 하나 브래드퍼드 인쇄소에서 나를 데려가면 일을 뺏길 수도 있었다.

메레디스는 내가 키머 씨의 인쇄소로 돌아오면 자기도 나에게 기술을 더 배울 수 있다며 제안을 받아들이라고 했다. 그래서 나는 키머 씨의 인쇄소로 다시 나갔고, 우리는 전보다는 원만하게 잘 지냈다. 키머 씨는 결국 뉴저지 주의 지폐 일감을 따왔다. 나는 거기에 맞춰 동판을 만들었는데, 아메리카에서는 최초로 선보이는 것이었다. 또 지폐에 들어갈 몇 가지 장식과 무늬를 조각했다. 우리는 함께 벌링턴으로 가서 모든 일을 만족스럽게 수행했다. 그 일로 키머 씨는 큰돈을 벌었고, 한동안은 빚을 지지 않고 인쇄소를 꾸려갈 수 있었다.

벌링턴에서 나는 그 지역의 유력자들과 가까워졌다. 그 중 몇 사람은 주 의회에서 임명한 위원들이었는데 인쇄소에 와서 법률이 정한 이상의 지폐를 찍어내지 않도록 감시하는 일을 했다. 그들은 돌아가며 한 사람씩 항상 우리와 함께 있어야 했는데 자기 차례가 된 사람들은 대개 한두 명의 친구들을 더 데리고 왔다. 책을 많이 읽었던 나는 키머 씨보다는 생각이 깊었는데 아마도 그런 이유로 그들이 내 이야기를 더 존중해주었던 것 같다.

그들은 나를 자기들 집으로 초대해서 친구들을 소개해주었고 아주 정중하게 대해 주었다. 반면 키머 씨는 주인인데도 좀 소홀한 대접을 받았다. 사실 그는 괴짜 같은 구석이 있었다. 세상 돌아가는 일에 무지했고, 일반적인 의견에는 무조건 반대했고, 게을러서 굉장히 지저분했으며, 어떤 종교적 논점에는 광적으로 집착하는 경향이 있었다. 거기에다가 심술도 많았다.

우리는 벌링턴에서 거의 석 달 가까이 지냈다. 그동안 나는 앨런 판사, 주 장관인 새무엘 버스틸, 아이작 피어슨, 조지프 쿠퍼, 주의회 의원인 스미스가 사람들 그리고 측량 감독관인 아이작 디코와 사귀었다. 아이작 디코는 빈틈없고 현명한 노인이었다. 그가 들려준 얘기에 따르면, 그는 어렸을 때 벽돌공장에서 수레로 흙 나르는 일부터 시작해서 어른이 돼서야 글을 배웠고, 측량 기사들 밑에서 측쇄를 나르며 측량 기술을 배워 지금은 제법 큰 재산을 모았다고 했다. 그는 내게 이런 말을 해주었다. "내가 보기엔 머지않아 자네가 사장을 제치고 필라델피아에서 큰 재산을 모을 것 같네." 당시엔 필라델피아든 다른 어느 곳이든 내가 독립할 의향이 있다는 것을 그가 전혀 모르고 있었을 때였다. 훗날 이 친구들은 내게 큰 도움이 되었다. 때로는 내가 그들에게 도움이 된 적도 있었다. 그들 모두 평생 동안 나를 보살펴주었다.

본격적으로 사업 얘기를 하기 전에 당시의 내 생활신조나 도덕관에 대해 먼저 말해두는 게 좋겠다. 그러면 그것들이 이후의 내 인생에 얼마나 큰 영향을 미쳤는지 알 수 있을 것이다. 부모님은 내가 아주 어릴 적부터 종교적인 생활을 보여주면서 나를 경건한 비국교도로 이끄셨다. 그러나 열다섯 살쯤 되었을 무렵, 여러 교리들에 의문을 품었고 그것에 대해 논한 여러 책들을 읽으면서 성경 자체가 의심스러워지기 시작했다.

마침 이신론理神論[하나님이 우주를 창조하긴 했지만 관여는 하지 않고 우주는 자체의 법칙에 따라 움직인다고 보는 사상]을 반박한 책 몇 권을 읽게 되었다. 그 책들은 보일[1627~1691 : 영국의 화학자이자 물리학자]의 강연 내용에서 요지를 기록한 것이었다. 그런데 나는 이신론을 반박하는 그 책들을 읽고 오히려 이신론에 관심이 생겼다. 반박하기 위해 인용된 이신론자들의 주장이 그 반론보다 훨씬 더 그럴듯해 보였던 것이다.

결국 나는 철저한 이신론자가 되어버렸다. 이런 나의 생각은 몇몇 친구들을 나쁜 길로 빠트렸는데 특히 콜린스와 랠프가 그랬다. 이 친구들은 나중에 내게 큰 해를 끼치고도 죄책감이라고는 눈곱만치도 없었다. 그리고 또 한 사람의 자유사상가였던 키드가 내게 한 짓이나 내가 버논 씨와 리드 양에게 한 짓(이 때문에 때때로 몹시 괴로웠다)을 생각하면 이 교리가 비록 진실일지는 모르지만 그다지 유익하지 않다는 생각이 들기도 했다. 내가 런던에서 쓴 소논문에는 드라이든[1631~1700 : 영국의 시인·비평가·극작가]의 싯구가 첫머리에 적혀 있다.

존재하는 것은 모두 정당하다. 그러나 우둔한 인간은
사슬에서 자기와 가장 가까운 고리만을 볼 뿐,

모든 것의 균형을 맞추는 저울에는

눈이 닿지 않는구나.

그리고 무한한 지혜와 자비와 권능과 같은 하나님의 속성에서 이 세상에 나쁜 것은 아무것도 없으며, 선악을 구분하는 것은 무의미한 일로 그런 것은 아예 존재하지도 않기 때문이라는 결론을 내렸다. 당시에는 잘 썼다고 생각한 논문이었는데 나중에 보니 그런 것 같지도 않았다. 형이상학적 추론들이 흔히 그렇듯이, 나의 주장에도 미처 깨닫지 못한 어떤 오류가 숨어 있어서 그 뒤의 내용들까지 모두 망쳐놓은 것은 아닌지 의심스러웠다.

나는 행복한 삶을 살기 위해서는 진실과 성실과 정직으로 맺어진 인간관계가 가장 중요하다고 점점 더 확신하게 되었다. 그래서 그에 필요한 결심을 적어놓고, 평생 그것을 실천하며 살기로 마음먹었다. 그 글은 아직도 내 일기에 남아 있다. 성경 그 자체는 내게 중요하지 않았다.

하지만 나는 어떤 행동을 성경에서 금지한다고 해서 그것이 악한 행동이 아니며, 성경에서 명한다고 해서 선한 행동이 아니라는 생각이 들었다. 어떤 행동을 금하는 것은 그 행동의 본질과 주변의 모든 환경을 고려해보았을 때 우리에게 해롭기 때문이며, 어떤 행동을 명하는 것은 우리에게 이롭기 때문이다. 이런 신념은 위험할 수도 있었던 내 젊은 시절을 잘 지켜주었다. 하나님의 은총이나 수호천사 덕분일 수도 있고, 운 좋게도 주변 환경과 상황이 순조로워서였을 수도 있고, 아니면 이 모든 것 덕분이었을 수도 있다.

아버지와 멀리 떨어져 살아 보호와 조언을 받지 못한 채 낯선 사람들 사이에 섞여 살면서도 종교가 없을 경우에 빠지기 쉬운 부도덕하거나 부정한 일 등을 고의로 저지르지 않았던 것이다. 여기서 고의적이라고 말한 것은 앞서 언급한 내 잘못들은 내가 어리고 경험이 없어서 다른 사람들의 꼬임에 넘어가 어쩔 수 없이 저지른 것들이기 때문이다. 이렇게 해서 나는 원만한 성격으로 세상을 다시 살아갈 수 있었다. 나는 그 점을 아주 소중하게 생각했고 끝까지 지키기로 결심했다.

우리가 필라델피아로 돌아오고 얼마 지나지 않아 런던에서 활자가 도착했다. 우리는 키머 씨에게 인쇄소를 그만두겠다고 했고, 그가 소문을 듣기 전에 그의 승낙을 받아 인쇄소를 나왔다. 우리는 시장 근처에서 세 들어 살 집을 찾아 계약했다. 집세가 처음에는 1년에 24파운드였는데 나중에는 70파운드까지 올랐다. 우리는 집세를 줄이기 위해 유리장이인 토머스 고드프리 가족을 들였다. 그들은 집세의 상당 부분을 책임졌고 우리의 식사도 챙겨주었다.

우리가 활자를 풀어놓고 인쇄기 설치를 끝마치자마자 조지 하우스라는 친구가 길에서 인쇄소를 찾고 있던 시골 사람 한 명을 데리고 왔다. 여러 가지 물품을 구입하느라 주머니가 비어 있던 참이라 우리의 첫 수입인 그 시골 사람에게서 받은 5실링은 가뭄의 단비와 같았고, 그 후에 벌었던 어떤 돈보다 더 큰 기쁨을 주었다. 하우스에 대한 고마움 때문에 그 후로 나는 사업을 시작하려는 젊은이들을 기꺼이 도와주었다.

재능 있는 친구들의 모임, 전토 클럽

어디에나 비관론자들이 있기 마련인데 그들은 언제나 파멸만을 이야
기한다. 그 당시 필라델피아에도 그런 사람이 하나 있었다. 현인 같은
얼굴에 말투도 정중한 유명한 노인으로 새무얼 믹클이라는 사람이었
다. 어느 날 이 신사가 잘 알지도 못하는 나를 찾아와서 최근에 인쇄
소를 개업한 젊은이가 맞느냐고 물었다. 내가 그렇다고 대답하자 그는
참 딱한 일이라면서 돈이 많이 들어가는 사업인데 투자한 돈을 몽땅
날리게 생겼다고 했다. 필라델피아는 쇠퇴하고 있는 도시라서 이미 이
곳 사람들 반은 파산을 했고 나머지는 거의 파산 직전이라고 했다.

언뜻 보기에는 새 건물도 들어서고 집세도 오르고 해서 발전 가도
를 달리고 있는 것처럼 보일 수도 있지만 잘못된 생각이라며 결국 그
것들이 우리를 파멸시킬 거라고 했다. 그러고는 현재 일어나고 있거나
앞으로 일어날 불행한 일들을 상세히 늘어놓아서 나는 거의 우울증
에 빠질 뻔했다. 사업을 시작하기 전에 그를 만났더라면 절대 시작하
지 못했을 것이다. 어쨌든 이 남자는 기울어가는 이 도시에 계속 살면
서 불행한 미래에 대해 떠들고 다녔고 모든 것이 파멸할 거라며 오랫
동안 집도 사지 않았다. 그러다가 결국 그는 불길한 말을 떠들고 다닐
때보다 다섯 배나 더 비싼 값을 주고 집을 샀다. 그것을 보자 속이 다
시원했다.

먼저 얘기했어야 했는데 나는 그 전해 가을에 재능 있는 친구들을
모아서 서로의 발전을 도모하기 위한 클럽을 만들었다. 클럽 이름은

비밀결사를 의미하는 '전토JUNTO'로 정하고, 매주 금요일 저녁마다 모였다. 내가 작성한 규칙에 따라 모든 회원은 자기 차례가 되면 윤리나 정치, 자연과학에 관한 한두 가지 논제를 찾아왔다.

그러면 우리는 그 논제를 가지고 토론을 벌였다. 또 석 달에 한 번은 어떤 주제든 상관없이 에세이를 한 편씩 써서 발표하기로 했다. 토론은 회장의 주재로 이루어졌고 논쟁을 위한 논쟁이나 상대편을 이기려고 하지 않고 진리를 탐구하는 진실한 마음으로 임하기로 했다. 서로 감정 상하는 일을 막기 위해 독단적인 의견 표명이나 직접적인 반박 행위를 금했고, 이를 어겼을 때에는 약간의 벌금을 내기로 했다.

초창기 회원은 다음과 같았다. 먼저 공증인 밑에서 필경사로 일하는 조지프 브린트널은 성격 좋고 친절한 중년 남자였다. 시를 무척 좋아했고, 닥치는 대로 책을 읽었으며, 꽤 괜찮은 글도 몇 편 썼다. 자질구레한 장신구를 잘 만들었고 말도 재치 있게 잘했다.

토머스 고드프리는 독학으로 수학자가 된 사람으로 그 분야에서는 대가였다. 훗날 '해들리의 사분의四分儀'라는 것을 발명했다. 하지만 수학 외에는 아는 것이 거의 없었고 호감 가는 친구는 아니었다. 내가 아는 위대한 수학자들처럼 그도 보편적이고 정확한 말만 해야 한다고 생각했다. 항상 부정만 하거나 사소한 것도 하나하나 따지고 들어서 토론 전체를 방해했다. 그는 얼마 안 가 클럽을 탈퇴했다.

측량사였던 니콜라스 스컬은 나중에 측량 감독관이 되었다. 책을 좋아했고 이따금 시를 썼다. 윌리엄 파슨스는 본래 구두 수선공이었는데, 책읽기를 좋아했고 수학에 상당한 재능이 있었다. 처음에는 점성술을 공부할 셈으로 수학을 공부했다가 나중에는 점성술을 터무니없다며 비웃었다. 그도 측량 감독관이 되었다.

윌리엄 모그리지는 아주 정교한 기술을 지닌 가구장이로 착실하고 사리에 밝은 사람이었다. 휴 메레디스, 스티븐 포츠, 조지 웹도 우리 클럽 회원이었는데 이들에 대해서는 앞서 설명한 바가 있다. 로버트 그레이스는 상당한 재산이 있는 젊은 신사였는데 인심 좋고 활발하고 재치가 넘쳤다. 말장난과 친구들을 좋아했다.

마지막으로 내 또래인 윌리엄 콜먼이 있었다. 상점 점원이었는데, 내가 아는 어떤 사람보다 냉철하고 명석한 두뇌와 따뜻한 마음 그리고 엄격한 몸가짐을 갖추고 있었다. 훗날 그는 가장 큰 영향력을 지닌 상인이자 우리 주의 판사가 되었다. 우리의 우정은 그가 죽는 날까지 40년 이상 지속되었다. 우리 클럽도 그만큼 장수했고 철학, 도덕, 정치에 관한 한 그 지역 최고의 토론장이 되었다.

모임 일주일 전에 논제가 정해지면 그에 관련된 책들을 중점적으로 읽었기 때문에 주제에 맞는 토론을 할 수 있었다. 토론은 규칙에 따라서 진행되었고 서로에게 불쾌감을 주지 않기 위해 노력했다. 그러다 보니 훌륭한 대화 습관이 만들어졌다. 우리 클럽이 오랫동안 계속 이어질 수 있었던 것은 바로 이런 이유 때문이었다. 클럽에 대한 이야기는 앞으로도 종종 하게 될 것이다.

내가 여기서 클럽 이야기를 꺼낸 것은 그 클럽으로부터 많은 도움을 받았기 때문이다. 회원들 모두 내게 일감을 구해주려고 뛰어다녔다. 특히 브린트널은 퀘이커교도들의 역사서 중 40장 분량을 내가 인쇄할 수 있도록 주선해주었다. 나머지는 키머 씨가 맡았다. 가격이 아주 낮았기 때문에 우리로서는 힘든 작업이었다. 그것은 2절판이었고, 본문의 활자 크기는 12포인트, 주석의 활자 크기는 10포인트였다. 내가 하루에 한 장씩 조판을 하면 메레디스는 그것을 인쇄했다.

다음날 작업할 활판을 짜고 나면 대개 밤 11시였고 더 늦을 때도 있었다. 때때로 친구들이 구해다 주는 자질구레한 일감도 해야 했기 때문이다. 하지만 하루에 한 장씩은 꼭 조판을 하기로 마음먹고 있었다. 어느 날 밤에는 조판을 끝내고 하루 일을 다 마쳤다고 생각하고 있는데 갑자기 판 하나가 부러지는 바람에 두 장이 뒤죽박죽되어 버렸다. 나는 즉시 인쇄판을 풀어서 다시 조판을 하고 나서야 잠자리에 들었다.

이렇게 열심히 일하는 모습이 마을 사람들의 눈에 띄었고, 우리는 좋은 평판과 신용을 얻기 시작했다. 나는 이런 이야기를 들었다. 상인들이 매일 밤 모이는 클럽에서 새로 생긴 인쇄소에 대한 얘기가 나왔는데 이미 키머와 브래드퍼드의 인쇄소가 있기 때문에 실패할 게 틀림없다고 다들 얘기했다고 한다. 하지만 베어드 박사(언젠가 그분의 고향인 스코틀랜드의 세인트앤드루스에서 너와 함께 만난 분이다)는 반대 의견을 내놓았다고 한다. "난 프랭클린처럼 열심히 일하는 사람을 본 적이 없습니다. 그 사람은 내가 클럽에서 집으로 돌아갈 때도 일을 하고 있고, 또 사람들이 일어나기도 전에 벌써 일을 시작합니다." 이 얘기를 듣고 사람들은 나를 다시 보게 되었다. 그 중 한 사람은 우리에게 문방구를 대겠다고 나섰다. 하지만 그때는 소매업까지 손을 댈 수가 없었다.

내가 부지런하게 일했다는 이야기를 이렇게 강조해서 장황하게 늘어놓는 것은 내 자랑을 하기 위해서가 아니다. 내 후손들이 이 글을 읽고 근면이 얼마나 유익한 미덕인지를 깨닫고 그 덕을 지니기를 바라기 때문이다.

그동안에 여자 친구를 사귄 조지 웹은 여자 친구에게 빌린 돈으로 키머 씨와의 남은 계약 기간을 해지하고 우리에게 와서 직공으로 일하겠다고 했다. 당시 나는 그를 채용할 형편이 못 되었다. 그런데 나는 조지 웹을 그냥 보내지 못하고 어리석게도 머지않아 내가 신문을 발행할 거라는 비밀을 알려주면서 그때 함께 일하자는 말을 해버렸다.

그에게 이렇게 말했을 때 나는 이 일이 꼭 성공하리라고 생각하고 있었다. 당시 신문은 브래드퍼드 씨가 발행하는 것 하나뿐이었다. 내용도 빈약하고, 관리도 엉망이고, 재미도 없었다. 그런데도 수익을 내고 있었다. 그러니 괜찮은 신문을 만들기만 한다면 실패할 리가 없다고 생각했다. 아무한테도 얘기하지 말라고 신신당부했는데도 웹은 키머 씨에게 이 비밀을 말해버렸다. 키머 씨는 선수를 쳐서 신문 발행 계획을 발표하고는 웹을 채용했다. 나는 화가 치밀었다. 당장은 우리 신문을 낼 수 없었기 때문에 방해라도 할 생각으로 나는 브래드퍼드의 신문에 '참견쟁이'라는 제목으로 재미있는 이야기 몇 편을 썼다.

그후로는 브린트널이 이어서 몇 달 동안 더 연재했다. 이 때문에 브래드퍼드의 신문에 사람들의 관심이 집중되었고, 우리의 풍자와 조롱거리가 되고 만 키머 씨의 신문 발행 계획은 사람들의 관심에서 멀어졌다. 그런데도 키머 씨는 신문을 발행했다. 하지만 아홉 달이 지나서도 구독자는 90명 정도였다. 그러자 키머 씨는 내게 헐값에 넘기겠다고 제안했다. 나는 이미 얼마 전부터 인수할 준비를 하고 있었기 때문에 그 자리에서 바로 수락했다. 그리고 이삼 년 만에 그 신문은 큰 돈벌이가 되었다.

메레디스와 동업을 했으면서도 계속 '나'라고 쓰는 이유는 사실상 인쇄소의 모든 일을 내가 도맡아서 했기 때문이다. 메레디스는 식자는 전혀 하지 못했고 인쇄 솜씨도 서툴렀다. 게다가 대부분의 시간을 술에 취해 있었다. 친구들은 그와의 동업을 안타까워했지만 나는 나름대로 최선을 다했다.

우리의 첫 신문은 이전에 나온 신문들과는 아주 달랐다. 활자체도 좋았고 인쇄 상태도 깨끗했다. 당시 버넷 지사와 매사추세츠 의회 사이에 벌어지고 있던 논쟁에 대해 내가 패기 넘치는 비평을 써서 신문에 실은 것이 지역 인사들 사이에 화제가 되면서 덩달아 우리 신문과 발행인도 유명해졌다. 몇 주 만에 그들 모두 우리 신문의 구독자가 되었다. 지역 인사들을 따라 일반 시민들도 우리 신문을 보면서 발행부수가 계속 늘어났다. 글 쓰는 노력을 꾸준히 해온 덕을 비로소 본 셈이었다. 또 한 가지는 지도층 인사들이 글을 쓸 줄 아는 내가 발행하는 신문을 잘 봐주고 후원해주는 것이 유익하다고 생각했다는 점이다. 그때도 브래드퍼드는 투표용지나 법률 문서 인쇄 등 정부 관련 일을 하고 있었다.

한번은 주의회가 지사에게 보내는 청원서 인쇄를 엉망으로 인쇄한 적이 있었다. 우리는 그 청원서를 우아하고 정확하게 다시 인쇄해서 모든 의원들에게 한 부씩 보냈다. 의원들은 두 인쇄물에서 확실한 차이를 느꼈다. 여기에 의회에 있던 친구들도 적극 나서준 덕분에 그 다음 해부터는 우리가 주의회의 지정 인쇄소가 되었다.

주의회 친구들 중에서도 앞에서 말한 해밀턴 씨를 잊을 수 없다. 그는 영국에서 돌아와 주의회 의원으로 일하고 있었다. 해밀턴 씨는 내가 주의회 일을 맡을 수 있도록 힘껏 도와주었고 그 이후에도 많은 도움을 주었으며 죽을 때까지 나를 지원해주었다(한번은 그분의 아들에게 500파운드를 후원받은 적도 있다). 이즈음 버논 씨가 내게 빚이 있다는 것을 넌지시 알려 왔는데 독촉은 하지 않았다. 나는 알고 있으니 조금만 더 참아달라는 편지를 보냈다. 버논 씨는 그렇게 해주었고 나는 형편이 풀리자 원금에 이자까지 챙겨서 감사의 말과 함께 빚을 갚았다. 이로써 나는 내가 저지른 실수 하나를 어느 정도 바로잡을 수 있었다.

그러던 중 전혀 예상치 못한 문제가 생겼다. 우리 인쇄소를 차릴 때 자금을 대기로 했던 메레디스의 아버지는 총 비용 200파운드 중 절반인 100파운드만 먼저 지불하고 나머지는 나중에 갚기로 했다. 그런데 지급기일이 지나도 소식이 없자 기다리다 지친 상인이 우리를 모두 고소했다. 우리는 일단 보석금을 내고 풀려나기는 했지만 기한 내에 돈을 마련하지 못하면 소송이 진행되고 곧이어 판결이 나고 집행이 될 상황이었다. 그렇게 되면 인쇄기와 활자가 강제 매매될 것이고 아마 반값밖에 못 받을 테니, 그러고 나면 우리의 희망도 영원히 사라져버리는 것이었다.

이 일로 걱정을 하고 있을 때 친구 두 명이 나를 찾아왔다. 나는 이

프랭클린은 인쇄소를 차리고 《펜실베이니아 가제트》 신문을 창간했다.
위 그림은 《펜실베이니아 가제트》지에 수록된 프랭클린의 삽화.
'뭉치면 살고 흩어지면 죽는다'는 뜻을 담아 식민지 사람들의 단결을 호소했다.
뱀의 몸뚱이에 적혀 있는 알파벳은 당시 아메리카 식민지의 이니셜.

친구들이 내게 보여준 친절을 한시도 잊은 적이 없다. 살아 있는 동안 결코 잊지 못할 것이다. 그들은 따로따로 내게 와서 내가 부탁한 적도 없는데 가능하다면 나 혼자 인쇄소를 인수하는 데 필요한 돈을 전부 빌려주겠다고 했다. 그들은 내가 메레디스와 동업하는 것을 바라지 않았다. 메레디스가 술에 취해서 돌아다니거나 술집에서 도박하는 것을 자주 보았다면서 그 때문에 우리 인쇄소의 신용이 많이 떨어졌다고 했다. 이 두 친구는 윌리엄 콜먼과 로버트 그레이스였다.

나는 그들에게 메레디스 부자가 계약을 이행하려고 하는 한 내가 먼저 동업 관계를 끊자고 말할 수 없다고 했다. 나는 어려울 때 내 손을 잡아준 그들의 고마운 마음을 저버릴 수는 없었다. 하지만 결국 그들이 계약을 이행할 수 없어서 동업을 끝내야 할 때가 오면 그때는 친구들의 도움을 받겠다고 했다. 그렇게 결정을 미룬 상태로 며칠을 보내다가 내가 먼저 메레디스에게 말을 꺼냈다. "혹시 아버님께서 나와 동업하는 것이 싫어서 아들 혼자 하는 일 같으면 대주실 돈을 안 해주시는 건 아닐까요? 만일 그렇다면 인쇄소를 당신에게 넘기고 난 다른 일을 찾아보겠어요." 그러자 메레디스는 이렇게 말했다.

"그런 게 아니네. 아버지는 정말 낙담하고 계신다네. 우리를 도와줄 능력이 안 되셔서. 그런데 난 아버지를 더 이상 괴롭히고 싶지 않네. 인쇄 일이 내게 맞지도 않고. 농사 일로 잔뼈가 굵은 놈이 나이 서른에 새 기술을 배우겠다고 도시로 올라온 게 어리석은 짓이었어. 우리 웨일스 사람들이 땅값이 싼 노스캐롤라이나에 많이들 가서 정착하고 있어. 나도 그리로 가서 배운 일이나 하고 싶어. 자네는 도움을 줄 친구들이 있을 테지. 그래서 말인데 자네가 인쇄소 빚을 떠맡고 우리 아버지가 융통해준 100파운드와 내가 진 자질구레한 빚을 해결해주고 내게 30파운드와 새 말안장을 마련해준다면 동업 관계는 포기하고 모든 권리를 자네에게 넘기겠네."

나는 이 제안에 찬성했고 즉시 서류를 작성해서 서명하고 봉인까지 했다. 나는 메레디스가 요구하는 대로 다 들어주었고, 그는 곧 노스캐롤라이나로 떠났다. 이듬해 메레디스는 아주 긴 편지 두 통을 보내왔다. 그 지역의 기후와 토양, 농경 등에 관한 내용이었는데 아주 잘 쓴 글이었다. 그런 주제에 관한 한 메레디스는 모르는 게 없었다. 나는 그의 편지를 신문에 실었고 큰 호응을 얻었다.

메레디스가 떠나자마자 나는 두 친구를 찾아갔다. 두 사람 중 누구도 기분 상하지 않게 하기 위해서 두 사람에게서 그들이 제시한 액수의 반씩을 빌렸다. 그 돈으로 인쇄소의 부채를 갚았다. 그리고 동업관계가 끝났음을 광고한 뒤 나 혼자 인쇄소를 계속 꾸려나갔다. 이때가 1729년 즈음이었을 것이다. 이 무렵 일반 시민들 사이에서는 지폐를 더 발행하라는 요구가 높았다. 그 당시 필라델피아에서는 겨우 1만5천 파운드의 지폐만 회전되고 있었는데 그나마도 줄어들 예정이었다. 하지만 부자들은 지폐를 더 찍어내는 것을 반대했다. 뉴잉글랜드의 경우처럼 지폐를 더 발행하면 가치가 하락해 모든 채권자들이 손해를 본다는 이유에서였다. 전토 클럽에서도 이 문제를 토론했는데 나는 지폐를 더 찍어야 한다는 쪽이었다.

1723년, 처음 소액 화폐가 나왔을 때 필라델피아 내의 교역과 고용이 늘고 인구수도 증가했다. 이제는 비어 있는 집이 없고 새 건물이 계속 들어서고 있었다. 지금도 생생하게 기억하고 있는데 내가 처음 롤빵을 뜯어먹으며 필라델피아 거리를 돌아다녔을 때만 해도 1번가와 2번가 사이에 있는 월넛가의 집 대부분에 '세입자 구함'이라는 쪽지가 붙어 있었다. 체스트넛가나 다른 거리들도 마찬가지여서 주민들이 하나둘씩 떠나고 있는 건 아닌가 하는 생각이 들 정도였다.

모임 후 나는 이 문제에 완전히 사로잡혀 '지폐의 본질과 그 필요성'이라는 제목의 소논문을 써서 익명으로 신문에 실었다. 일반 시민들에게는 대체로 좋은 평가를 받았지만 부자들은 싫어했다. 내 글이 지폐를 더 발행해야 한다는 여론에 힘을 실어준 반면에 부자들 쪽에서는 내 주장에 대응해 글을 쓸 만한 사람이 없었기 때문에 그들의 반대 주장에는 힘이 실리지 못했다. 결국 지폐를 더 발행한다는 안건은 의회에서 다수결로 통과되었다. 의회의 친구들은 내 공이 상당히 크다는 것을 인정하고 지폐 인쇄 일을 내게 맡기기로 결정했다.

이윤이 꽤 많이 남는 일이어서 큰 도움이 되었다. 또 한 번 글을 쓸 줄 아는 덕을 본 셈이었다. 시간이 흐르고 지폐의 효용성을 체험하면서 논쟁은 사라졌다. 얼마 안 가 지폐의 양이 5만5천 파운드로 늘었고, 1739년에는 8만 파운드가 되었다. 그 후 전쟁을 거치면서 35만 파운드 이상으로 늘었고, 동시에 교역량과 건물과 인구도 계속 늘어났다. 하지만 지금은 지폐의 양이 적정선을 넘어서면 해가 된다고 생각한다.

그로부터 얼마 후 해밀턴 씨를 통해 뉴캐슬의 지폐를 인쇄하는 일을 맡았다. 이 역시 당시의 나에게는 소중한 일이었다. 가진 것이 적은 사람에게는 그런 작은 일도 대단해 보이는 법이다. 그런 작은 일들에서 큰 용기를 얻었으니 내게는 정말로 큰 일이었다. 해밀턴 씨는 법률 문서나 투표용지의 인쇄 일도 주선해주었고, 내가 인쇄소를 하는 동안 계속 일을 맡겨주었다.

나는 작은 문구점도 하나 열었다. 가게 안에는 모든 종류의 서식 용지를 다 갖추어 놓았는데, 브린트널 덕분에 그 일대에서 가장 정확했다. 도와준 덕분이었다. 그 외에도 종이, 양피지, 행상용 책 등도 구비했다. 런던에서 알고 지내던 화이트매시라는 솜씨 좋은 식자공이 찾아와서 그를 고용했는데 그는 항상 부지런히 일했다. 또 아킬라 로즈의 아들도 견습공으로 두었다.

인쇄소를 차릴 때 진 빚을 차차 갚아나가기 시작했다. 상인으로서의 신용과 평판을 지키기 위해 실제로 근면하고 검소하게 생활했고 그렇게 보이기 위해 외양에도 신경을 썼다. 소박한 옷차림을 하고 한가하게 유흥을 즐기는 곳에는 절대 가지 않았다. 낚시나 사냥도 하지 않았다. 이따금 책에 빠져서 일을 미뤄두는 적은 있었지만 자주 있는 일은 아니었고 남들이 모르는 일이어서 나쁜 소문이 나지도 않았다. 나는 인쇄소 일이면 무엇이든 한다는 것을 보여주기 위해서 여러 가게에서 산 종이꾸러미를 손수레에 싣고 집으로 올 때도 있었다.

이렇게 해서 나는 부지런하고 유망한 청년이라는 평가를 받았다. 또 물건 값을 하루도 미루지 않고 제때에 지불했기 때문에 문방구를 수입하는 상인들은 서로 내게 물건을 대겠다고 나섰다. 어떤 상인들은 책을 대주겠다고도 했다. 모든 일이 술술 잘 풀려갔다. 반면 키머 씨의 신용과 사업은 나날이 기울고 있었다. 결국은 빚 때문에 인쇄소를 팔아야 하는 처지가 되었다. 그는 바바도스 섬으로 떠났고 그곳에서 몇 년간 아주 어렵게 살았다.

키머 씨와 함께 일하던 시절 내가 가르쳤던 견습공인 데이비드 해리가 키머 씨의 인쇄 도구들을 사들여서 필라델피아에 인쇄소를 차렸다. 처음에 나는 해리가 강력한 경쟁 상대가 되리라고 생각했다. 그의 주위에는 능력 있는 친구들도 많았고 연줄도 꽤 있었기 때문이다. 그래서 동업을 제의했더니 그는 코웃음을 치며 거절했다.

나에게는 다행스러운 일이었다. 해리는 아주 거만했고 옷을 번지르르하게 입고 다녔으며 사치를 일삼았다. 노는 것을 좋아해서 인쇄소 일은 팽개쳐 놓고 툭하면 밖으로만 나돌았다. 그러다 보니 빚만 늘어갔다. 주문도 다 끊겨서 할 일이 없어진 해리는 키머 씨가 있는 바바도스로 인쇄소를 옮겨갔다. 그곳에서 예전의 견습공은 옛 주인을 직공으로 고용했다. 두 사람 사이에는 싸움이 끊이지 않았다. 그곳에서도 해리는 계속 빚에 시달리다가 결국 활자를 팔아버리고 다시 펜실베이니아로 돌아와 농사를 지었다. 키머 씨는 해리의 활자를 산 사람에게 고용돼 일했지만 몇 해 뒤에 세상을 떠났다.

이제 필라델피아에서 나와 경쟁할 상대는 브래드퍼드 노인밖에 없었다. 돈 많고 태평한 성품의 브래드퍼드는 이따금 엉성하게나마 인쇄를 하기도 했지만 사업에는 그리 신경을 쓰지 않았다. 하지만 그는 우체국을 하고 있었다. 그래서 사람들은 그가 새로운 소식을 접할 기회가 더 많고, 신문 배달도 잘 되어서 광고 효과가 더 좋을 거라고 생각했다. 그 때문에 그의 신문에는 내 신문보다 훨씬 많은 광고가 실렸다. 그에게는 유리하고 내게는 불리한 일이었다.

사실은 나도 우편으로 신문을 받고 보내고 했지만 사람들은 그렇게 생각하지 않았다. 나는 배달원에게 은밀하게 뇌물을 주고 신문을 배달하게 했다. 하지만 인정머리 없게도 브래드퍼드는 그마저 못하게 했다. 나로서는 화가 났다. 비열한 처사라는 생각이 들어서 나중에 내가 그의 입장이 되었을 때는 그렇게 하지 않으려고 조심했다.

생의 동반자를 만나다

그때까지도 나는 고드프리와 한집에 살았다. 그는 아내와 아이들과 함께 내 집 한 켠에 살면서 가게 한편에서 유리장이 일을 했다. 그러나 일은 거의 하지 않고 수학에만 매달려 있었다. 고드프리 부인은 친척의 딸 하나를 나와 맺어줄 셈으로 둘이 만나는 자리를 자주 만들었다. 정말 괜찮은 여자여서 얼마 후 나는 진지하게 청혼했다.

여자의 부모도 나를 저녁 식사에 계속 초대해서 우리 둘만 있을 수 있도록 자리를 비켜주기도 했다. 그러면 나는 밤늦게까지 그녀와 시간을 보내다가 돌아왔다. 결혼 얘기가 나오자 고드프리 부인이 양쪽 집을 오가며 필요한 심부름을 해주었다. 나는 여자 쪽에서 결혼 지참금으로 남은 인쇄소 빚을 갚을 수 있을 정도의 지참금을 가져왔으면 한다고 부인을 통해 전했다. 100파운드가 넘지 않았던 걸로 기억한다.

부인은 그들에게 그만한 돈이 없다는 답을 가져왔다. 그래서 나는 집을 저당 잡히면 충분할 거라고 말했다. 며칠 후 이 결혼에 찬성할 수 없다는 답이 돌아왔다. 브래드퍼드에게 알아보니 인쇄업이 돈벌이가 되지 않는 일이라고 했다는 것이다. 활자는 금세 닳아서 새것을 계속 사야 하며, 그래서 키머 씨와 해리가 차례로 망했고 나도 분명 머지않아 그렇게 될 거라고 했다고 한다. 그러면서 이제 자기 집에 오지도 말고 딸도 만나지 말라고 했다.

정말로 그들의 마음이 바뀐 건지, 아니면 헤어지기엔 우리의 사랑이 깊어진 것 같으니 이렇게 반대하면 몰래 결혼해 버릴지도 모르고 그러면 지참금을 주지 않아도 된다는 생각에 얕은 수를 쓰는 건지 알 길이 없었다. 나는 후자가 아닐까 생각했다. 괘씸한 생각에 더는 그 집에 가지 않았다. 고드프리 부인은 그 사람들이 그렇게 나쁜 사람들이 아니라면서 나를 설득하려고 했지만 나는 그 집과는 상종하고 싶지 않다고 못박았다. 고드프리 부부는 섭섭해 했다. 우리는 말다툼을 했고, 결국 그들은 이사를 가버렸다. 큰 집에 덩그러니 혼자 남았지만 나는 더 이상 세를 놓지 않기로 했다.

이 일로 결혼에 대한 생각이 바뀌었다. 주변도 둘러보았고, 다른 곳에 사는 친구들에게 부탁도 해보았다. 하지만 대부분의 사람들이 인쇄업을 가난한 직업이라고 생각했기 때문에 내 형편에는 지참금이 있는 신부를 바랄 수 없었다. 어쩌다 지참금을 가져오겠다는 여자도 있었지만 내 마음에 차지 않았다. 그러는 동안 젊은 혈기에 억제하기 힘든 육체적 욕구가 생길 때마다 아무 여자나 사서 관계를 가졌는데 돈은 그렇다 쳐도 굉장히 꺼림칙했다. 무엇보다도 나쁜 병에 걸리지나 않을까 겁이 났는데 다행히 그런 일은 일어나지 않았다.

나와 리드 씨 가족은 이웃이자 오랜 친구로서 친밀한 관계를 유지하고 있었다. 그들 모두 내가 처음 그 집에 하숙할 때부터 나를 잘 보살펴주었다. 나는 종종 리드 씨 집에 놀러가서 이런저런 일에 의논 상대도 되어주고 가끔씩은 도움도 주었다. 그 집에 드나들면서 리드 양을 볼 때마다 처지가 딱해 보였다. 그녀는 늘 풀이 죽어 있었고 표정이 밝지 않았고 사람들과 어울리지도 않았다. 그녀가 불행한 것이 다 내가 런던에서 경솔하고 변덕스럽게 굴었기 때문이라는 자책이 들었다. 하지만 리드 양의 어머니는 내가 런던으로 떠나기 전에 우리가 결혼하는 것에 반대했고, 또 내가 없는 사이 그녀가 결혼하도록 부추겼기 때문에 나보다 자기 잘못이 크다고 생각했다.

서로에 대한 예전의 좋은 감정은 되살아나고 있었다. 그렇지만 지금 당장 우리가 맺어지는 데는 큰 장애물이 있었다. 리드 양과 결혼했던 남자의 본처가 영국에 살고 있다고 하니 그 결혼은 무효로 볼 수 있겠지만 거리 때문에 사실 여부를 확인하기가 쉽지 않았다. 또 다른 문제는 전남편이라는 작자가 죽었다는 소문이 있지만 그것 역시 확실치 않았다. 설령 사실이라 해도 만일 그 남자가 많은 빚을 남기고 죽었다면 내가 그 빚을 갚아야 했다.

그러나 이 모든 문제를 무릅쓰고 나는 모험을 해보기로 했다. 1730

년 9월 1일 나는 리드 양과 결혼했다. 다행히 우려했던 일은 일어나지 않았다. 그녀는 훌륭한 아내였고, 충실한 내조자였으며, 인쇄소 일에도 많은 도움을 주었다. 우리는 함께 성장해나갔고 서로를 행복하게 해주려고 노력했다. 이렇게 해서 내가 저지른 또 하나의 잘못을 바로잡았다. 이 무렵 우리 클럽은 선술집이 아니라 그레이스 씨 댁의 작은 방에서 모임을 가졌다. 그 방은 우리 모임을 위해 따로 마련된 것이었다. 어느 날 나는 한 가지 제안을 했다. 회원들의 책들을 한데 모아 공동 서재를 만들자는 것이었다.

논제에 대해서 연구하려면 많은 책들을 참고해야 하므로 한곳에 모아 놓으면 필요할 때마다 찾아볼 수 있어 편리할 것 같았다. 그리고 다른 회원들의 책을 모두 이용할 수 있기 때문에 그 책 모두를 갖고 있는 거나 마찬가지이므로 회원들에게도 이익이었다. 모두가 좋다며 찬성했고 방 한쪽 구석에 각자 내놓을 수 있을 만큼의 책들을 모아 두었다. 책이 기대했던 만큼 많지는 않았지만 아주 유용했다. 하지만 관리가 제대로 되지 않아 자꾸 문제가 생기는 바람에 1년쯤 뒤에는 각자의 책을 도로 집으로 가져가야 했다.

이때 나는 처음으로 공적인 성격을 띤 사업에 발을 내딛었다. 회원제 대출 도서관이 그것이었다. 내가 계획안을 작성했고 유명한 공증인 브록덴이 형식에 맞게 다듬어주었다. 전토 클럽 친구들의 도움으로 50명의 회원을 확보했다. 회원들은 가입비로 처음에는 1인당 40실링을 내고, 그 후 50년간 매년 10실링씩 내야 했다. 50년이라고 정한 것은 그 정도는 오래 갈 거라고 생각했기 때문이다. 도서관은 그 후 법

프랭클린의 충실한 내조자였던 아내 데보라 리드 프랭클린.

인으로 인가를 받았고 회원 수도 백 명으로 늘어났다. 우리 도서관은 지금 북미에서 흔히 볼 수 있는 회원제 도서관의 모체가 되었다. 도서관 규모는 나날이 커졌고 다른 도서관도 계속 생겨났다. 이 도서관들 덕분에 미국인들의 대화의 질이 높아졌고, 평범한 상인이나 농부들도 다른 어떤 나라의 지식인들 못지않은 교양을 쌓을 수 있었다. 또한 식민지 주민들이 자신들의 권리를 부르짖으며 일어섰던 것도 어느 정도 이 도서관 덕분이었을 것이다.

> 메모 : 여기까지는 처음에 말한 의도대로 쓴 글이다. 그러므로 다른 사람들에게는 별로 중요하지 않은 자질구레한 가족 이야기들이 실려 있다. 하지만 지금부터 쓰는 글은 여러 해 뒤에 쓴 것으로 아래 소개한 편지들의 요청에 따라 대중을 염두에 두고 쓴 것이다. 중간에 중단된 것은 독립전쟁이 일어났기 때문이다.

다음은 내가 파리에서 받은 에이블 제임스 씨의 편지다. 내 자서전 원고 일부와 비망록이 동봉되어 있었다.

친애하고 존경하는 친구에게

당신에게 편지를 써야지 하고 몇 번이나 마음을 먹었지만 그렇게 하지 못했습니다. 혹시라도 이 편지가 영국인의 손에 들어가서 인쇄업자나 남의 얘기 좋아하는 사람들이 일부 내용을 퍼뜨려 당신에게 누를 끼치고, 그래서 내가 책망 듣게 되는 일이 생길까 두려웠기 때문입니다.

그러던 차에 정말 기쁘게도 당신의 자필 원고 스물세 장을 우연히 손에 넣었습니다. 아들에게 들려주는 당신의 가문 이야기와 인생 이야기가 들어 있었습니다. 그런데 이야기가 1730년에서 끝나 있더군요. 또 당신의 자필로 쓴 비망록도 있어서 복사본을 동봉해드립니다. 자서전을 계속해서 쓰실 생각이라면 이 비망록이 앞뒤를 연결하는 데 도움이 되리라고 생각합니다. 혹시 아직도 쓰고 있지 않으시다면 서둘러서 펜을 드셨으면 합니다.

목사들이 말하듯이 인생은 누구에게나 불완전한 여정입니다. 정 많고 인간적이며 자애로운 벤자민 프랭클린이 친구들과 세상 사람들에게 재미있고 유익한 이야기를 들려주지 않는다면 세상 사람들이 뭐라고 하겠습니까? 소수의 사람들만이 아니라 수백만 명에게 교훈과 즐거움을 줄 그런 이야기를 말입니다.

인생에서 많은 것을 이룬 사람의 글이 젊은이들에게 미치는 영향은 대단합니다. 그리고 우리 모두의 친구인 당신의 글만큼 확실한 것도 없습니다. 당신의 글은 젊은이들의 마음에 새겨져 자신도 모르게 당신처럼 훌륭하고 명망 있는 사람이 되고자 노력하게 만들 것입니다. 만약 당신의 글이 출판되어 나온다면(틀림없이 그렇게 되리라고 생각합니다) 젊은이들은 젊은 날의 당신처럼 근면하고 절제 있는 생활을 할 수 있게 될 것입니다. 이 얼마나 축복할 만한 일입니까!

이 나라의 젊은이들에게 근면, 검소, 절제의 정신을 일깨워주고 젊은 나이에 자신의 일을 찾아 매진할 수 있도록 하는 데 당신만큼 힘을 발휘할 사람이 없습니다. 여럿이 힘을 합친다 해도 당신을 당할 수는 없습니다. 물론 당신의 글이 그런 용도로만 가치 있고 쓸모 있다는 뜻은 아닙니다. 오히려 그 반대입니다. 다만 이 역할이 다른 어떤 것과도 비교할 수 없을 정도로 중요하다는 것을 말씀드리고 싶은 것입니다.

위의 편지와 함께 거기에 동봉된 비망록을 한 친구에게 보여주었더니, 그 친구도 편지를 보내왔다. 다음은 벤자민 보건 씨가 1783년 1월 31일 파리에서 보낸 편지다.

친애하는 선생님께

퀘이커교도 친구분인 에이블 제임스 씨가 선생님께 드린 선생님의 인생사가 담긴 비망록을 꼼꼼히 읽고서 그 친구분 말대로 저 역시 그 글이 꼭 완성되어 세상에 나와야만 하는 이유를 적어 보내겠다고 약속한 바 있습니다. 한데 그동안 여러 사정이 있어서 편지를 쓰지 못했습니다. 사실 썼다고 해도 얼마나 쓸모가 있었을지는 모르겠습니다.

아무튼 이제 여유가 좀 생겨서 이 편지를 쓰면서 제 자신이나마 즐기고 배우려 합니다. 제 표현이 선생님 같은 분에게는 실례가 될 수도 있기 때문에 선생님처럼 훌륭하고 위대하지만 선생님보다는 덜 겸손한 가상의 인물에게 얘기한다고 생각하고 쓰겠습니다. 저는 그 분에게 이렇게 말하고 싶습니다.

선생님, 선생님의 인생 이야기를 들어보고 싶은 이유는 이렇습니다. 선생님의 인생은 참으로 놀라운 것이어서 선생님이 직접 쓰시지 않더라도 다른 누군가가 반드시 써보려고 할 것입니다. 하지만 그렇게 되면 선생님이 직접 쓰시는 것에 비해 훨씬 못하겠지요. 선생님이 직접 쓰셔야만 선생님 나라의 내부 사정이 더 잘 묘사돼서 고결하고 용감한 품성을 지닌 사람들이 선생님 나라로 이주하고 싶어질 것입니다. 많은 사람들이 그곳에 대해 알고 싶어 하는 이때 선생님처럼 명성이 자자한 분의 자서전보다 더 효과적인 광고는 없을 것입니다.

또한 선생님이 겪으신 모든 일들을 통해서 새롭게 일어서고 있는 나라 사람들의 풍습과 환경을 상세히 알 수 있겠지요. 이런 점에서 보자면 인간의 본성과 사회를 정확하게 판단하는 데는 로마의 역사가인 시저나 타키투스의 작품들보다 선생님의 자서전이 더 낫다고 생각합니다. 그러나 선생님의 일생이 먼 미래에 훌륭한 인물을 만들어낼 수 있다는 것에 비하면 이런 것들은 작은 이유에 불과합니다. 《덕의 기술》(선생님이 출판하려고 하시는 책)과 함께 선생님의 자서전은 개인의 인격을 높이고 사회와 가정의 행복을 촉진시킬 것입니다.

특히 이 두 책은 독학을 하려는 사람들에게 귀중한 지침과 본보기의 역할을 해줄 것입니다. 학교나 다른 교육기관은 잘못된 원칙을 고수하며 잘못된 목표에 맞춰진 엉뚱한 방법으로 가르치고 있습니다. 하지만 선생님의 가르침은 단순 명확하고 목표가 진실합니다. 부모와 젊은이들이 합리적인 인생의 행로를 평가하고 준비할 다른 정당한 방법을 찾지 못하고 있을 때, 모든 일에서 개개인의 힘이 가장 중요하다는 선생님의 말씀은 매우 귀중한 가르침이 될 것입니다. 나이가 든 사람의 품성을 바꾸는 것은 힘이 들고, 또 바꿀 수 있다고 해도 그 변화는 아주 미미합니다.

기본적인 습관이나 선입견이 형성되는 시기는 젊은 시절입니다. 직업, 목표, 결혼을 결정하는 것도 젊은 시절입니다. 따라서 젊은 시절은 인생의 전환기입니다. 다음 세대까지 영향을 주는 교육이 가능한 것도 젊은 시절입니다. 사적이고 공적인 성격도 젊은 시절에 결정됩니다. 인생이란 청년기에서 노년기로 이어지는 것이므로 젊은 시절부터, 특히 인생의 중요한 목표들을 정하기 전에 시작을 잘 해야 합니다.

하지만 선생님의 자서전이 스스로 배우는 법만 가르치는 것은 아닙니다. 지혜로운 사람이 되는 길 또한 가르쳐줄 것입니다. 아무리 지혜로운 사람이라도 다른 지혜로운 사람의 처신을 보고 영감을 받아 더 큰 지혜를 얻을 수 있습니다. 아주 오랫동안 이정표도 없는 어둠 속에서 헤매고 있는 사람들을 보고도 모른 척할 수는 없지 않습니까. 선생님, 자식들과 부모들에게 얼마나 할 일이 많은지 알려주십시오.

지혜로운 사람들에게는 선생님처럼 될 수 있게 이끌어주시고, 어리석은 사람들에게는 지혜를 가르쳐 주십시오. 정치가나 군인들이 인간에게 얼마나 잔인할 수 있는지, 명사라는 사람들이 주위 사람들에게 얼마나 터무니없는 짓을 할 수 있는지 보고 있습니다. 이럴 때 얼마든지 평화롭고 원만하게 살아갈 수 있다는 사실을 알려준다면 도움이 될 것입니다. 그리고 훌륭한 사람이 되면서도 얼마든지 가정적일 수 있고, 부러운 위치에 있으면서도 상냥할 수 있는지 보여주는 것도 도움이 됩니다.

선생님이 이야기해주실 개인적인 사소한 일들도 우리에게 큰 도움이 될 것입니다. 날마다 일어나는 사소한 일들을 어떻게 처리하셨는지 보는 것만으로도 재미있을 거라 생각합니다. 선생님의 이야기들은 누구나 살아가면서 한 번은 겪을 수 있는 일들을 알려주어서 사람들이 지혜롭게 대처할 수 있도록 해주는, 말하자면 삶의 지침서와 같습니다. 다른 사람의 흥미로운 삶을 눈앞에서 보는 것은 직접 경험하는 것과 마찬가지입니다. 선생님의 글이 이런 역할을 할 수 있습니다.

사람이 살아가면서 어떤 일을 경험하고 거기에 대처하는 방법은 단순해 보일 수도 있고, 중요해 보일 수도 있습니다. 어느 것이든 큰 울림을 갖게 될 것입니다. 선생님은 인생사도 정치나 철학 토론을 하실 때처럼 선생님만의 방식으로 해결하셨을 거라고 생각합니다. 무엇이 중요하고 무엇이 실수인지를 경험하고 정리하는 데 다른 이의 인생살이만큼 가치 있는 것이 뭐가 있겠습니까?

덕은 있지만 무모한 사람도 있고, 생각은 깊지만 터무니없는 공상에 빠지는 사람도 있고, 영리하지만 그것을 나쁜 목적에 쓰는 사람도 있습니다. 하지만 선생님은 지혜롭고 실제적이며 선한 것만을 우리에게 보여주실 거라고 확신합니다. 또한 선생님 자신에 대한 이야기는(제가 선생님을 대신해 묘사하고 있는 이분은 성격뿐만 아니라 생애도 선생님과 유사합니다) 선생님이 자신의 출신을 절대 부끄러워하지 않는다는 것을 보여줄 것입니다. 이는 굉장히 중요한데 행복과 미덕과 위대함을 얻는 데 출신은 아무 상관이 없다는 것을 증명해주기 때문입니다.

수단 없이는 목적을 이룰 수 없습니다. 그러므로 우리는 선생님 같은 분도 계획을 세우고 그 계획에 따라 노력한 끝에 훌륭한 분이 되었다는 사실을 알게 될 것입니다. 또 결과가 대단한 것이라고 해도 그 수단은 인간의 지혜로 생각할 수 있는 단순한 수단으로 이루어진다는 사실도 알게 될 것입니다. 다시 말해 본성, 미덕, 사고, 습관에 달려 있다는 것입니다. 선생님의 글은 또한 누구나 세상이라는 무대에 오를 적당한 때를 기다려야 한다는 것도 알려줄 것입니다.

우리는 감정에 빠져서 순간에만 매달립니다. 첫 순간이 지나면 더 많은 순간들이 찾아오고, 그래서 행동 하나하나를 인생 전체를 생각해서 해야 한다는 것도 쉽게 잊고 삽니다. 선생님은 자신의 기질에 맞게 인생을 살아오신 것 같습니다. 어리석은 조바심이나 후회로 괴로워하는 대신 매순간을 만족하면서 활기차게 살아오셨으니 말입니다. 인내심이 강한 위인들을 본받아 덕을 쌓고 스스로를 단련하는 사람들이라면 이런 행동을 쉽게 본받을 수 있을 것입니다.

선생님께 편지를 보낸 퀘이커교도 친구분은 선생님(다시 한 번 제 편지 상대는 프랭클린 선생님을 많이 닮은 사람이라는 것을 밝힙니다)의 검소, 근면, 절제의 미덕을 칭찬하시면서 모든 젊은이들의 귀감이 될 거라고 하셨습니다. 하지만 선생님의 겸허함과 공평 무사함을 빼놓으셨습니다. 이런 미덕이 없었다면 성공하기까지 초조한 마음으로 기다렸거나 아니면 아예 기다리지 못했을 텐데 말입니다. 여기서 우리는 명예는 헛된 것이고 마음을 다스리는 것이 중요하다는 가르침을 깊이 깨닫게 됩니다.

이 편지를 받는 분이 저만큼 선생님의 명성에 대해 알았다면 이렇게 말씀하셨을 것입니다. "당신의 이전 글들과 태도를 지켜본 사람들은 《자서전》과 《덕의 기술》에 관심을 가질 것이고, 반대로 《자서전》과

《덕의 기술》을 먼저 읽은 사람들은 당신의 이전 글들과 태도에 관심을 가질 것입니다." 이것이 바로 여러 가지 좋은 품성을 가진 사람의 이점입니다. 그 품성들이 한데 어우러져서 더 큰일을 할 수 있기 때문입니다. 그리고 자서전은 정신과 인품을 갈고 닦고 싶은 사람들에게 더 유용합니다. 시간이나 뜻이 없어서가 아니라 어떤 방법으로 해야 할지 모르는 사람들이 더 많으니 말입니다.

마지막으로 하나만 더 말씀드리면, 선생님이 살아온 인생 그 자체가 한 편의 자서전이라는 것입니다. 자서전류의 글이 유행에 좀 떨어지는 것처럼 보이지만 아주 유익합니다. 선생님의 자서전이라면 특히 더 그럴 것입니다. 악명 높은 흉악범이나 비열한 음모가, 어리석고 자학적인 수도사와 자만심 강한 뜨내기 작가들의 인생과 뚜렷한 대조를 이룰 것입니다.

선생님의 자서전을 시작으로 다른 자서전들이 많이 나오게 되고, 그래서 사람들이 자서전에 실릴 만한 삶을 살고자 노력한다면 그것은 《플루타르크 영웅전》을 모두 합친 것만큼이나 가치가 있다고 생각합니다. 이 세상에 오직 한 분만 가진 특성을 갖춘 가상의 인물에게 이야기하는 것이 슬슬 지겨워집니다. 그분을 직접 칭찬해드릴 수도 없으니 말입니다. 그래서 이제부터는 프랭클린 선생님께 직접 쓰도록 하겠습니다.

선생님, 제가 진심으로 바라는 것은 선생님의 참된 인품을 스스로 세상에 알려주셨으면 하는 것입니다. 그렇지 않으면 소란스러워진 세상 탓에 선생님의 인품을 잘못 전달하거나 비방하는 사람이 나타날

지도 모르는 일입니다. 선생님의 연세와 신중한 성격 그리고 독특한 사고방식을 고려할 때 선생님 자신이 아니면 선생님의 생애에 일어났던 일들과 선생님의 마음속에 품은 뜻을 제대로 표현해 낼 수 없을 것입니다. 게다가 현재와 같은 극심한 변혁의 시대에서는 자연히 자서전의 주인공에 관심을 갖게 마련입니다.

그렇기 때문에 자서전에서 도덕적 원칙들을 주장하고 그것이 어떤 영향을 미쳤는지 보여줄 수 있는 분이 그 주인공이 되어야 합니다. 선생님은 인품만으로도 모두가 주목하는 분이므로 영원히 존경을 받아마땅합니다(영국과 유럽뿐 아니라 새롭게 일어서고 있는 선생님의 광대한 나라에도 영향을 미칠 것입니다). 우리가 더 큰 행복을 누리기 위해서는 지금 이 시대에도 인간이 악하고 가증스러운 동물이 아니며, 잘만 다듬으면 나아질 수 있다는 것을 입증해야 합니다.

같은 이유로, 인간 중에는 아주 괜찮은 이들이 있다는 것을 알려야 한다고 생각합니다. 이 세상 모든 사람들이 악하다고 한다면 선한 사람들도 희망 없는 노력을 그만둘 것이고, 이 각박한 세상에서 자기 몫만 챙기려 들거나 자기만 편하면 그만이라고 생각하게 될 것입니다. 그러니 친애하는 선생님, 하루빨리 자서전을 시작해주십시오. 선생님께서 선하신 만큼 선함을 보여주시고, 절제하신 만큼 절제를 보여주십시오. 무엇보다도 선생님께서 어려서부터 정의와 자유와 화합을 사랑하셨고 시종일관 그것이 선생님의 행동을 이끌어왔다는 것을 증명해주십시오.

저희는 지난 17년 동안 선생님의 그런 모습을 지켜보았습니다. 그러니 영국인들이 선생님을 존경할 뿐 아니라 사랑하게 만드십시오. 그들이 선생님 나라의 사람들을 좋게 생각한다면 선생님 나라에 대해서도 더 가깝게 느끼게 될 것입니다. 선생님 나라의 사람들 역시 영국인들이 자신들에게 좋은 감정을 가지고 있다는 것을 알게 되면 영국을 더 가깝게 생각하게 될 것입니다.

더 멀리, 더 넓게 바라봐주십시오. 영어권 사람들에게만 머물지 말고 자연과 정치에 대한 관점을 정리하신 뒤에는 인류 전체가 개선될 수 있도록 힘써 주십시오. 제가 선생님의 자서전을 읽은 것도 아니고 선생님의 인품만 알고 있는지라 이런 말을 하는 것이 조심스럽습니다. 그러나 선생님의 《자서전》과 《덕의 기술》은 분명히 제 기대에 어긋나지 않을 거라고 확신합니다.

앞에서 말씀드린 여러 관점들에 맞추어 쓰신다면 그 이상이 될 것입니다. 물론 선생님을 열렬히 따르는 사람들 모두를 만족시킬 수는 없겠지만 분명 사람의 마음을 끄는 책이 될 거라 장담할 수 있습니다. 사람들에게 순수한 즐거움을 주는 사람이면 자칫 걱정으로 그늘지고 고통으로 상처 입은 삶에 빛을 선사할 수 있습니다. 그러니 바라건대 제 청원에 귀 기울여주십시오. 선생님께 다시 한 번 간곡히 부탁드립니다.

벤자민 보건

The Autobiography of

Benjamin Franklin

2부

인격완성을 위한 13가지 덕목

1784년 파리 근교 파시에서 계속되는 나의 인생 이야기

"20대에 나는 도덕적으로 완벽해지겠다는

무모하고도 힘든 계획을 세웠다.

어떤 경우라도 잘못을 저지르지 않는 완전한 삶을 살고 싶었다.

타고난 것이든 친구들 때문에 얻은 것이든

나쁜 성향이나 습관이 있다면 모두 정복하고 싶었다."

독서 열풍을 불러온 회원제 공공 도서관

앞의 두 편지를 받은 뒤 제법 시간이 흘렀지만 너무 바빠서 그들의 요청을 받아들일 여유가 없었다. 집에 있었더라면 자료들을 뒤져보며 기억을 되살리고 날짜도 정확하게 알 수 있었을 테니 훨씬 더 잘 쓸 수 있었을 것이다. 하지만 언제 귀국할지 확실히 알 수 없고 여유가 좀 생겨서 기억할 수 있는 데까지 한 번 써보려 한다. 살아서 집에 돌아간다면 그때 다시 교정하고 다듬을 생각이다.

앞에 썼던 원고가 여기에 없어서 필라델피아 공공도서관을 세우기 위해서 어떤 방법을 썼는지에 대해 얘기했는지 잘 모르겠다. 그 도서관이 시작은 미약했지만 지금은 상당한 규모로 커졌다. 내 기억으로는 도서관을 만든 무렵까지(1730년) 썼던 것 같으니 거기에서부터 시작해야겠다. 이미 써놓은 얘기라면 나중에 삭제하면 될 것이다.

내가 펜실베이니아에 자리를 잡았을 때만 해도 보스턴 남쪽 지역에는 괜찮은 서점이 하나도 없었다. 뉴욕과 필라델피아에 있는 인쇄소들은 사실 문구점에 지나지 않았다. 거기에서 파는 거라고는 종이, 달력, 민요집 그리고 교과서 정도가 전부였다. 그래서 읽고 싶은 책이 있으면 영국에 따로 주문해야 했다. 하지만 전토 클럽 회원들은 각자 책을 어느 정도 갖고 있었다. 우리가 처음에는 술집에서 만나다가 나중에는 방을 하나 빌렸다. 나는 우리 책들을 그 방에 모아두자는 제안을 했다. 그렇게 하면 토론 중에 언제든 참고할 수 있고, 또 집에서 읽고 싶으면 자유롭게 빌려갈 수 있어 모두에게 이로웠다. 내 제안대로 공동 서재가 만들어졌고 한동안은 만족스럽게 유지되었다.

이 작은 서재가 유용하다는 것을 알게 되자 나는 더 많은 사람들이 그런 이익을 누릴 수 있게 해주자고 제안했다. 그렇게 해서 나온 것이 회원제 공공 도서관이었다. 내가 도서관 운영에 필요한 계획과 규칙의 초안을 짰다. 그 초안을 바탕으로 유능한 공증인 찰스 브록덴이 회원 가입 동의 조항을 만들었다. 이 조항에 따르면 각 회원은 처음 책을 구입하는 데 필요한 일정 금액을 지불하고, 책을 더 살 수 있도록 매년 회비를 내야 했다.

당시 필라델피아에는 책을 읽는 사람들이 많지 않았고 대다수의 사람들이 가난했다. 부지런히 발품을 팔아도 회원을 50명밖에는 모으지 못했다. 대부분이 젊은 상인들이었는데 그들은 40실링의 가입비와 매년 10실링의 회비를 내기로 흔쾌히 약속했다. 우리는 이 얼마 안 되는 기금으로 시작했다. 책은 해외에서 사들였다. 도서관은 일주일에 한 번씩 문을 열고 회원들에게 책을 빌려주었다. 회원들은 규칙에 따라 기한 내에 반납하지 않으면 책값의 두 배를 지불해야 했다. 이 공공 도서관이 꽤 유용하다는 것이 알려지면서 다른 지역에서도 따라

미국 최초의 회원제 도서관인 필라델피아 공공 도서관.

하기 시작했다. 도서관들에는 기증받은 책들로 꽉 찼고 사람들 사이에서는 독서 열풍이 불었다. 그때만 해도 변변한 오락 거리 하나 없던 시절이라 사람들은 책과 쉽게 친해졌다. 몇 해 지나지 않아 이 나라 사람들은 다른 나라의 비슷한 위치에 있는 사람들보다 훨씬 더 교양 있고 지적이라는 평가를 받게 되었다.

우리가 위에서 말한 회칙에 서명하려고 할 때였다. 그 회칙은 우리와 우리 후계자들이 50년 동안 지켜야 하는 것이었는데 공증인 브록덴은 이렇게 말했다. "여러분들이 지금은 젊지만 이 회칙에 기재된 기간까지 몇 명이나 살아 있겠소?" 하지만 많은 사람들이 아직 살아 있다. 어쨌든 그로부터 몇 년 후 도서관은 법인체가 되어서 영구적으로 존재하게 되었기 때문에 그 조항은 소용이 없어졌다.

그때 회원을 모으려고 참 많이 돌아다녔는데, 대부분의 사람들이 대놓고 거절하거나 그렇지는 않더라도 못마땅한 기색을 숨기지 않았다. 이런 수모를 당하면서 깨달은 것은 아무리 유익한 계획이라도 자신을 내세우면 안 된다는 것이었다. 어떤 목표를 이루기 위해서는 이웃의 도움이 필요한데 사람들은 다른 사람이 자기보다 조금이라도 더 유명해질까봐 선뜻 돕지 않았다.

그래서 가능한 한 나 자신을 숨기고 몇몇 친구들의 계획인데 당신이 책을 좋아하니 가보라고 해서 왔다는 식으로 말했다. 이 방법은 성공적이었다. 그 뒤로도 모금할 일이 생기면 이 방법을 사용했다. 실패한 적이 거의 없으므로 진심으로 이 방법을 추천한다. 잘난 체하고 싶은 마음을 조금만 참으면 나중에 더 큰 보상을 받는다. 간혹 누구의 공적인지 확실치 않을 때 허영심이 많은 누군가가 나타나서 자신이 했다고 나설 수도 있다. 하지만 그렇게 되면 당신을 시기하는 사람이라 해도 가짜를 폭로하고 당신의 진가를 세상에 알릴 것이다.

이 도서관 덕분에 나는 꾸준히 책을 읽으면서 발전할 수 있었다. 매일 한두 시간씩은 꼭 책을 읽었다. 그 옛날 아버지가 해주시려다 못 해주신 교육을 어느 정도 보충할 수 있었다. 독서는 내가 스스로에게 허락한 유일한 오락 거리였다. 나는 술집에 가지 않았고 노름이나 그 어떤 종류의 놀이도 즐기지 않았다. 쉬지 않고 부지런히 인쇄소를 꾸려 나갔다. 그렇게 할 수밖에 없는 이유가 있었다. 인쇄소 때문에 빚을 지고 있었고, 학교에 보내야 할 아이들이 있었으며, 나보다 먼저 자리 잡고 있는 두 인쇄소와도 경쟁해야 했기 때문이다.

그래도 내 형편은 조금씩 나아졌다. 어려서부터 갖고 있는 검소한 생활 습관 덕분이었다. 어렸을 때 아버지가 자주 들려주시던 말씀 중에 솔로몬의 잠언이 있다. "네가 자기 사업에 근실한 사람을 보았느냐. 이러한 사람은 왕 앞에 설 것이요, 천한 자 앞에 서지 아니하리라." 그때부터 나는 부지런히 일하는 것이 부와 명예를 얻는 수단이라고 여겼고, 그 말에 힘을 얻었다. 하지만 그 말 그대로 내가 왕 앞에 서게 되리라고는 꿈에도 생각하지 못했다. 그런데 그런 일이 실제로 일어났다. 나는 지금까지 다섯 분의 왕 앞에 섰고, 그 중 덴마크 왕과는 식사를 함께 하는 영광을 누리기도 했다.

영국 속담에 '성공하려면 아내를 잘 두어야 한다'는 말이 있다. 나만큼이나 부지런하고 검소한 아내를 가진 것은 행운이었다. 아내는 늘

즐겁게 일을 도와주었다. 소책자를 접거나 제본을 하기도 했고, 가게를 돌보고 종이 재료로 쓸 넝마를 사들이는 등 가리지 않고 일을 했다. 우리는 꼭 필요한 직공만 두었고, 식사도 소박하고 간소하게 했으며, 가구도 값싼 것만 들였다. 예를 들어, 나는 오랫동안 아침 식사로 빵과 우유를(차는 마시지 않았다) 2페니짜리 값싼 질그릇에 담아 백랍수저로 먹었다. 그러나 엄격한 원칙에도 불구하고 우리집에도 사치가 점점 스며들었다.

어느 날 아침 식사를 하려고 보니 식탁에 도자기 그릇과 은수저가 놓여 있었다. 아내가 나 몰래 23실링이라는 거금을 주고 산 것이었다. 거기에 대해 아내는 아무런 변명이나 사과도 하지 않았다. 자기 남편도 이웃들처럼 도자기 그릇과 은수저를 쓸 자격이 있다고 생각한 것이다. 이렇게 해서 우리 집안에 최초로 도자기 접시가 등장했고, 그 뒤로 재산이 불어나면서 이런 그릇들도 점점 늘어 나중에는 수백 파운드어치에 이르게 되었다.

나는 장로교의 경건한 가르침을 받고 자랐다. 그 교리 중에 신의 영원한 뜻, 신민사상, 영벌永罰[지옥에서 받는 영원한 벌] 같은 것들은 이해하기 어려웠고 믿기지도 않았다. 더구나 일요일을 공부하는 날로 정했기 때문에 일찍부터 예배에 참석하지 않았다. 그렇다고 해서 종교적 원칙을 모두 부정한 것은 아니었다.

예를 들면 하나님이 존재한다는 것, 하나님이 세상을 창조했고 그분의 섭리로 세상을 다스린다는 것, 하나님이 가장 만족스러워 하는 봉사는 타인에게 선을 행하는 것, 인간의 영혼은 불멸하며 모든 죄악은 반드시 벌을 받는다는 것, 덕행은 살아서가 아니라면 죽어서라도 반드시 보답을 받는다는 것 등은 한 번도 의심해 본 적이 없다. 나는 이런 것들이 종교의 본질이라고 생각한다. 우리나라의 종교들은 모두 그러한 요소를 가지고 있었기 때문에 나는 모든 종교를 존중했다. 그러나 존중의 정도가 다 같지는 않았다. 어떤 종교는 그 요소들에 다른 교리가 뒤섞여서 인간의 도덕성을 고무하고 촉진하고 장려하고 강화하기보다는 사람들 사이를 갈라놓고 서로에 대한 적대감을 조장했기 때문이었다.

나는 아무리 나쁜 종교라도 좋은 점은 있다는 생각으로 모든 종교를 존중했기 때문에 다른 사람이 가지고 있는 자신의 종교에 대한 경외심을 해칠 만한 논쟁을 피했다. 우리 지역의 인구가 계속 늘어나면서 교회도 필요하게 되었는데 대부분 자발적인 기부금으로 세워졌다. 나는 교회 건립을 위한 용도라면 교파를 따지지 않고 적은 금액이라도 기부했다.

나는 교회 예배에 거의 나가지 않았지만 예배가 제대로만 이루어진다면 꽤 유용하고 괜찮은 것이라는 생각을 갖고 있었다. 그래서 필라델피아에 있던 유일한 장로교회 목사와 그 집회를 후원하기 위해 해마다 기부금을 냈다. 그 목사는 가끔 친구로서 나를 찾아와 교회에 나오라고 권유했다. 가끔은 그의 말에 마음이 움직여 교회에 나가기도 했다. 한번은 5주 연속으로 참석한 적도 있었다.

그 목사의 설교가 마음에 들었다면 일요일에 공부하는 것을 제쳐놓고라도 계속 나갔을지 모른다. 그러나 목사의 설교는 주로 신학적인 논쟁이나 우리 교파의 교리에 대한 설명만 했다. 내게는 아주 무미건 조하고 지루하게 느껴졌고 유익하지도 않았다. 도덕적 원칙에 대한 가 르침이나 주장은 조금도 언급하지 않았고, 우리를 선량한 시민보다는 장로교 신도로 만들려고 하는 것 같았다.

그 목사가 하루는 〈빌립보서〉 4장의 한 구절을 설교했다. "끝으로 형제들아 무엇에든지 참되며, 무엇에든지 경건하며, 무엇에든지 옳으 며, 무엇에든지 정결하며, 무엇에든지 사랑받을 만하며, 무엇에든지 칭 찬할 만하며, 무슨 덕이 있든지 무슨 기림이 있든지 이것들을 생각하 라." 이런 구절에 대해 설교하려면 분명 도덕규범 얘기가 나올 거라고 생각했다. 하지만 목사는 사도 바울의 가르침이라며 다음의 다섯 가 지 계율만 이야기하고 넘어갔다.

첫째, 안식일을 거룩하게 지킬 것. 둘째, 성경을 부지런히 읽을 것. 셋째, 예배에 꼭 참석할 것. 넷째, 성찬식에 참석할 것. 다섯째, 하나님 의 사절인 목사를 존경할 것. 다 좋은 말이었지만 내가 그 설교에서 기대했던 이야기는 아니었다. 아무래도 거기에서는 내가 원하는 것을 얻을 수 없을 거라는 생각에 다시는 그의 설교를 들으러 가지 않았다.

나는 그 몇 해 전부터 '신앙 조항과 종교 의식'이라는 제목으로 나 만의 작은 기도서를 만들어서 쓰고 있었다(1728년이었다). 나는 다시 그 기도서를 사용하기로 하고 예배에는 더 이상 나가지 않았다. 내 행동 이 비난받을 수도 있지만 구태여 변명을 하지는 않겠다. 사실을 이야 기하려는 것일 뿐 내 행동을 반성하려는 것은 아니기 때문이다.

완전한 인격자가 되기 위한 13가지 덕목

이 무렵 나는 도덕적으로 완벽해지겠다는 무모하고도 어려운 계획을 마음속에 품고 있었다. 어떤 경우라도 잘못을 저지르지 않는 삶을 살고 싶었다. 타고난 것이든 친구들 때문에 얻은 것이든 나쁜 성향이나 습관이 있다면 모두 정복하고 싶었다. 나는 무엇이 옳고 무엇이 그른지 알고 있었다. 아니 안다고 생각했기 때문에 항상 옳은 일을 하고 그렇지 않은 일을 피할 수 있다고 믿었다.

하지만 얼마 지나지 않아 이것이 내가 생각한 것보다 훨씬 어려운 일이라는 것을 알게 되었다. 한 가지 잘못을 저지르지 않으려고 조심하다 보면 얼떨결에 생각지도 않은 다른 실수를 저질렀다. 조금만 방심하면 나쁜 습관이 나타났고 이성으로 누르기에는 너무 강했다. 그래서 도덕적으로 완벽한 사람이 되겠다는 신념만으로는 실수를 막을 수 없다는 결론을 내렸다. 늘 정확하고 일관성 있는 행동을 하기 위해선 나쁜 습관을 버리고 좋은 습관을 들여야 했다. 이 목적을 위해서 나는 다음과 같은 방법을 생각해냈다.

먼저 지금까지 책에서 보았던 여러 덕목들을 열거했다. 같은 덕목이라도 저자에 따라 항목이 많은 것도 있고 적은 것도 있었다. 예를 들어 '절제'라는 덕목에서 어떤 작가는 먹고 마시는 것에만 국한해서 이야기했지만, 또 어떤 이는 쾌락, 식욕, 성향, 육체적·정신적 열정, 심지어 탐욕과 야망까지 조절하는 것으로 그 의미를 확장했다. 나는 명확하게 인식하기 위해서 적은 수의 덕목에 규율을 많이 넣는 것보다는 덕목의 수를 늘리고 그에 따르는 규율을 두세 가지만 넣기로 했다. 당시 내게 이롭거나 필요하다고 생각되는 열세 가지 덕목을 정하고, 그 덕목에 따르는 구체적인 규율을 붙였다. 그 덕목과 규율은 다음과 같다.

1. **절제** : 배부르도록 먹지 마라. 취하도록 마시지 마라.
2. **침묵** : 나와 남에게 유익한 말만 하고, 하찮은 대화는 피하라.
3. **질서** : 모든 물건은 제자리에 두라. 모든 일은 때를 정해서 하라.
4. **결단** : 해야 할 일은 반드시 하겠다고 결심하고, 결심한 것은 반드시 실행하라.
5. **절약** : 나와 남에게 유익한 일에 돈을 사용하되, 낭비하지 마라.
6. **근면** : 시간을 허비하지 마라. 언제나 유익한 일을 하고, 불필요한 행동은 모두 끊어라.
7. **진실** : 남을 일부러 속이지 마라. 언행은 순수하고 공정하게 하라.
8. **정의** : 남에게 피해를 주지 말며, 응당 주어야 하는 이익이라면 반드시 주어라.
9. **중용** : 극단을 피하라. 상대가 잘못했다고 생각되더라도 화를 내며 상처 주는 일을 삼가라.
10. **청결** : 몸과 의복과 거처를 늘 청결히 하라.
11. **평정** : 사소한 일이나 일상적인 일, 피할 수 없는 일에 침착함을 잃지 마라.
12. **순결** : 건강과 자손을 위해서만 성 관계를 하라. 감각이 둔해지

거나 몸이 허약해지거나 자신과 다른 이의 평화와 평판을
해칠 정도까지 하지 마라.

13. 겸손 : 예수와 소크라테스를 본받아라.

이 덕목 모두를 '자연스러운 습관'으로 만들고 싶었다. 그래서 이 모든
것을 한꺼번에 얻어 보려고 산만하게 덤비기보다는 한 번에 하나씩
선택해서 익히는 것이 좋을 것 같았다. 한 가지 덕목이 완성되면 그
다음 덕목으로 옮겨가는 식으로 열세 가지를 정복해보기로 했다.

앞의 덕목을 이루면 다음의 덕목을 습득하는 데 도움이 되도록 덕
목의 순서를 배열했다. '절제'를 맨 앞에 놓은 것은 이 덕목을 실천하
면 머리가 냉철하고 명석해져서 항상 조심해야 하는 일에 실수하지
않고, 묵은 습관에 휘둘리거나 끊임없는 유혹에 빠지지 않을 수 있기
때문이다. 절제가 완전히 몸에 익으면 침묵은 한결 쉽게 습득할 수 있
다. 나는 덕목을 익히는 것과 동시에 지식도 얻고 싶었다.

그러기 위해서는 대화를 할 때 내가 말하기보다는 다른 사람의 말
을 경청해야 했다. 그래서 쓸데없이 지껄이거나 말장난과 농담하는 습
관을 없애려고 노력했다. 그런 버릇은 경박한 친구들만 부르게 될 터
이므로 침묵을 두 번째로 정했다. '침묵'과 다음 덕목인 '질서'를 익힌
다면 일과 공부에 더 많은 시간을 쏟을 수 있게 될 것이다. '결단'은 일
단 습관이 되고 나면 그 뒤의 나머지 덕목들을 완성하는 데 굳은 의
지로 노력할 수 있도록 해줄 것이다. '절약'과 '근면'은 남아 있는 빚에
서 벗어나게 해줄 것이고, 풍요로운 생활과 독립을 보장해줄 것이다.

그렇게 되면 '진실'과 '정의' 그리고 나머지 덕목들은 훨씬 쉽게 이루어질 것이다.

여기까지 정한 다음에 나는 피타고라스의 《금언집》에서 충고[하루의 행동을 세 가지 측면에서 생각해보기 전에는 잠들지 말 것이다. 규칙에 어긋난 일이 있었는가? 오늘 한 일은 무엇인가? 할 일을 빠뜨린 것은 없는가?]한 대로 매일 점검해보기로 했다. 그래서 나름대로 다음과 같이 점검하는 방법을 고안해냈다.

우선 작은 수첩을 하나 만들어서 한 페이지에 한 덕목씩 적었다. 그리고 각 페이지마다 빨간 잉크로 가로로 일곱 칸, 세로로 열세 칸을 만들어서 가로 칸에는 요일을 적고 세로 칸에는 덕목을 적었다. 그리고 매일 그날 행한 덕목을 점검해보고 잘못이 있었다면 해당 칸에 까만 표시를 했다.

나는 한 주에 한 덕목씩 집중하여 실천하기로 했다. 첫째 주에는 '절제'에만 집중해서 아주 작은 잘못이라도 피하려고 했고, 다른 덕목들은 보통 때 수준으로 지켰다. 그리고 저녁마다 그날의 잘못은 꼭 표시했다. 첫 주에 '절제'라고 표시된 칸에 까만 점이 하나도 없이 깨끗하다면 그 덕목은 완전히 몸에 익었고 반대되는 습관은 약화된 것이라고 판단했다. 그리고 다음 주에는 다음 덕목까지 포함해서 두 줄 모두 깨끗하게 만들려고 노력했다.

이렇게 하면 마지막 덕목까지 끝내는데 13주가 걸렸고, 일 년에 네 번 반복할 수 있었다. 밭의 잡초를 뽑을 때도 무리해서 한 번에 다 뽑지 않고 한 구역을 끝내고 다음으로 옮겨가는 것처럼 나도 한 줄 한 줄 깨끗해지는 표를 보면서 그만큼 덕을 익혔음을 기쁘게 될 것이

덕목 실천표

절 제							
배부르도록 먹지 마라 취하도록 마시지 마라							
	일	월	화	수	목	금	토
절 제							
침 묵	●			●		●	
질 서		●			●	●	●
결 단		●				●	
절 약		●				●	
근 면		●	●				
진 실							
정 의							
중 용							
청 결							
평 정							
순 결							
겸 손							

다. 이 과정을 여러 번 반복해 마지막 13주째가 되면 모든 칸에 점 하나 찍히지 않은 깨끗한 표를 보게 될 것이다.

내 수첩에는 에디슨[1672~1719 : 영국의 수필가이자 시인]의 《카토》에 나오는 몇 구절을 인용해 좌우명으로 적어 놓았다.

나는 이렇게 말하려 한다. 우리 위에 신이 있다면
(그리고 만물은 신이 모든 것을 이루었다고 외치는도다)
신은 덕을 기뻐하리라.
신이 기뻐하는 것은 또한 행복하리라.

로마의 웅변가이자 철학자인 키케로의 글도 있었다.

철학이여, 삶을 인도하는도다!
그대는 덕을 발견하고 악을 쫓는도다.
그대의 가르침에 따라 하루를 사는 것이 죄에 빠져 영생히는 것보다 나으리라.

솔로몬의 잠언에서는 지혜와 덕에 대한 글을 뽑아 놓았다.

그의 오른손에는 장수가 있고 그의 왼손에는 부귀가 있나니
그 길은 즐거운 길이요, 그의 지름길은 다 평강이니라(3장 16~17절).

하나님이 지혜의 원천이므로 지혜를 얻기 위해서는 마땅히 그분의 도움을 구해야 한다고 생각했다. 그래서 짧은 기도문을 만들어서 매일 볼 수 있도록 표 바로 앞에 써 넣었다.

전능하고 은혜로우신 하나님 아버지! 자비로우신 인도자시여! 저를 지혜로 충만케 하시어 진정으로 추구하는 것을 찾을 수 있도록 하소서. 지혜가 가르치는 대로 행할 수 있도록 제 결심에 힘을 더하소서. 당신의 다른 자녀들이 제 호의를 받아들이게 도우셔서 당신이 제게 한없이 베푸시는 은혜에 보답할 수 있게 하소서.

가끔은 영국 시인 톰슨의 시에 나오는 짧은 기도문을 사용하기도 했다.

빛과 생명의 아버지, 가장 높은 곳에 계시는 신이시여!
선이 무엇인지, 당신이 어떤 분인지 가르쳐주소서!
어리석음과 허영과 악에서 저를 구하소서.
온갖 비천한 일에서 저를 구원하시고, 저의 영혼을
지혜와 깨달음이 있는 평화와 순수한 덕으로 채워주소서.
거룩하고 충만하며 영원히 사라지지 않는 축복을 내려주소서!

'질서'에 해당하는 규율인 '모든 일은 시간을 정해 놓고 한다'를 지키기 위해 수첩의 한 페이지에 다음과 같이 계획을 적어놓았다.

아침	⌈	5	⌉	일어난다. 세수한다. 기도문을 외운다. 하루

아침

〈질문〉
오늘은 어떤 선행을
할 것인가?

┌ 5 ┐ 일어난다. 세수한다. 기도문을 외운다. 하루
│ 6 │ 의 계획을 세우고 결의를 다진다. 현재 하고
└ 7 ┘ 있는 공부를 한다. 아침을 먹는다.

┌ 8 ┐
│ 9 │ 일을 한다.
│ 10 │
└ 11 ┘

낮

┌ 12 ┐ 책을 읽거나 회계 장부를 본다.
└ 1 ┘ 점심을 먹는다.

┌ 2 ┐
│ 3 │ 일을 한다.
│ 4 │
└ 5 ┘

저녁

〈질문〉
오늘은 어떤 선행을
했는가?

┌ 6 ┐ 모든 물건을 정돈한다. 저녁을 먹는다.
│ 7 │ 음악을 듣거나 오락을 하거나 대화를 한다.
│ 8 │ 하루를 반성한다.
└ 9 ┘

밤

┌ 10 ┐
│ 11 │
│ 12 │
│ 1 │ 잔다.
│ 2 │
│ 3 │
└ 4 ┘

나는 자기반성을 위한 이 계획을 실천에 옮겼다. 가끔씩 중단하기도 했지만 꽤 오랫동안 꾸준히 실천했다. 생각보다 내게 결점이 많아서 놀랐지만 그 결점들이 줄어드는 것을 보면 뿌듯했다. 처음부터 다시 시작하게 되면 전에 표시해둔 점을 긁어내고 그 위에 표시했는데, 그러느라고 수첩은 여기저기 구멍이 나기 일쑤였다. 그러다가는 수첩을 계속 새로 만들어야 할 것 같았다.

그래서 얇은 상아판에 지워지지 않게 빨간 잉크로 줄을 긋고 덕목과 규율을 옮겨 적었다. 잘못을 표시할 때는 까만 연필로 표시했는데 젖은 스펀지로 문지르기만 하면 지우고 다시 사용할 수 있었다. 얼마쯤 시간이 지나면서는 1년에 한 번밖에 실행하지 못했고, 그 뒤로는 몇 년에 겨우 한 번씩 하다가 그나마도 나중에는 해외 출장이다 여행이다 해서 돌아다닐 일이 많이 생기는 데다 여러 가지 일들이 겹쳐서 전혀 할 수가 없었다. 그래도 어딜 가든 작은 수첩은 꼭 가지고 다녔다.

가장 지키기 어려운 덕목은 '질서'였다. 예를 들어 인쇄공처럼 자기 시간을 가질 수 있다면 모를까 나 같은 주인은 정확히 지키기가 어려웠다. 주인은 세상과 어울려야 하고 손님이 원하는 시간에 맞추어서 상대해야 한다.

또 종이나 그 밖의 물건들을 제자리에 정돈하는 것도 힘든 일이었다. 어릴 적부터 그런 건 신경 쓰지 않고 살아온 데다 기억력이 좋아서 무엇을 찾지 못해 불편한 적은 없었던 것이다.

그래서 이 규율을 지키는 것이 아주 괴로울 정도였고, 칸을 빽빽이 채운 까만 점을 볼 때마다 속이 타들어갔다. 시간이 지나도 좀처럼 나아질 기미가 보이지 않았고 실패를 끊임없이 반복했다. 이제 그만 포기하고 결점 하나가 있더라도 그냥 만족하고 살까 생각했다. 다음 얘기에 나오는 남자처럼 말이다. 내 집 근처의 대장간에 도끼를 사러 온 이 남자는 대장장이에게 도끼의 끝날처럼 전체를 반짝거리게 갈아달라고 했다.

대장장이는 그렇게 해줄 테니 숫돌의 바퀴를 돌려달라고 했다. 대장장이가 도끼의 넓적한 부분을 숫돌에 힘껏 누르고 있었기 때문에 바퀴를 돌리는 일이 여간 힘든 게 아니었다. 남자는 바퀴를 돌리다 말고 와서는 얼마나 윤이 나는지 보기를 몇 번 반복하더니 더 이상 갈지 않고 그냥 가져가겠다고 했다. 대장장이가 말했다. "아니에요. 계속 돌려요. 곧 반짝거릴 겁니다. 아직은 얼룩덜룩하잖아요." 그러자 남자가 말했다. "알아요. 그런데 난 얼룩덜룩한 도끼가 더 좋단 말이오."

나쁜 것을 버리고 좋은 것을 얻고자 할 때 많은 사람들이 이런 식인 것 같다. 내가 썼던 방법을 모르기 때문에 조금만 힘이 들면 포기하고 '얼룩덜룩한 도끼가 더 좋다'고 결론을 내버리는 것이다. 가끔은 내가 스스로에게 '극단적인 완벽함'을 강요하는 것이 일종의 도덕적 허영은 아닐까 생각했다. 남들이 알면 비웃을지도 모른다. 또 완벽한 사람은 다른 사람들을 불편하게 만들고 질투와 증오의 대상이 될 수 있다. 사람은 어딘가 빈 구석이 있어야 친구들이 친근함을 느끼고 좋아하는 법이다.

사실 '질서'에 관한 한 나는 구제불능이었다. 이제 나이를 먹고 기억력이 나빠지니 '질서'가 얼마나 필요한 덕목인지 더 절실하게 느낀

다. 내가 도달하려던 완벽함에는 한참 미치지 못했지만 열심히 노력한 덕분에 예전보다는 훨씬 행복하고 나은 사람이 되었다. 인쇄된 글씨본을 놓고 그대로 따라 쓰다 보면 똑같지는 않더라도 노력한 만큼 누구나 알아볼 수 있을 정도로 깨끗하게 쓸 수 있는 것처럼 말이다.

나의 후손들이 꼭 알았으면 하는 것은 그들의 조상인 내가 일흔아홉이 되도록 더 없이 행복하게 살아 온 것은 하나님의 은총과 이런 사소한 노력들 때문이라는 점이다. 앞으로 남은 인생에 어떤 역경이 닥쳐올지는 하나님만이 아시겠지만, 그런 일이 닥친다고 하더라도 지금까지 누려온 행복을 기억하면서 묵묵히 잘 견뎌낼 수 있을 것이다.

나는 '절제' 덕분에 평생을 건강하게 살았고, 지금도 건강을 유지하고 있다. '근면'과 '절약' 덕분에 젊은 시절의 어려운 환경을 쉽게 이겨냈고 재산도 모을 수 있었다. 거기에 많은 지식까지 얻어서 쓸모 있는 시민이 되었고, 학식 있는 사람들 사이에서 상당한 명성도 얻었다. '진실'과 '정의' 덕분에 국가의 신뢰를 얻어 명예로운 임무를 맡았다.

또 원하는 만큼 완전하게 익히지는 못했지만 이 모든 덕목들을 조화롭게 익힌 덕에 항상 마음의 평정을 유지할 수 있었고 사람들과 기분 좋은 대화를 나눌 수도 있었다. 아직까지도 많은 사람들이 나와 함께 이야기를 나누고 싶어 하고 젊은이들도 나와 사귀기를 좋아한다. 그래서 내 후손 중 몇 명이라도 이것을 본받아 그 열매를 얻기 바란다.

내 계획이 종교적인 색채를 띠고 있지만 특정 종파의 교리는 넣지 않았다는 것을 꼭 이야기하고 넘어가야겠다. 그렇게 한 데는 이유가 있었다. 나는 종교에 관계없이 모든 사람들이 이 방법을 활용해서 큰 도움을 받기를 원했다. 또 언젠가 책으로 출판했을 때 어떤 종파의 사람이든 책의 내용에 편견을 갖는 일이 없기를 바랐다. 각 덕목에 짧은 내용을 덧붙여서 그 덕목을 갖추었을 때 얻을 수 있는 이점과 그 반대되는 악을 행했을 때 감당해야 하는 폐해를 보여주려 했다. 책 제목은《덕의 기술》로 할 생각이었다.

덕만큼 사람을 성공으로 이끄는 것이 없으며 내 글에서 그 덕을 이루는 방법과 태도를 알려주기 때문이다. 이는 방법을 가르치거나 제시하지도 않으면서 무조건 착한 사람이 되라고 훈계하는 것과는 다르다. 만일 형제나 자매가 헐벗고 일용할 양식이 없는데 어디에서 옷과 먹을 것을 구해야 하는지 알려주지 않은 채 먹고 입으라고 말만 하는 것은 아무 소용이 없다.(《야고보서》 2장 15~16절)

그러나 이런 글을 써서 출판하려는 내 계획은 아직까지 실현되지 않았다. 그 책에 넣으려고 틈틈이 적어둔 감상이나 추론 등 짤막하게 메모해놓은 것이 있는데 그 중 일부는 아직 남아 있다. 젊은 시절에는 내 개인사업에, 나이가 들어서는 공익사업에 신경을 쓰느라 계속 미룰 수밖에 없었다. 책 쓰는 일은 거대하고 광범위한 작업이어서 전적으로 거기에만 매달리지 않으면 안 되는 일이었다. 하지만 생각지도 않은 일들이 계속 생기는 바람에 지금까지 완성을 못 한 것이다.

내가 이 글에서 설명하고 강조하고 싶은 말은 이것이다. 나쁜 행동들은 금지된 것이기 때문에 해로운 것이 아니고, 해로운 것이기 때문에 금지된 것이며, 여기에는 인간의 본성만이 고려된다. 그러므로 내

세뿐만 아니라 현세에서도 행복하기를 바라는 사람이라면 덕을 쌓는 것이 도움이 된다.

이 세상에는 부유한 상인도 있고, 귀족도 있고, 높으신 분도 있고, 왕도 있는데, 그런 사람들일수록 정직하게 자신들의 일을 처리해야 한다. 하지만 그런 사람들이 아주 드문 게 현실이다. 이런 상황에서 나는 젊은이들에게 정직과 성실이야말로 가난한 사람의 성공을 확실히 보장하는 자산이라는 확신을 주고 싶었다.

사실 처음에 내가 정한 덕목은 열두 가지였다. 그런데 퀘이커교도인 친구 하나가 살짝 귀띔해 주기를 내가 약간 오만하다는 평이 있다고 했다. 나와 대화를 나누다 보면 자만심이 드러나기도 하고, 어떤 주제에 대해 토론할 때 자신이 옳다는 것에 만족하지 못하고 무조건 상대를 누르려는 성향이 있다면서 몇 가지 예를 들어주었다. 그래서 이 경솔한 나쁜 습관을 고치기로 마음먹고 '겸손'을 목록에 추가했다. 그리고 이 단어의 뜻을 넓게 해석했다.

'겸손'이라는 덕을 '실제로' 습득했다고 자부할 수는 없지만 '겉으로 보기에는' 큰 발전이 있었다. 나는 다른 사람의 의견을 직접적으로 반박하거나 내 의견을 독단적으로 주장하지 않기로 했다. 또 전토 클럽의 오래된 규칙에 따라서 '확실히'나 '의심의 여지없이'처럼 단정적인 견해를 나타내는 단어나 표현을 사용하지 않고, 그 대신 '내가 알기로는', '나는 이렇게 보고 있는데', '내 생각에는 이러이러하다', '지금 내 생각은 이렇다'라는 식의 표현을 썼다.

다른 사람의 주장이 틀렸다고 생각될 때에도 그 자리에서 반박하고 싶은 유혹을 참고 그의 주장에서 불합리한 점을 들춰내는 것을 참았다. 그리고 대답은 '당신의 주장은 어떤 특정한 경우나 상황에서는 맞을지 모르지만, 지금 이 상황에는 맞지 않는 것 같다'는 식으로 말했다.

이렇게 태도를 바꾸자 효과가 금방 나타났다. 다른 사람들과의 대화가 훨씬 즐겁게 진행되었다. 또 겸손하게 의견을 말하자 사람들은 오히려 내 의견에 더 쉽게 동의했고 반박은 점점 줄어들었다. 내 주장이 틀렸을 때도 덜 무안했고, 내가 옳았을 때도 사람들이 쉽게 자신의 잘못을 시인하고 내 편이 되었다.

처음에는 이 방식이 성격에 맞지 않아서 고생했지만 나중에는 습관이 되어서 어렵지 않았다. 아마 지난 50년 동안 누구도 내게서 독단적인 말을 들은 사람이 없을 것이다. 새로운 제도를 제안하거나 오래된 제도를 개혁할 때마다 시민들이 그렇게 내 의견을 잘 따라준 것도, 의원이 되었을 때 의회에서 그렇게 큰 힘을 발휘할 수 있었던 것도 이 습관 덕(성실함 다음으로)이었다.

왜냐하면 나는 말도 서툴고 연설은 더더욱 익숙하지 않은 데다 어휘도 자신 있게 선택하지 못하고 문법도 정확하지 않아서 요점만 겨우 전달할 수 있었기 때문이다.

사실 인간이 가진 감정 중에 '자만심'만큼 정복하기 어려운 것도 없다. 아무리 감추고 때려눕히고 숨통을 막고 억눌러도 자만심은 여전히 살아남아 여기저기서 그 모습을 드러낸다. 어쩌면 이 글에서도 그것을 볼 수 있을 것이다. 내가 그것을 완전히 극복했다고 한다면 그

또한 내가 겸손하다는 자만일 테니까 말이다.

- 여기까지는 1784년 파시에서 썼음.

Having now a little Leisure for Writing, I w

endeavour, as I promised you, to recollect what

ticulars I can of the Negociations I have lately

concern'd in, with regard to the Misunderstandings

between Great Britain and America. –

During the Recess of the last Parliament, which

pass'd the severe Acts against the Province of the Massa

setts Bay, the Minority having been sensible of their

Weakness as an Effect of their Want of Union among

selves, began to think seriously of a Coalition. For they

in the Violence of these American Measures, if persi

a Hazard of Dismembring, Weakening, and perhaps Rui

the British Empire. This inclin'd some of them to

with each other

pose such an Union as might be more respectable

the ensuing Session, have more Weight in Opposition

and be a Body out of which a new Ministry mi

easily be formed, should the ill Success of the late M

sures, and the Firmness of the Colonies in resisting th

make a Change appear necessary to the King.

I took some Pains to promote this Disposition, in Co

sations with several of the principal among the

both Houses, whom I besought and conjur

most earnestly, not to suffer by their Differences

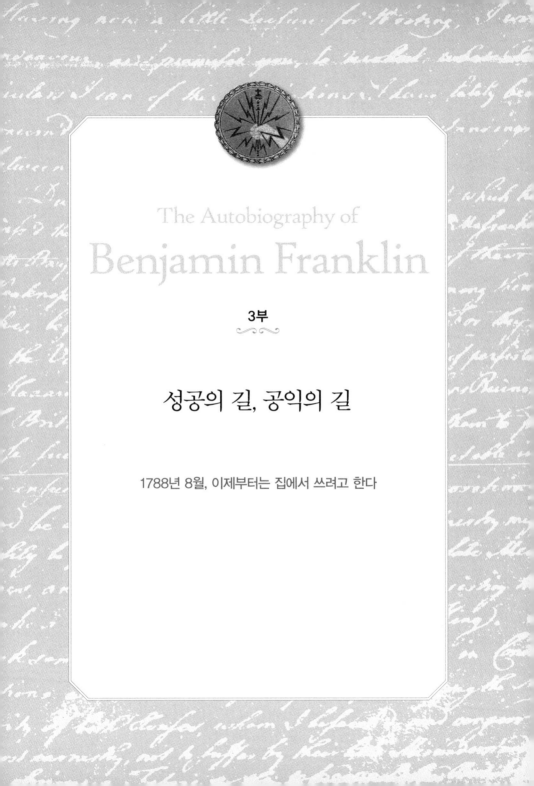

The Autobiography of

Benjamin Franklin

3부

성공의 길, 공익의 길

1788년 8월, 이제부터는 집에서 쓰려고 한다

"나는 난로와 같은 실용적인 발명품을 많이 만들었다.

하지만 독점 판매할 수 있는 특허권은 거절했다.

우리가 다른 사람들의 발명품으로 큰 도움을 받고 있는 것처럼

우리도 우리의 발명품으로 다른 사람들에게

기꺼이 도움을 주어야 한다는 게 내 원칙이었기 때문이다."

가난한 리처드의 달력

앞서 내가 마음속에 품었던 위대하고 거창한 계획에 대해 이야기했다. 이제 그 계획과 목표를 설명하는 게 좋을 것 같다. 처음 그 계획이 머릿속에 떠올랐을 때 메모를 남겼는데 다행히 이렇게 남아 있다.

1731년 5월 19일 도서관에서 역사책을 읽고 느낀 점

- 전쟁이나 혁명 같은 세계적인 사건은 당파의 영향을 받아 수행된다.
- 이 당파들의 목표는 현재 당면한 일반적 이익이나 그들이 보기에 이익이라고 여기는 것들이다.
- 여러 당파가 서로 다른 목표를 추구하면서 온갖 혼란을 일으킨다.
- 한 당파가 총체적인 계획을 수행하고 있는 중에도 당원들은 각자 자신만의 이익을 추구한다.
- 당파가 목표를 달성하는 순간 당원들은 자신의 이익을 추구하는 데 혈안이 된다. 다른 당원들을 공격하고, 그 결과 당이 분열되고 혼란이 가중된다.

- 공적인 일을 하는 사람들 중 겉으로 어떻게 행동하든 국가의 이익을 위해서만 일하는 사람은 거의 없다. 어쩌다 그 행동이 국가에 이익이 되었다 해도 자신의 이익과 국가의 이익이 일치한다고 생각했기 때문에 그렇게 한 것이지 박애주의 원칙에 따른 것은 아니다.

- 인류의 행복을 위해 일하는 공무원은 더더욱 없다.

- 지금이야말로 전 세계의 덕 있고 선량한 사람들이 주축이 되어 '덕의 연합체'를 만들 중대한 시기다. 그래서 적절하고 지혜로운 규칙으로 이 연합체를 통제한다면 그들은 보통 사람들이 보통법을 지키는 것 이상으로 그 규칙을 잘 따를 것이다. 이 계획을 올바르게 시도하려고 하고, 또 그럴 자격이 있는 사람이라면 하나님을 기쁘게 하여 반드시 성공할 것이다.

벤자민 프랭클린

이 계획이 한동안 머릿속에서 떠나지 않았다. 나중에 여유가 생기면 그때라도 시도해보려고 그에 관련된 생각이 떠오를 때마다 쪽지에 적어두었다. 대부분은 사라지고 없지만 강령의 요점을 적어놓은 쪽지는 남아 있다. 여기에는 모든 종교의 본질을 담고 있지만 특정 종교의 신도를 자극할 만한 내용은 전혀 없다.

- 하나님은 유일하시며 모든 것을 창조하셨다.
- 그분은 섭리로 세상을 다스리신다.

- 예배와 기도와 감사로 섬김을 받으셔야 마땅하다.
- 그러나 하나님이 가장 좋아하시는 봉사는 사람들에게 선을 행하는 것이다.
- 영혼은 불멸한다.
- 현세에서나 내세에서나 하나님은 선에는 상을 주시고 악에는 벌을 주신다.

당시 내 생각은 이러했다. 첫째, 이 계획은 젊은 독신 남성들 사이에서 시작되어 퍼져나가야 한다. 둘째, 입회하기 위해서는 이 강령에 동의해야 하며 앞에서 얘기한 덕목 표에 따라 13주 동안 덕목을 실천하고 자기점검을 해야 한다. 셋째, 부적합한 사람이 가입하지 못하도록 규모가 어느 정도 커질 때까지 이 단체의 존재는 비밀에 부친다. 대신 각 회원들은 주위에서 재능 있고 선량한 젊은이들을 찾아내 신중하게 점차적으로 단체의 계획을 전한다. 넷째, 회원들은 서로 취미와 일과 자기계발을 증진시킬 수 있도록 충고와 지지와 후원을 아끼지 말아야 한다. 다섯째, 우리 단체만의 특징을 살려 단체의 이름을 '자유인 모임'으로 한다. 여기서 '자유'란 덕을 실행해서 습관화하고 나쁜 습관의 지배에서 자유로워지는 것을 말한다. 특히 근면과 절약을 실천함으로써 사람을 구속시키고 채권자의 노예로 만드는 빚의 구속으로부터 자유로워짐을 뜻한다.

여기까지가 이 계획에 대해 내가 기억하는 전부이다. 한 가지 덧붙이면, 두 젊은이에게 이 계획의 일부분을 얘기했는데 그들은 열정적으로 관심을 보였다. 그러나 당시에는 살림도 빠듯하고 사업에 매달려 있어야 해서 더 이상 추진하지 못했다. 게다가 공적, 사적으로 여러 가지 일을 맡게 되면서 계속 미룰 수밖에 없었다. 그러다 보니 지금에 이르렀고, 이제는 늙어서 그런 계획을 추진할 만한 체력도 활동력도 남아 있지 않다.

하지만 이 계획을 실행했더라면 훌륭한 시민을 많이 배출하는 아주 값진 역할을 했을 거라는 생각에는 변함없다. 그리고 나는 그 계획이 너무 엄청나 보인다고 해서 겁을 먹거나 하지는 않았다. 웬만큼 능력 있는 사람이라면 먼저 좋은 계획을 세우고 다른 오락이나 사업에 눈 돌리지 않고 그 계획만 연구하고 업으로 삼는다면 위대한 변화를 이루고 과업을 완수할 수 있다고 확신했다.

1732년에 나는 '리처드 손더스'라는 이름으로 달력을 처음 발행했다. 그 후로 25년간 계속 발행했는데, 이 달력을 사람들은 '가난한 리처드의 달력'으로 불렀다. 달력은 재미있으면서도 실용성 있게 만들려고 애쓴 덕분에 큰 인기를 끌어서 해마다 거의 1만부 정도가 팔렸고 상당한 수입을 올렸다. 대부분의 사람들이 그 달력을 보았고 달력이 없는 집이 거의 없을 정도였다.

그러자 책을 거의 사지 않는 일반 사람들에게 달력을 통해서 뭔가 교훈적인 이야기를 전달할 수 있겠다는 생각이 들었다. 그래서 특별한 날들 사이에 있는 여백에 교훈이 될 만한 글귀들을 써넣었다. 주로 근면과 절약이 부를 이루는 길이며 덕을 완성하는 수단이라는 것을 심어주는 문구들이었다. 가령, 가난한 사람이 늘 정직하기가 어렵다는

'가난한 리처드의 달력'에는 날짜만 있는 게 아니라 삶을 돌아보게 하는 금언, 속담, 교훈적인 이야기, 우스갯소리까지 담겨 있어 사람들에게 즐거움과 유익함을 동시에 주었다.

뜻으로 '빈 자루는 똑바로 세우기 어렵다'는 격언을 인용했다.

이러한 격언들은 시대와 나라를 초월한 지혜를 담고 있었다. 나중에는 격언들을 모아서 지혜로운 노인이 경매장에 모인 사람들에게 설교하는 식으로 만들어 1757년 달력 앞부분에 실었다. 흩어져 있던 여러 교훈들을 모아 놓으니 훨씬 더 깊은 인상을 주었다. 이 달력은 전 세계적으로 인기를 끌었다.

아메리카 대륙에서는 신문마다 이 달력을 인쇄해서 실었고, 영국에서는 집집마다 큰 종이에 인쇄해 벽에 붙였다. 프랑스에서는 두 가지 번역본이 나왔는데 목사와 상류사회 인사들이 대량으로 사서 가난한 교구민과 소작인들에게 무료로 나눠주었다. 펜실베이니아에서는 이 달력이 발행된 후 몇 년 동안 화폐량이 눈에 띄게 증가했다. 사람들은 '외래 사치품에 쓸데없는 돈을 쓰지 말라'는 달력의 글귀가 영향을 미쳤다고 생각했다.

나는 우리 신문을 통해서도 교훈을 전달할 수 있을 거라고 생각했다. 그런 목적으로 《스펙테이터》지나 다른 교훈적인 작가들의 글을 자주 신문에 실었다. 가끔은 내가 전토 클럽에서 발표하기 위해 썼던 짤막한 글도 실었다. 그 중에는 소크라테스식 문답 형식으로 쓴 글도 있었는데 능력이나 역할이 어떻든 악한 사람은 분별력이 있는 사람이 아니라는 것을 보여주는 글이었다. 자기 극기에 대한 글도 있었는데, 덕은 실천을 통해 습관화해야 그 반대 성향에서 완전히 자유로울 수 있다는 내용이었다. 이 글들은 1735년 초에 발행된 신문에서 찾아볼 수 있을 것이다.

신문을 펴내면서 나는 남을 비방하거나 인신공격하는 글은 싣지 않도록 주의했다. 하지만 요즘 신문들을 보면 이런 일들이 자행되고 있는데 수치스러울 정도다. 나도 그런 종류의 글을 실어 달라는 부탁을 많이 받았다. 그들은 대개 이렇게 말했다. "나에게는 표현의 자유가 있소. 그리고 신문은 마차 같은 것 아니오. 돈만 내면 누구라도 탈 권리가 있단 말이오." 그에 대한 내 대답은 한결같았다.

"원하신다면 따로 인쇄해 드릴 테니 배포는 직접 하십시오. 나는 당신이 남을 비난하는 글을 퍼뜨리는 일에는 끼어들고 싶지 않소이다. 구독자들에게 유익하고 재미있는 기사를 제공하겠다고 약속한 이상 독자들과 관계없는 개인적인 논쟁을 실어 그들에게 피해를 줄 수는 없습니다."

요즘 인쇄업자들을 보면 개인의 원한을 풀어주기 위해 고결한 인격을 가진 분에게 근거 없는 비난을 일삼는가 하면 적개심을 일으켜서 결투를 초래하기까지 한다. 게다가 인접한 주 정부에 대한 악의적인 글을 무분별하게 찍어대는가 하면, 심지어 우리의 둘도 없는 동맹국들까지 비난한다. 이런 분별없는 행동은 치명적인 결과를 가져올 수도 있다.

이런 이야기를 하는 이유는 젊은 인쇄업자들에게 주의를 주기 위해서이다. 그런 부끄러운 행동으로 신문을 더럽히거나 자신의 일을 욕되게 하지 말고 옳지 않은 요구는 단호히 거절하라는 것이다. 내 경우를 봐서도 알겠지만 그러는 것이 결국 자신에게도 더 이롭다.

1733년에는 인쇄 기술자가 부족했던 사우스캐롤라이나의 찰스턴에 내 밑에 있던 직공 한 명을 보냈다. 동업을 한다는 조건으로 나는 그에게 인쇄기와 활자를 대주고, 경비의 3분의 1을 대는 대신 수익의 3분의 1을 받기로 했다. 그 직공은 정직하고 배운 것도 있는 사람이었지만 회계 쪽에는 무지했다. 때때로 내게 돈을 보내오기는 했지만, 그가 살아 있는 동안 회계 보고서를 받아본 적도 없고 동업 관계도 만족스럽지 못했다.

그가 죽은 뒤에는 부인이 인쇄소를 계속 했다. 그녀는 네덜란드에서 나고 자랐다. 내가 알기로는 그곳에서는 여자들에게도 회계 교육을 시킨다고 한다. 부인은 남편이 운영하던 시절의 기록을 찾는 대로 정확한 보고서를 보내왔고, 그 후로도 분기마다 정확한 회계 보고서를 보내왔다. 인쇄소도 잘 운영했고 아이들도 훌륭하게 키워냈으며 계약이 끝난 뒤에는 내게 인쇄소 소유권을 사서 아들에게 물려주었다.

이 일을 언급하는 이유는 우리나라의 젊은 여성들도 이 분야의 교육을 받았으면 해서이다. 혹시라도 남편은 먼저 보내고 혼자가 된다면 음악이나 무용보다는 회계를 아는 편이 자신과 자녀들에게 더 유용한 것이다. 또 교활한 사기꾼에게 속아서 유산을 날리는 일도 없을 것이고, 기존의 거래처를 기반으로 이문이 남는 장사를 계속하다가 아들이 뒤를 이을 정도로 성장하면 물려줄 수도 있다. 이것이 가족에게 이익과 번영을 가져오는 길이다.

1734년경에 아일랜드에서 헴필이라는 젊은 장로교 목사가 이주해왔다. 이 목사는 보기엔 별 다른 준비를 하지도 않는 것 같은데 듣기 좋은 목소리로 근사하게 설교를 해서 상당수의 다른 교파 사람들까지도 설교를 들으러 오곤 했다. 나도 그들 중 하나였다. 목사의 설교에는 종교적 교리가 거의 없고 덕의 실천과 종교적인 범주로는 선행을 강조했다. 나는 그의 설교가 마음에 들었다. 그런데 정통 장로교도라고 자처하는 사람들이 그의 설교를 비난하고 나섰고, 나이든 목사들까지 그들의 주장에 동조했다.

그들은 헴필 목사의 입을 막기 위해 교회 회의에 그를 이단자로 고발했다. 나는 헴필 목사의 열렬한 지지자가 되어서 최선을 다해 다른 지지자들을 끌어 모았다. 이 일에는 이러쿵저러쿵 말들도 많았지만, 우리는 얼마 동안 그를 위해 싸웠고 어느 정도 승산도 있었다. 그런데 헴필 목사는 유려한 설교 솜씨에 비해 글 솜씨가 형편없었다. 그래서 내가 대신 그를 위해 두세 개의 논설을 써서 1735년 4월호《가제트》지에 실었다. 그 당시에는 논쟁거리가 생기면 대개 논설들을 썼는데 그것도 곧 시들해졌다. 그때 내가 썼던 글이 하나라도 남아 있는지 모르겠다.

그러던 중에 헴필 목사에게 치명타가 될 불행한 사건이 일어났다. 반대자들 중 한 사람이 그의 훌륭한 설교를 듣고는 그 비슷한 내용을 전에 어디선가 읽은 적이 있다고 주장한 것이다. 그래서 조사해 보았더니 영국의 한 평론지에 실린 포스터 박사의 설교 일부를 인용한 것이 드러났다. 거짓이 탄로 나자 그를 지지하던 많은 사람들이 떨어져 나갔고, 우리는 교회 회의에서 깨끗하게 패배했다.

그러나 나는 헴필 목사를 끝까지 지지했다. 자기가 쓴 형편없는 설교를 들려주는 것보다는 남이 쓴 것이라도 훌륭한 설교를 들려주는 편이 낫다고 생각했기 때문이다. 나중에 헴필 목사는 자신이 한 설교 중에 자기가 직접 쓴 것은 하나도 없다고 고백했다. 자신은 기억력이 좋아서 한 번 보면 외워서 그대로 할 수 있다고 했다. 우리 편이 패배한 뒤 헴필 목사는 더 나은 운명을 찾아서 어딘가로 떠났고, 나도 교회에 발길을 끊었다. 하지만 목사들을 후원하는 기부금은 그 뒤로도 여러 해 동안 보냈다.

1733년부터 나는 외국어 공부를 시작했다. 먼저 프랑스어를 혼자 익혀서 얼마 지나지 않아 책을 쉽게 읽을 정도가 되었다. 그 다음에는 이탈리아어를 시작했다. 그런데 함께 이탈리아어를 공부하던 친구 하나가 걸핏하면 체스를 두자고 꼬드겼다. 체스를 두면 시간을 너무 많이 뺏겨서 공부할 시간이 없었다.

그래서 한 가지 조건을 내놓고 이 조건을 지키지 않으면 다시는 체스를 두지 않겠다고 했다. 게임에서 이긴 사람은 진 사람에게 문법 하나를 암기하거나 번역하는 것을 시킬 수 있고, 진 사람은 다음에 만날 때까지 명예를 걸고 그 약속을 지켜야 한다는 것이었다. 우리는 체스 실력이 비슷해서 번갈아가며 서로에게 공부를 시켜주는 셈이 되었다. 그 다음에는 스페인어를 시작했는데 조금 고생을 하긴 했어도 책을 읽을 정도는 되었다.

앞에서 말했듯이 나는 라틴어 학교를 1년, 그것도 아주 어릴 때 다녔기 때문에 그 뒤로는 라틴어를 전혀 공부할 기회가 없었다. 그런데 프랑스어, 이탈리아어, 스페인어를 익히고 나서 라틴어 성경을 대충 훑어보았는데, 놀랍게도 생각보다 훨씬 잘 읽을 수 있었다. 그것에 용기를 얻어 다시 라틴어 공부를 하게 되었다. 앞서 익힌 언어들 덕분에 어려움 없이 쉽게 습득할 수 있었다.

이런 과정을 통해서 우리나라의 언어 교육에 일관성이 부족하다는 생각이 들었다. 우리는 라틴어를 먼저 배우면 거기서 파생된 다른 언어들을 훨씬 쉽게 익힐 수 있다고 알고 있다. 하지만 우리는 라틴어를 쉽게 배우기 위해서 그리스어를 먼저 배우지는 않는다. 계단을 오르는 일 없이 꼭대기에 오를 수만 있다면 계단을 하나하나 밟으면서 내려오는 것이 훨씬 쉬울 것이다. 하지만 올라갈 때 맨 아래 계단부터 차근차근 밟아 올라간다면 더 쉽게 꼭대기까지 올라갈 수 있다.

그러므로 어린 학생들의 교육을 책임지고 있는 사람들에게 이런 제안을 하고 싶다. 라틴어로 시작한 학생들은 몇 년 동안 시간만 보내다가 제대로 익히지도 못하고 그만두는 경우가 많다. 그러면 그때까지 배웠던 것은 쓸모없어지고 시간만 낭비한 셈이 된다. 그러니 프랑스어로 시작해서 그 뒤에 이탈리아어로 나가는 편이 좋지 않을까 한다. 그렇게 하면 같은 시간을 투자한 뒤 어학 공부를 그만두고 라틴어까지는 익히지 못하더라도 현재 일상생활에서 요긴하게 쓸 수 있는 외국어 한두 가지 정도는 배워둔 것이 된다.

보스턴을 떠난 지도 어느새 10년이 지났고 형편도 그런대로 나아졌다. 그래서 나는 보스턴에 가서 가족들을 만나고 오기로 했다. 그전까지는 너무 바빠서 시간을 낼 수 없었다. 돌아오는 길에는 뉴포트에 잠시 들러서 제임스 형을 만났다. 그곳에 형이 인쇄소를 하고 있었다. 예전의 앙금은 다 잊고 우리의 만남은 화기애애하고 애정이 넘쳤다.

형은 하루가 다르게 쇠약해지고 있었다.

형은 자신이 얼마 살지 못할 것 같으니 자기가 죽거든 열 살 난 조카를 맡아서 인쇄업을 가르쳐주라고 부탁했다. 형과 약속한 대로 조카를 데려와 몇 해 동안 학교에 보내다가 일을 가르쳤다. 형이 떠난 다음에는 형수가 인쇄소를 꾸려나갔고 아들이 웬만큼 나이가 찼을 때 물려주었다. 나는 조카에게 새 활자를 마련해 주었다. 형이 쓰던 활자는 이미 다 닳아버렸던 것이다. 그 옛날 형을 너무 일찍 떠나는 바람에 보답하지 못했던 것을 그렇게나마 갚을 수 있었다.

1736년에 나는 네 살배기 아들을 천연두로 잃었다. 아이에게 예방 접종을 하지 않았던 것을 오랫동안 애통해 했다. 그 생각을 하면 후회스러웠고 지금도 마음이 아프다. 예방 접종 때문에 아이가 잘못될까봐 예방 접종을 시키지 않는 부모들에게 이런 말을 해주고 싶다. 예방 접종을 하든 안 하든 후회하게 된다면 좀 더 안전한 쪽을 선택해야 한다고 말이다.

우리 전토 클럽은 매우 유익한 모임이었고 회원들은 모두 만족했다. 회원들 중에는 자기 친구를 가입시키고 싶어 하는 사람도 있었다. 그러나 그렇게 하면 적정 인원으로 생각했던 12명이 초과되어서 모임을 잘 이끌어 나갈 수 없었다. 처음부터 우리는 비밀 모임으로 만들었고 그 규칙을 잘 지켰다. 자격이 되지 않는 사람이 입회하고 싶다고 할 때 그것을 피하는 가장 좋은 방법이었기 때문이다.

나는 회원 수를 늘리는 것에 반대했다. 그래서 회원들 각자가 전토 클럽과 같은 규칙을 가진 종속 클럽을 만들고 그 회원들에게 전토 클럽과의 관계를 숨기자는 제안을 했다. 이렇게 하면 다음과 같은 이점이 있었다. 전토와 같은 모임을 통해 더욱 많은 젊은이의 자질을 향상시킬 수 있다. 그리고 어떤 일에 대한 주민들의 일반적인 의견을 더 쉽게 접할 수 있다. 전토 회원들이 각자의 클럽에서 자기가 알고 싶은 문제를 제의해 통과된 문제만 전토에 보고하면 되기 때문이다. 마지막으로 여러 클럽을 통해 전토의 의견을 퍼뜨릴 수 있으니 각자의 사업에 이익이 되고, 공공 문제에 대한 우리의 영향력과 선행을 발휘할 수 있는 능력이 확대될 것이다.

이 제안은 전원이 찬성했다. 회원들은 각자의 클럽을 만드는 일에 착수했지만 모두 성공한 것은 아니었다. 그 중 대여섯 개의 클럽만 조직되어 '바인', '유니언', '밴드' 등 서로 다른 이름으로 활동했다. 클럽들은 나름대로 유익했고 전토에도 커다란 즐거움과 정보와 교훈을 제공해주었다. 그밖에 특정한 문제에 대한 여론을 조성하는 데 아주 유용했다. 이것에 대해서는 관련된 일이 나오면 다시 이야기하겠다.

공직 생활에 첫 발을 내딛다

내가 처음 공직 생활을 하게 된 것은 1736년 주의회 서기로 선출되면서였다. 첫해에는 한 사람의 반대도 없이 당선되었다. 그런데 이듬해 다시 추천받았을 때는 다른 의원들과 마찬가지로 1년에 한 번씩 선출되었다. 신참내기 의원 하나가 다른 후보를 지지하고 나를 반대하는 긴 연설을 했다. 그러나 결국에는 내가 당선되었다. 나로서는 기분 좋은 일이었다. 그 자리에 있는 동안은 서기의 봉급 외에도 의원들과 친분을 나눌 기회도 있었고 투표용지나 법조문, 지폐, 공문서 같은 인쇄일거리도 꾸준히 얻을 수 있었기 때문이다.

그러니 나를 반대했던 이 신참내기 의원이 마음에 들 리가 없었다. 이 사람은 재산, 교양, 재능도 있어서 머지않아 주의회에서 커다란 영향력을 행사하게 될 터였고, 실제로도 그렇게 되었다. 그렇다고 해서 그에게 아첨을 해서 환심을 사고 싶지는 않았다. 대신 얼마 후에 다른 방법으로 그에게 접근했다. 그의 서재에 아주 진귀한 책이 있다는 소문을 들었기 때문에 편지를 써서 그 책을 꼭 읽고 싶은데 며칠간만 빌려달라고 부탁했다. 그는 곧바로 책을 빌려주었고, 나는 일주일 뒤에 책을 돌려주면서 아주 감사하다는 메모를 함께 보냈다. 그 다음 의회에서 만났을 때 그는 아주 정중한 태도로 내게 말을 걸어왔다(전에는 한 번도 그런 적이 없었다).

그 뒤로는 모든 일에서 기꺼이 나를 지지해 주었고 우리의 우정은 그가 죽을 때까지 계속 이어졌다. 이 일은 옛말이 틀린 게 하나도 없다는 것을 또 한 번 보여주었다. "당신이 호의를 베풀어준 사람보다 당신에게 호의를 베푼 사람이 앞으로도 당신에게 호의를 베풀 것이다." 적의를 보이는 상대를 원망하고 보복하면서 관계를 계속하는 것보다는 신중하게 풀어가는 것이 더 이익이다.

지금은 고인이 된 버지니아 주지사 스포츠우드 대령은 1737년 당시 체신 장관이었다. 대령은 필라델피아의 우체국장인 브래드퍼드 씨가 회계 보고서 제출을 게을리하고 그 내용도 정확하지 않은 점을 못마땅하게 여겼다. 그래서 그를 해고하고 내게 그 자리를 제안했다. 나는 선뜻 그 일을 맡았고, 그 덕에 큰 이익을 볼 수 있었다.

봉급은 적었지만 통신이 가능해져서 우리 신문의 내용이 질적으로 향상되었고, 구독자와 삽입 광고도 늘어서 상당한 수입을 올릴 수 있었기 때문이다. 나의 오랜 경쟁자인 브래드퍼드 씨의 신문은 상대적으로 기울어가고 있었다. 브래드퍼드 씨가 우체국장을 하던 시절에 내 신문을 배달하지 못하게 했지만 나는 아무런 보복도 하지 않았다.

어쨌거나 그는 회계 보고를 게을리한 탓에 큰 타격을 입었다. 다른 사람 밑에서 일할 젊은이들에게 교훈 삼아 이 말을 해주고 싶다. 회계 보고와 송금은 언제나 시간을 엄수하고 명확하게 해야 한다. 새로운 일자리를 구하거나 사업을 확장하려고 할 때 그런 일을 잘 지키는 것만큼 강력한 추천장은 없다.

이 무렵부터 나는 차츰 공공사업에 눈을 돌리기 시작했다. 처음에는 작은 일부터 시작했다. 가장 먼저 해결하고자 했던 것은 도시의 야간 순찰 문제였다. 이것은 각 구역의 경관들이 교대로 했는데 그날의 당번인 경관이 밤에 그와 함께 순찰을 돌 세대주들을 지명했다. 그들 중에 참여하기 싫은 사람은 1년에 6실링을 경관에게 지불하고 면제를 받았다. 그 돈은 그들 대신 순찰을 돌 사람들을 고용하는 데 쓰였다.

그런데 실제로는 이렇게 거둬들인 돈이 필요 이상으로 많이 남아서 사람을 고용하고 남은 돈은 경관들의 차지가 되었다. 경관들은 부랑자들을 고용해서 술값 몇 푼을 주고 순찰을 돌게 했다. 그러다보니 당연히 세대주들은 부랑자들과 함께 순찰 도는 것을 꺼렸다. 뿐만 아니라 경관들은 순찰 도는 일도 자주 빼먹고 밤새 여기저기서 술을 퍼마셨다.

나는 전토 클럽에서 발표하려고 경관들의 부정행위에 대한 글을 썼다. 특히 경관들이 거둬들이는 6실링이란 세금이 불공평하다는 점도 강조했다. 야간 순찰로 지켜야 할 재산이 기껏해야 50파운드도 안 되는 가난한 과부가 창고에 수천 파운드어치의 물품을 쌓아놓고 있는 부유한 상인과 똑같은 금액의 세금을 내는 것은 공평치 않았다.

나는 좀더 효율적인 순찰 방법을 제안했다. 적당한 사람을 고용해서 지속적으로 그 일을 맡기고, 거기에 드는 비용은 공평하게 재산에 비례하여 징수하자는 것이었다. 이 제안은 전토 회원들의 지지를 받았다. 회원들은 각자의 클럽에 이것을 알렸지만, 전토가 아니라 각각의 클럽에서 내놓은 의견으로 했다. 이 계획은 즉시 시행되지는 않았지만 사람들에게 변화가 필요하다는 인식을 심어주는 계기가 되었다. 이것이 기틀이 되어 몇 년 후 우리 클럽 회원들의 영향력이 커졌을 때 관련 법률이 제정되었다.

이 무렵 나는 논문 한 편을 썼는데(처음에는 전토에서 발표하기 위해 썼는데 나중에 출판했다) 온갖 사고와 부주의로 일어나는 화재와 그것들에 대한 경각심을 일으키고 예방법을 제안하는 글이었다. 이 논문이 유용하다는 호평을 받았고 즉시 구체적인 계획이 세워졌다. 언제든 불을 끄러 갈 수 있고 위험한 상황에서 서로 도와 물건을 안전하게 옮길 수 있게 소방대를 조직하려는 계획이었다.

소방대원을 구한다는 광고를 내자마자 서른 명이나 되는 사람들이 모여들었다. 규약에 따라 모든 대원은 불이 나면 언제든지 사용할 수 있게 일정 수의 가죽 물통, 질긴 가방과 바구니(물건을 실어 나르기 위해)를 항상 준비해두어야 했다. 또 한 달에 한 번씩 저녁에 만나서 화재시 효과적인 대처법에 대해 논의하기로 했다.

이 조직의 효용성은 금방 나타났다. 더 많은 사람들이 가입을 원했다. 한 소방대가 수용하기에는 너무 많은 인원이었기 때문에 나는 소방대를 하나 더 만들라고 권했고, 그들은 그렇게 했다. 이런 식으로 소방대가 계속 늘어났고 나중에는 재산 있는 주민들 대부분이 소방대원이 되었다. 이 글을 쓰고 있는 지금 유니언 소방대를 창설한 지 50년이 지났는데 아직도 왕성한 활동을 하고 있다. 초창기 대원들은 모두 세상을 떠났고, 나와 나보다 한 살 더 많은 한 사람만 남았다.

소방대에서는 월례 모임에 빠지는 사람들에게 벌금을 거둬서 소방차와 사다리, 소화 기구 등 소방대에 필요한 물품을 구입하는 데 썼다. 우리처럼 큰 화재를 초기에 진압할 수 있을 정도로 소방 시설을 잘 갖춘 도시가 전 세계에 또 있을지 의문이다. 실제로 이 소방대가 창설된 이후로 한 번의 화제로 두세 집 이상 불타버리는 일은 없어졌다. 화재가 어느 집에서 시작되든 대개 반도 타기 전에 불길은 완전히 진압되었다.

1739년에 아일랜드에서 순회 목사로 유명했던 화이트필드 목사가 필라델피아로 이주해왔다. 처음 와서는 몇몇 교회에서 허락을 받아 설교를 했지만, 그를 싫어하던 목사들이 교회를 빌려주지 않는 바람에 야외에서 설교를 해야 했다. 종단과 교파를 가리지 않고 수많은 군중이 그의 설교를 들으러 모여들었다. 나도 그들 틈에 끼어서 그의 능변이 청중에게 발휘하는 힘을 지켜보았다. 목사가 당신들 반은 짐승이고, 반은 악마라고 독설을 퍼붓는데도 사람들은 그를 찬양하고 존경했다. 주민들의 태도가 그렇게 빨리 변하는 모습을 보고 나는 놀라지 않을 수 없었다. 얼마 전까지만 해도 종교에 별 생각이 없거나 무관심하던 사람들이 마치 온 세상이 신앙심으로 충만한 것처럼 행동했다. 저녁에 시내 거리를 걷다 보면 찬송가 소리가 흘러나오지 않는 집이 없을 정도였다.

그런데 야외 설교는 날씨가 궂으면 여간 불편한 게 아니었다. 그래서 교회를 짓자는 의견이 나왔고, 기부금을 모을 모금 위원들이 임명되었다. 곧 충분한 돈이 모아져서 부지를 마련하고 길이 100피트에 폭 70피트가량 되는 웨스트민스터 강당 크기의 교회 건물을 짓기 시작했다. 공사는 활기차게 진행되어서 예정보다 빠른 시간에 끝났다.

교회 건물과 땅은 관리 위원들에게 위탁되었다. 어떤 종교의 어떤 설교자든 필라델피아 시민들에게 하고 싶은 말을 할 수 있게 하기 위해서였다. 이 건물은 어떤 특정 종파를 위한 것이 아니고 주민들을 위한 공간이었다. 그러므로 콘스탄티노플의 이슬람 율법가가 이슬람교를 전파하러 왔다고 해도 그는 강단에 설 수 있었다.

화이트필드 목사는 우리를 떠나 각지를 다니며 설교를 하다가 조지아 주까지 갔다. 당시 조지아에는 사람들이 막 정착하기 시작하던 때여서 개척 사업에 맞는 힘세고 부지런한 일꾼들이 필요했다. 그런데 그곳에는 파산하거나 빚에 쫓겨 도망쳐 온 사람들이 대부분이었고, 그들 중 많은 수가 감옥에서 막 출소한 게으르고 나태한 사람들이었다. 산림을 개간해 정착할 곳을 마련해야 하는 힘든 개척지 상황을 이기지 못해 결국 많은 이들이 목숨을 잃었고, 아이들만 의지할 곳 없는 채로 남았다. 이 비참한 상황을 목격한 자애로운 화이트필드 목사는 그곳에 고아원을 세워서 아이들을 먹이고 공부시켜야겠다는 생각을 품었다. 북쪽으로 돌아오면서 목사는 이 구제 사업에 대해 설교했고 상당한 후원금을 모금했다. 그의 설교는 청중의 마음을 움직이고 지갑을 열게 하는 놀라운 힘이 있었다. 나도 그 중의 하나였다.

나는 이 계획에는 찬성했지만 방법에 대해서는 생각이 달랐다. 당시 조지아에는 자재와 기술자가 부족했다. 그래서 막대한 비용을 들여 필라델피아에서 그것들을 운반해 가느니 차라리 여기에 고아원을 짓고 이곳으로 아이들을 데려오는 편이 낫겠다는 생각이 들었다. 내 생각을 권유해 보았지만 목사는 자신의 계획을 고집하고 내 의견을 받아들이지 않았다. 그래서 나도 기부금을 내지 않았다.

얼마 후 그의 설교를 우연히 듣게 되었다. 설교가 끝나면 기부금을 거둘 거라는 걸 눈치챘지만 나는 속으로 한 푼도 내지 않으리라 작정하고 있었다. 그때 주머니에는 동전 한 줌과 1달러 은화 서너 개, 금화 다섯 개가 있었다. 그가 설교를 계속하는 동안 마음이 흔들려 동전은 내야지 했다. 조금 있다가는 설교 중 어느 한 구절에 부끄러운 생각이 들어서 은화까지 내기로 마음먹었다. 그런데 그가 설교를 감탄스러울 정도로 훌륭하게 마무리하는 바람에 결국 주머니 속의 금화까지 헌금 접시에 다 털어 넣고 말았다. 이 설교에는 우리 클럽의 회원 한 사람도 와 있었다. 그도 조지아에 고아원 짓는 것을 반대하고 있었고 기부금을 모을지도 모른다는 생각에 미리 주머니를 비우고 왔다고 한다. 그러나 설교가 끝나갈 때쯤 기부금을 내고 싶은 충동이 강하게 일어나서 옆에 있던 이웃에게 돈을 좀 빌려달라고 했다. 그런데 그 사람은 목사의 설교에 흔들리지 않는 유일한 사람이었다. 그는 이렇게 말했다. "홉킨슨! 자네에겐 언제든지, 얼마든지 빌려줄 용의가 있지만 지금은 안 되겠네. 자네가 지금은 제정신이 아닌 것처럼 보이거든."

화이트필드 목사를 반대하는 사람들은 그가 이 기부금을 개인적인 용도로 사용할 거라고 말했다. 그러나 그의 설교와 일기 등을 인쇄하면서 그를 가까이서 지켜본 나는 그의 청렴함을 털끝만큼도 의심하지 않았다. 지금까지도 나는 그가 더할 나위 없이 정직하게 행동했다고 굳게 믿고 있다.

그에 대해 호의적인 내 말이 더욱 믿을 만한 이유는 우리 사이에는 종교가 전혀 개입되지 않았기 때문이다. 그는 가끔 나를 기독교인으로 만들어달라는 기도를 했지만 그 기도가 이루어졌다고 믿을 만한 일은 일어나지 않았다. 우리는 그저 예의바르고 진실한 우정으로 맺어진 관계였으며, 우리의 우정은 그가 죽을 때까지 이어졌다.

우리가 어떤 관계였는지를 보여주는 이야기를 하나 해보겠다. 그가 영국에 갔다가 보스턴에 도착하자마자 내게 편지를 보냈다. 곧 필라델피아에 가는데 오랜 친구인 베너젯 씨가 저먼타운으로 이사를 가버리는 바람에 그곳에 가면 묵을 곳이 없다는 내용이었다.

나는 이렇게 답장을 보냈다. "저희 집은 아시지요? 누추한 곳이라도 괜찮다면 저희 집에서 묵으시는 것을 진심으로 환영합니다." 나중에 그는 내게 예수님을 위해 그렇게 친절을 베푸니 반드시 보답받을 거라고 말했다. 그 말에 나는 이렇게 대꾸했다. "오해하지 마십시오. 예수님이 아니라 당신을 위해 한 일입니다." 우리를 다 알고 있는 친구가 농담조로 말하길 성직자들은 신세를 지면 그 짐을 벗어버리려고 으레 하늘에 맡겨버리는데 내가 그것을 지상에 묶어두었다고 했다.

화이트필드 목사를 마지막으로 본 것은 런던에서였다. 그때 그는 고아원 일과 대학을 짓는 데 대해 내게 의견을 구했다.

그는 목소리가 아주 크고 낭랑했으며 단어와 문장을 아주 또렷하게 발음했다. 그래서 그의 설교는 상당히 먼 거리에서도 알아들을 수 있었다. 게다가 그의 청중은 그 수가 아무리 많아도 완벽하게 침묵을 지켰다. 어느 날 저녁 화이트필드 목사는 시장통 한가운데 있는 법원 계단 꼭대기에서 설교를 시작했다.

서쪽으로는 2번가가 계단의 오른쪽을 직각으로 교차하고 있었다. 이 양쪽 길이 청중들로 가득 찼고 그 행렬은 상당히 멀리까지 뻗어 있었다. 시장 제일 뒤쪽에 있던 나는 문득 그의 목소리가 얼마나 멀리까지 들릴지 호기심이 생겼다. 그래서 내가 서 있는 곳에서 강을 향해 계속 걸어가 보았다. 길을 따라 쭉 내려가 프론트가에 이를 때까지도 그의 목소리는 또렷하게 들렸지만 거리의 소음으로 무슨 말인지는 알아들을 수 없었다.

내가 온 거리를 반지름으로 해서 반원을 그린 뒤, 그 원 안에 청중을 가득 채웠다고 가정할 때 한 사람이 차지하는 면적을 2평방피트로 잡아보니 어림잡아 3만 명은 충분히 그의 설교를 들을 수 있다는 계산이 나왔다. 그가 야외에서 설교를 할 때 2만5천 명의 군중이 모였다는 신문기사나 옛날 장군들이 군대 전체를 호령했다는 이야기들을 믿지 못했는데 이제는 받아들이게 되었다.

그의 설교를 자주 듣다 보니 어떤 설교가 새로 쓴 것인지 어떤 설교가 순회하면서 자주 하던 것인지 쉽게 구분이 되었다. 자주 되풀이한 것은 억양, 강조점, 목소리의 변화가 완벽하게 표현되고 잘 들어맞아서 주제가 어떻든 사람들은 그의 설교에 빨려들었다. 마치 훌륭한 음악을 들을 때 느끼는 희열과 같았다. 이것은 순회 목사가 전속 목사보다 유리했다. 한 곳에 머무는 전속 목사들은 같은 설교를 몇 번씩이나 반복해서 할 수 없으니 설교 실력이 잘 늘지 않는다.

그는 가끔 글을 써서 발표했는데, 이것은 오히려 그를 반대하는 사람들에게 먹잇감이 되었다. 설교 중에 경솔한 표현을 쓰거나 그릇된 의견을 내놨다고 해도 나중에 해명하거나 앞에 한 말에 단서를 달거나 부인하면 그만이다. 하지만 글은 영원히 남는다. 비평가들은 그의 글을 맹렬히 공격했다. 비판이 타당해보였기 때문에 목사의 지지자들은 차츰 줄어들었고 더 늘어나지 않았다.

만약에 그가 글을 쓰지 않았더라면 훨씬 더 규모가 큰 교파를 하나 남겼을 것이고 죽어서도 명성은 점점 더 높아졌을 것이다. 글이 없었더라면 그를 비난하거나 그의 인품을 떨어뜨릴 구실 또한 존재하지 않았을 것이다. 그러면 그의 추종자들은 열광적인 숭배자가 되어서 그가 가졌으면 하는 온갖 장점들을 마음껏 만들어냈을 것이다.

이 무렵 내 사업은 계속 번창했고 형편도 나날이 좋아졌다. 한동안 우리 신문이 이 지역과 인근 지역에서 유일한 신문이었기 때문에 상당한 수익을 낼 수 있었다. '첫 100파운드를 모으면 다음 100파운드는 더 쉽게 모을 수 있다'는 말처럼 돈이 돈을 낳는 것도 경험했다. 캐롤라이나 주에서 시작했던 동업이 성공한 것에 힘을 얻어 나는 동업을 더 늘렸다.

품행이 바른 직공들 몇 명을 뽑아서 캐롤라이나 주와 같은 조건으로 각각 다른 주들에 인쇄소를 차려주었다. 그들 대부분은 성공해서 6년의 동업 기간이 끝났을 때에는 내게 활자를 사서 독립했다. 그렇게 해서 여러 가족을 부양할 수 있었다. 대개 동업 관계는 싸움으로 끝나는 일이 많은데 나는 운이 좋았다. 내 동업은 항상 원만하게 진행되었고 기분 좋게 끝났다. 이렇게 된 데는 각자 해야 할 일과 상대가 해주었으면 하는 일을 계약서에 구체적으로 명시하는 방법이 큰 역할을 했다. 그래서 싸울 일이 전혀 없었다.

나는 동업을 하려는 사람들에게 예방책이 중요하다는 이야기를 해주고 싶다. 계약 당시에는 서로를 누구보다 존중하고 신뢰하지만, 시간이 지나다 보면 시기와 반감이 생길 수 있다. 또 사업을 하다가 부담스러운 일이나 책임져야 할 일이 생기면 자기만 손해 본다는 생각이 들고, 그러다 보면 우정이 깨지고 소송이나 다른 불미스러운 결과를 맞기 일쑤다.

방위군 조직과 대학 설립

나는 여러 가지 이유로 펜실베이니아 주에 자리를 잡은 것에 만족하고 있었다. 그러나 아쉬운 점이 두 가지 있었다. 하나는 방위 제도가 없다는 것이고, 또 하나는 젊은이들을 위한 교육이 제대로 이뤄지지 않고 있다는 점이었다. 즉 민병대(민간인들이 스스로 조직한 군대)와 대학이 없었다. 그래서 나는 1743년에 대학 설립 계획을 세웠다. 대학을 감독할 사람으로는 피터스 목사를 염두에 두었다.

마침 그가 목사직을 그만두고 쉬고 있었기 때문에 그에게 내 계획을 얘기해보았다. 그는 영주들 일을 봐주는 게 더 이익이 된다고 생각했는지 내 제안을 거절했다. 그 뒤 다른 적당한 사람을 찾지 못해서 나는 이 계획을 잠시 미뤄둘 수밖에 없었다. 이듬해인 1744년에 학술 협회의 설립을 제안하고 실행할 수 있었다. 그 일을 추진하기 위해 내가 작성했던 계획안들은 내 글들을 모두 모으면 그 속에 있을 것이다.

이제 방위 문제에 대해 얘기해보겠다. 당시 스페인은 여러 해 동안 영국과 전쟁을 치르다가 결국 프랑스와 동맹을 맺었고, 이런 상황이 우리에게는 큰 위협이 되었다. 우리 주의 토머스 지사는 퀘이커교도가 압도적인 의석을 차지하고 있는 주의회를 설득해 군사 법안을 통과시키고 방위 규정을 만들려고 오랫동안 노력했지만 결국 실패로 끝나고 말았다. 나는 시민들의 자발적 참여로 이뤄진 연합체를 만들어보기로 했다. 이것을 추진하기 위해 먼저 〈명백한 진리〉라는 논설을 써서 발표했다. 그 글에서 나는 우리의 무방비 상태를 진술하면서 방위를 위해서는 단결과 훈련이 필요하다고 역설했다. 그리고 며칠 내에 이 목적을 위한 단체 설립을 제안하고 시민들의 서명을 받겠다고 약속했다. 이 논설은 놀랄 만한 반향을 불러일으켰다.

나는 사람들의 요청으로 이 단체의 대표가 되었고, 몇몇 친구들과 함께 초안을 정리했다. 그리고 앞서 말한 커다란 건물에서 시민 집회를 열기로 했다. 건물은 사람들로 발 디딜 틈이 없었다. 집회장 구석구석에는 인쇄한 용지들과 펜과 잉크가 비치되어 있었다. 나는 간단한 연설을 하고 초안을 읽고 설명한 다음 서명 용지를 나누어주었다. 모두 열심히 서명해주었고, 단 한 사람도 이의를 제기하지 않았다.

집회가 끝난 뒤 서명지를 거두어보니 서명한 사람이 1,200명이 넘었다. 다른 지역에서 받은 서명까지 합치면 1만 명이 넘었다. 이들은 짧은 시간 안에 무장을 하고 중대와 연대를 편성했으며 장교를 선출하고 매주 한 번씩 모여 집총 훈련과 군사 훈련을 받았다. 여자들도 자기들끼리 모금을 해서 중대에 보낼 비단 군기를 만들고 여기에 내가 만든 여러 도안과 구호를 넣어서 기증했다.

필라델피아 연대를 구성하는 중대의 장교들은 나를 대령으로 선출했다. 하지만 나는 적임이 아니라고 생각해 정중히 사양하고 대신 로렌스 씨를 추천했다. 그는 인품이 훌륭하고 영향력도 있는 사람이라 무리 없이 임명되었다. 그리고 나서 나는 도시 외곽에 포대를 짓고 대포를 설치하는 데 드는 비용을 마련하기 위해 복권을 발행하자고 제안했다. 비용이 금세 마련되어 얼마 후 포대가 설치되었고 총부리가 나오는 둔덕은 통나무로 짠 뒤 흙을 채워 만들었다. 보스턴에서 구식 대포도 몇 대 사들였는데 그 정도로는 부족했다. 대포를 더 확보하기 위해 영국에 편지를 보내면서 동시에 영주들에게 원조를 요청했지만 큰 기대는 하지 않았다.

그 사이에 나는 로렌스 대령, 윌리엄 앨런, 에이브럼 테일러 경과 함께 대포를 빌려오는 임무를 띠고 뉴욕의 클린턴 주지사를 찾아갔다. 지사는 처음에는 딱 잘라 거절했다. 그러나 그곳 의원들과 함께 한 식사 자리에서 그 지방의 풍습대로 마데이라주를 거나하게 들이키면서 차츰 태도가 누그러지더니 우리에게 대포 여섯 대를 빌려주겠다고 했다. 몇 잔을 더 마신 뒤에는 열 대로 늘어났고, 나중에는 기분이 아주 좋아져 열여덟 대를 내주겠다고 했다.

운반대가 달린 18파운드짜리 대포는 상태가 훌륭했는데 우리는 곧바로 대포들을 옮겨와서 포대에 설치했다. 전쟁이 계속되는 동안 민병대는 밤마다 포대에서 보초를 섰고 나도 한 사람의 시민군으로서 내 차례가 되면 보초를 섰다.

나의 이런 활동들을 지사와 의원들이 좋게 보았다. 그들은 나를 신뢰해서 민병대에 도움이 될거라고 생각되는 법안이 있을 때마다 내게 의견을 구하곤 했다. 나는 방위 문제에는 종교계의 도움이 필요하다고 생각했으므로 국민적 감화를 촉진시키고 우리 일에 하나님의 축복이 내리도록 금식을 선포하자고 제안했다. 지사와 의원들은 이 제안을 받아들였다. 하지만 필라델피아에서는 금식이 처음 있는 일이라서 비서관은 선언문을 어떻게 써야 하는지 몰랐다.

나는 매년 금식이 선포되는 뉴잉글랜드에서 자랐기 때문에 조금이나마 도움을 줄 수 있었다. 나는 일반적 형식에 맞춰 초안을 작성한 다음 독일에서 이주해온 사람들이 많은 지역을 고려해 독일어로도 번역했다. 영어와 독일어 두 언어로 인쇄해 각 지역에 배포했다. 이 일로 여러 종파의 목사들이 신도들에게 민병대에 참여하도록 설득하는 계기가 되었다. 평화가 그렇게 빨리 오지 않았다면 아마 퀘이커교도를 제외한 거의 모든 종파의 신도들이 민병대가 되었을지도 모른다.

친구들은 내가 이런 일에 나섰다가 퀘이커교도의 심기를 건드려서 그들이 다수를 차지하는 주의회에서 신임을 잃을까봐 걱정했다. 나처럼 의원 몇 사람과 친분이 있는 젊은 의원 하나가 내 뒤를 이어 서기가 될 기회를 노리고 있었다. 그가 어느 날 내게 다가와서 다음 선거에서는 내가 자리를 잃게 될 거라고 귀띔해주었다. 그러면서 선의에서 하는 말이라며 체면을 생각해서라도 쫓겨나는 것보다 스스로 물러나는 게 좋을 거라고 했다.

나는 공직을 청하지도 않고 공직이 맡겨지면 사절하지도 않는다는 것을 원칙으로 삼은 어떤 공직자 얘기를 어딘가에서 읽은 적이 있다고 대답하고는 이렇게 덧붙였다. "나는 그의 원칙에 찬성하고, 거기에 한 가지 더 추가하려고 합니다. 청하지도, 사절하지도, 사임하지도 않겠습니다. 만약에 내 서기직을 다른 사람에게 주려면 내게서 빼앗아가야 할 겁니다. 절대로 내가 먼저 포기해서 언젠가 적대자들에게 보복할 권리를 잃는 일은 없을 것입니다."

그 뒤로는 어떤 이야기도 들리지 않았다. 나는 다음 선거에서도 만장일치로 선출되었다. 의회는 오랫동안 군비 문제로 곤란을 겪고 있었는데, 그 문제에 대해 논쟁이 있을 때마다 주지사 편에 섰던 의원들과 내가 가까이 지내다 보니 일부 의원들이 보기에는 못마땅했을 것이고 내가 내 발로 나가주기를 바랐을 것이다. 하지만 내가 민병대 일에 열성적이라는 이유만으로 나를 내쫓을 수는 없었고, 다른 트집을 잡을 수도 없었다.

나는 방위 문제에 대해서는 원조를 요청하지만 않는다면 반대할 이들이 없을 거라고 생각했다. 여기에는 몇 가지 근거가 있었다. 내가 생각했던 것보다 훨씬 많은 사람들이 침략전에는 반대하지만 방어전에는 찬성했다. 이 주제에 대한 찬반양론의 논설들이 많이 출판되었는데 그 중에는 방위에 찬성하는 독실한 퀘이커교도들의 글도 있었다. 나는 대부분의 퀘이커교 젊은이들이 그 글에 수긍했을 거라고 생각한다.

우리 소방대에서 일어난 한 가지 사건을 통해 나는 퀘이커교도들의 지배적인 생각을 알게 되었다. 포대 건설 계획을 돕기 위해 당시 갖고 있던 조합 기금 60파운드로 복권을 사자는 제안이 나왔을 때였다. 우리 규칙에 따르면 다음 모임까지는 돈을 지출할 수 없었다. 우리 소방대는 대원이 서른 명이었는데, 그 중 스물두 명이 퀘이커교도였고 여덟 명만이 다른 종파 사람이었다. 모임이 있던 날, 우리 여덟 명은 제시간에 나왔다. 퀘이커교도들 중 몇 명은우리와 뜻을 같이할 거라고 기대했다. 하지만 정작 모임에 나타난 사람은 반대표를 행사하러 온 제임스 모리스 씨 한 명뿐이었다.

그는 이런 제안이 나온 것은 매우 유감스러운 일이라며 '친구들'[퀘이커교도를 이르는 말] 모두 이 안건에 반대하고 있으니 이것으로 불화가 생겨서 소방대가 해체될지도 모른다고 했다. 우리는 그럴 리는 없다고 대답했다. 우리는 소수이고 다른 친구들이 그 제안에 반대해서 우리를 이기면 우리는 협회의 관례에 따라 그 결정에 따라야 하고, 또 기꺼이 따를 거라고 했다. 투표 시간이 되어서 표결에 부치려고 할 때, 모리스 씨는 규칙대로 해도 되지만 반대하는 사람이 몇 명 더 나올 수도 있으니 좀 더 기다려보자고 했다.

우리가 이 문제를 놓고 논의하고 있을 때 종업원이 와서 아래층에 신사 두 분이 나와 얘기하려고 기다리고 있다고 말했다. 내려가 보니 퀘이커교도 대원 두 명이 있었다. 그들은 근처 술집에 여덟 명이 더 모여 있으며 필요하다면 와서 투표를 하겠지만 그렇게 되지 않기를 바란다고 했다. 자기들 도움 없이도 이길 수 있다면 부르지 않았으면 한다는 것이었다. 그런 안에 찬성한 게 알려지면 장로들이나 친구들과 불화를 일으킬 수 있기 때문이라고 했다.

이렇게 다수표를 확보한 나는 위층으로 올라가서는 잠시 망설이는 척하다가 한 시간 더 투표를 미루는 데 합의했다. 모리스 씨는 대단히 공정한 처사라고 했다. 그러나 반대 의견을 가진 친구들이 한 사람도 나타나지 않자 그는 몹시 당황해 했다. 1시간이 흐르고 8대 1의 결과가 나왔다.

스물두 명의 퀘이커교도 중 여덟 명은 우리 제안에 찬성투표를 할 생각이었고, 열세 명은 참석하지 않는 것으로 반대하지 않는다는 의사를 보여준 것이었다. 이 일로 나는 진심으로 방위 문제에 반대하는 퀘이커교도는 스물한 명 중 한 명뿐이라고 판단했다. 왜냐하면 그들 모두는 소방대의 정식 회원이었고, 회원들 사이에 평판도 좋았으며, 그날 회의에서 무엇이 제안될지 이미 알고 있었기 때문이다.

변함없는 퀘이커교도로 훌륭한 인품과 학식을 갖춘 제임스 로건이라는 사람이 있었다. 그는 퀘이커교도들에게 쓴 연설문에서 방어 전쟁에 찬성한다는 것을 분명히 했고 설득력 있는 논거를 들어 자신의 견해를 뒷받침했다. 그는 내게 60파운드를 쥐어주면서 포대 건설 기금 복권을 사고 복권이 당첨되면 상금이 얼마가 되었든 다 포대 건설에 써 달라고 했다.

방위 문제와 관련하여 그는 예전에 모셨던 윌리엄 펜[영국의 유명한 퀘이커교도로 펜실베이니아 식민지 창립자]과의 일화를 하나 들려주었다. 젊은 시절 이 영주의 비서로 일하던 로건 씨는 영국에서 건너왔다. 그때는 한창 전쟁 중이었는데 그들이 탄 배를 적의 군함으로 보이는 배 한 척이 쫓아오고 있었다. 선장은 방어 준비를 하면서 윌리엄 펜과 그의 퀘이커교도 친구들에게는 도움을 기대할 수 없으니 선실에 들어가 있으라고 했다.

그들은 그렇게 했지만 로건 씨는 갑판에 남아서 총 하나를 받아 들었다. 다행히 적함이라고 생각한 배는 아군으로 밝혀져 전투는 벌어지지 않았다. 로건 씨가 이 사실을 알리기 위해 선실로 내려갔을 때 윌리엄 펜 경은 갑판에 남아서 배를 방어하는 일을 도운 것을 호되게 질책했다. 선장이 부탁한 것도 아닌데 교리에 반하는 행동을 했다는 것이었다.

사람들 앞에서 질책을 받자 로건 씨도 감정이 상해서 이렇게 대꾸했다. "저는 경의 비서인데 왜 내려오라고 하지 않으셨습니까? 위급한 상황이라고 생각해서 제가 갑판에 남아 싸움을 돕기를 바라신 건 아닙니까?"

퀘이커교도가 언제나 다수를 차지하는 주의회에 오랫동안 있다 보니 군사 목적에 협조하라는 국왕의 지시가 있을 때마다 전쟁에 반대하는 퀘이커교의 원칙 때문에 난처해 하는 모습을 수없이 봐왔다. 노골적으로 거절하자니 정부의 눈치가 보이고, 그들의 교리에 반하는 정부의 지시를 따르자니 퀘이커교도 친구들의 따가운 눈총이 걸렸다. 그래서 온갖 핑계를 만들다가 도저히 피할 수 없게 되면 '국왕의 필요를 위해서'라는 명목으로 돈을 내고 그 돈이 어디에 쓰이는지는 절대 묻지 않는 식이었다.

하지만 국왕이 직접 요구한 게 아니라면 이런 방법은 사용할 수 없으므로 다른 방법을 생각해내야 했다. 한번은 뉴잉글랜드 정부가 화약이 부족하다며(루이스버그 요새에서 쓸 화약이었던 걸로 기억한다) 펜실베이니아 정부에 보조금을 요청한 일이 있었다. 토머스 지사가 지원을 재촉했지만 의회는 그럴 수 없었다. 화약은 전쟁에 쓰이는 물자였기 때문이다. 그러나 의회는 뉴잉글랜드에 3천 파운드를 원조하는 안을 가결한 뒤 지사에게 그 돈을 맡기고 빵, 밀가루, 통밀 또는 '다른 곡물들'을 구입하는 데 쓰라고 했다.

이때 의원들 몇 명이 주의회를 계속 방해하기 위해 지사에게 그가 요구했던 품목이 아니니 돈을 받지 말라고 했다. 하지만 지사는 이렇게 대답했다. "아니오, 나는 돈을 받을 생각입니다. 의회의 뜻을 잘 알기 때문입니다. '다른 곡물'이란 화약을 말하는 것이니까요." 지사는 그 돈으로 화약을 샀고, 의원들 누구도 이의를 제기하지 않았다.

우리 소방대에서 복권을 사자는 제안이 통과되지 않을까봐 걱정을 하던 참에 마침 이 이야기가 생각나서 나는 소방대 친구인 싱에게 이렇게 말했다. "만약 통과되지 않으면 그 돈으로 파이어 엔진(소방 펌프)을 사자고 제안하세. 그러면 퀘이커교도들도 반대하지 않을 거네. 집행위원으로 자네는 나를 추천하고, 나는 자네를 추천한 다음에 대포를 사는 거야. 그것도 분명히 파이어 엔진이잖나." 싱이 맞장구치며 이렇게 말했다. "알겠네. 자네도 의회에서 오래 일하다 보니 수완이 늘었네그려. 그렇게 두루뭉실하게 해석할 수 있는 점을 이용하는 자네 계획도 '통밀 또는 다른 곡물'에 필적할 만하네."

퀘이커교도들은 '어떤 전쟁이든 불가하다'는 교리를 갖고 있었다. 이런 교리를 일단 공표하고 나면 나중에 마음이 바뀌어도 쉽게 철회할 수 없기 때문에 곤란을 겪는 일이 많았다. 이런 점에서는 또 다른 종파인 던커파의 행동이 좀 더 신중한 것 같다. 이 종파가 처음 생겼을 때 나는 창시자 중 한 사람인 마이클 웰페어와 친분을 맺었다. 그는 다른 종파의 광신도들이 자신들은 들어보지도 못한 혐오스러운 원칙과 의식을 들먹이며 터무니없는 비난을 퍼붓는다며 하소연했다.

나는 새로운 교파가 생길 때면 으레 있는 일이니 그런 비방을 막으려면 교리와 신앙 규범을 글로 써서 공표하는 게 좋을 거라고 말했다. 그런데 마이클 웰페어는 이전에도 그런 제안이 나오기는 했지만 다음과 같은 이유로 동의를 얻지 못했다고 했다.

"우리가 처음 교단을 만들었을 때 하나님은 이런 깨우침을 주셨습니다. 한때 진리로 생각했던 교리가 잘못된 것일 수도 있고, 잘못된 것으로 생각했던 것이 사실은 진리일 수도 있다는 것입니다. 때때로 하나님은 우리에게 더 큰 빛을 주셔서 우리의 교리는 개선되었고 잘못은 줄어들었습니다. 지금 우리가 이 과정의 마지막에 이른 건지, 영적으로나 신학적으로 지식의 완성에 이르렀는지 확신이 서지 않습니다. 이런 때에 만일 우리의 신앙 고백을 글로 써놓는다면 그것에 얽매여 더 이상의 진보를 받아들이려고 하지 않을까 염려됩니다. 더욱이 우리의 후계자들은 자신들의 선조이자 창시자인 우리가 정해놓은 교리를 신성한 것으로 여겨 절대 벗어나려고 하지 않을 것입니다."

이런 겸손한 종파는 아마 인류 역사상 유일할 것이다. 여러 종파들이 자신들 믿음만이 진리이고 자신들과 다르면 모두 틀렸다고 우긴다. 그들은 안개 속을 걷는 사람과 같다. 안개 속에서는 주위만 밝아 보일 뿐 자신의 앞이나 뒤, 양옆에 있는 사람은 모두 안개에 싸인 것처럼 보인다. 그러나 사실은 자신도 안개에 싸여 있기는 마찬가지다. 이런 당혹함을 피하기 위해서 퀘이커교도들은 최근에 의원이나 장관 등 공직에서 점차 물러나기 시작했다. 원칙을 어기느니 차라리 권력을 포기하는 쪽을 택한 것이다.

시간 순서상 먼저 언급했어야 할 이야기가 있다. 1742년에 나는 개방식 난로를 발명했다. 찬 공기가 들어오는 대로 따뜻하게 데워지는 원리로 난방 효과도 더 좋았고 연료도 절약할 수 있었다. 나는 오랜 친구인 로버트 그레이스에게 견본을 보냈다. 용광로를 가지고 있던 그는 판금을 주조해 난로를 만들면 찾는 사람이 많아 큰 돈벌이가 될 거라고 했다. 판매를 촉진하기 위해서 나는 '새롭게 발명된 펜실베이니아 난로에 대한 설명'이라는 소책자를 만들어서 발표했다. 난로의 구조와 사용법을 설명하고, 난방 방식에서 다른 난로보다 뛰어난 이유를 열거하고, 이전의 결점을 보완하고 없앴다는 내용을 담았다.

이 소책자는 상당히 반응이 좋았다. 토머스 주지사는 소책자에 설명된 난로의 구조를 마음에 들어 했고 내게 수년간 독점 판매할 수 있도록 특허권을 내주겠다고 제안했다. 하지만 나는 이런 경우에 지켜왔던 원칙에 따라 거절했다. 그 원칙은 이런 것이었다.

"우리가 다른 사람의 발명으로 혜택을 보고 있듯, 우리도 우리의 발명으로 다른 사람들에게 도움을 줄 수 있는 것을 기뻐해야 한다. 그리고 이 일은 보수를 받지 않고 아낌없이 해야 한다."

그런데 런던의 한 철물장수가 내 소책자에서 상당 부분을 취하고 약간만 바꿔서 자기 식으로 난로를 만들었다. 그 때문에 기능이 떨어지기는 했지만 어쨌든 그것으로 특허권을 따서 상당한 돈을 벌었다고 한다. 다른 사람들이 내 발명품으로 특허를 낸 것은 이 난로만이 아니지만 모두 성공한 것은 아니었다. 나는 특허권으로 돈을 벌고 싶지도 않았고 싸우는 것도 싫어서 문제 삼지 않았다. 이 난로는 필라델피아와 주변 지역의 많은 가정에서 들여놓았고, 지금도 사용하고 있으며, 땔감나무도 꽤 많이 절약할 수 있었다.

마침내 전쟁이 끝났다. 평화조약이 체결되자 민병대 일도 끝났다.

나는 다시 대학 설립에 마음을 쏟았다. 내가 제일 먼저 한 일은 활동적인 친구들을 참여시킨 것인데 대부분 전토 클럽 회원들이었다. 그 다음에는 〈펜실베이니아 청년 교육에 대한 제언〉이라는 책자를 만들어 발표하고 지방 유지들에게 무료로 배포했다. 그들이 그것을 읽고 어느 정도 마음의 준비가 되었다고 생각됐을 때 대학 설립과 지원을 위한 기부금 모금에 착수했다. 기부금은 5년 동안 매년 나눠서 내도록 했다. 그렇게 나눠서내면 기부 액수가 더 커질 거라고 판단했기 때문이다. 내 예상대로였다. 내 기억이 맞다면 기부금 총액이 5천 파운드가 넘었다.

이 계획안을 사람들에게 소개할 때 나 자신이 아니라 '공공복지에 관심 있는 인사들'이 발표하는 것으로 했다. 내 원칙에 따라 다수의 이익을 위한 일에 내가 주인공으로 나서는 일은 가능한 한 피했다.

기부자들은 이 계획을 즉시 실행에 옮기기 위해 24명의 재단 이사를 선출하고, 당시 법무장관이었던 프랜시스 씨와 나에게 대학 운영 법규 작성을 맡겼다. 법규가 만들어져 승인을 받았고, 이 법규에 따라 건물을 임대하고 교수들을 채용해서 같은 해인 1749년에 학교 문을 열었다.

학생 수가 빠르게 증가하면서 얼마 지나지 않아 건물이 비좁아졌다. 우리는 건물을 새로 지을 작정으로 적당한 땅을 알아보았다. 그런데 하늘이 도왔는지 조금만 보수하면 충분히 사용할 수 있는 큰 건물을 얻을 수 있었다. 이 건물은 앞서 얘기했던 화이트필드 목사의 청중들이 세운 것으로 다음과 같은 방식으로 우리 손에 들어왔다.

알려진 대로 이 건물은 여러 종파 사람들의 기부금으로 지어진 것으로, 임명된 이사들이 관리하고 있었다. 그들은 종파에 관계없이 건물과 대지를 사용할 수 있도록 했다. 그렇지 않으면 건물을 지은 본래의 취지와 달리 한 종파가 모든 것을 독점할 수 있었기 때문이다. 그래서 각 종파에서 한 사람씩 이사로 임명되었다.

즉 성공회에서 한 사람, 장로교에서 한 사람, 침례교에서 한 사람, 모라비아교에서 한 사람, 이런 식이었다. 그리고 만약에 사망으로 공석이 생겼을 경우에는 기부자들의 투표로 선출했다. 그런데 모라비아교의 이사는 웬일인지 다른 이사들과 사이가 좋지 않았다. 그가 사망하자 다른 이사들은 그 종파에서 이사를 뽑지 않기로 결정했다. 그러다 보니 한 종파에서 2명의 이사가 나오는 것을 어떻게 피할지가 또 문제였다.

여러 사람들의 이름이 거론되었지만 그런 이유로 의견일치를 보지 못했다. 그런데 어떤 사람이 정직하고 어떤 종파에도 속하지 않는다는 이유로 나를 추천했다. 모두들 동의했고 나는 이사로 선출되었다. 건물이 세워질 당시의 열정은 사라진 지 이미 오래였다. 이사들은 기부금이 더 걷히지 않는 탓에 토지세와 건물 유지비에 들어갈 빚을 갚지 못해 쩔쩔매고 있었다.

이 건물의 관리 이사이자 대학의 재단 이사를 겸하고 있던 나는 이 좋은 기회를 놓치지 않고 양측의 협상을 이끌어서 마침내 합의에 도달했다. 건물 관리 위원회는 대학 측에 건물을 양도하고 대신 대학 측은 그 부채를 떠안았다. 건물의 대강당은 본래의 취지대로 설교가 있을 때 언제나 개방하고, 가난한 아이들을 위한 무료 학교로 사용한다. 합의서가 작성되었고 대학의 재단 이사들이 빚을 갚고 건물을 소유하게 되었다.

천장이 높고 면적이 넓은 강당은 2층으로 나누어서 아래위로 여러 개의 교실을 만들었고, 땅도 조금 더 사들였다. 모든 것이 우리 생각대로 잘 진행되었고 학생들도 교실로 들어왔다. 나는 인부들과 의견을 조율하고 자재를 구입하고 공사 전체를 감독하는 등 성가신 일을 도맡아 했다. 하지만 그때는 인쇄소 일에 신경을 쓰지 않아도 되었기 때문에 기분 좋게 그 일을 할 수 있었다. 그 전해부터 데이비드 홀과 동업하고 있었는데, 그는 아주 유능하고 근면하며 정직한 사람이었다. 4년 동안 함께 일했기 때문에 그의 인품을 잘 알고 있었다. 그는 나를 대신해 인쇄소 일을 모두 돌보고 내 몫의 수익금을 정확히 지불했다. 우리의 동업 관계는 18년간 계속되었고 두 사람 다 만족했다.

얼마 후 대학 재단 이사회는 주지사의 인가를 받아서 법인이 되었다. 영국 정부의 기부금과 영주들에게서 양도받은 토지, 주의회의 상당한 지원까지 더해져 대학 기금은 크게 늘어났다. 이렇게 해서 오늘날의 필라델피아 대학이 설립되었다. 나는 창립 당시부터 지금까지 거의 40년간 이사를 맡고 있다. 그동안 이곳에서 교육을 받고 재능을 닦은 많은 젊은이들이 공직에서 일하고 나라를 빛내는 등 세상에 나가 이름을 떨치는 모습을 보는 것이 내게는 가장 큰 즐거움이었다.

필라델피아에서의 정치 활동과 공익사업

앞에서 말했듯이 나는 생업에 매달리지 않아도 되었고, 대단치는 않지만 웬만큼 재산도 모았으므로 남은 인생은 즐겁게 학문 연구나 하면서 보낼 생각이었다. 우선 영국에서 필라델피아로 강연을 하러온 스펜스 박사의 실험 기구들을 모두 사들여서 전기에 대한 실험을 활발히 진행했다. 그런데 사람들은 내가 한가해 보였는지 모두 자기들 일에 끌어들이려고 했고 시정市政의 온갖 부서에서는 거의 동시에 내게 여러 가지 임무를 떠맡겼다.

지사는 나를 치안 판사로 임명했고, 시의 행정기관에서는 시의회 의원으로 선출했다가 다음에는 참의원 자리를 주었다. 또 시민들은 나를 그들을 대표하는 주의회 의원으로 뽑아주었다. 나는 주의회에서 일하게 된 것이 가장 좋았다. 의원들이 논쟁하는 것을 앉아서 듣기만 하는 것에는 진력이 나 있었다. 서기는 논쟁에 끼어들 수 없는 입장이라서 토론이 너무 재미없을 때에는 낙서를 하면서 지루함을 달랬다.

게다가 의원이 되면 좋은 일을 할 수 있는 힘이 커질 것이었다. 이렇게 여러 자리를 맡게 된 것에 우쭐했음을 부정하지는 않겠다. 정말 그랬다. 보잘 것 없는 출발을 생각하면 내게는 대단한 변화였다. 더욱 기쁜 것은 내가 청해서 얻어진 게 아니고 다른 사람들이 나를 좋게 평가해서 그런 자리를 주었다는 점이다.

치안 판사로 일한 기간은 길지 않았는데 법정에 두세 번 출석해서 판사석에 앉아 사건을 심리했다. 하지만 그 자리에서 훌륭하게 일을

마흔 두 살의 프랭클린. 인쇄업에서 물러난 후, 신사복을 입은 이 초상화를 의뢰했다.

해내기에는 내 법률 지식이 턱없이 부족하다는 생각이 들었다. 그래서 주의회 입법자로서의 임무가 더 중요하다는 이유를 들어 점차 발을 뺐다. 나는 그 뒤로 10년 동안 해마다 주의회 의원에 선출되었다. 누구에게도 나를 뽑아달라고 부탁한 적이 없었고, 직접적으로나 간접적으로 나를 선출해주었으면 하는 바람을 내비친 적도 없었다. 내가 주의회 의원이 되면서 내 아들이 서기직에 임명되었다.

이듬해에는 칼라일에서 인디언들과 협상을 해야 했다. 주지사는 자문위원회 위원들과 함께 동행할 의원들을 몇 사람 추천해달라는 문서를 주의회에 보내왔다. 주의회는 의장인 노리스 씨와 나를 지명했고, 우리는 위임받은 대로 칼라일에 가서 인디언들을 만났다.

인디언들은 술을 마셨다 하면 취하도록 마셨고, 일단 취하면 몸싸움을 하며 난동을 부렸다. 우리는 인디언들에게 술 파는 것을 엄격히 금했다. 그들은 이런 제한 조치에 항의했지만, 협상에 임하는 동안 술을 마시지 않으면 일이 끝난 뒤에 럼주를 충분히 주겠다고 달랬다. 그들은 그렇게 하겠다고 약속했고, 술을 구할 수도 없었기 때문에 그 약속을 잘 지켰다. 협상은 아수 평화롭게 진행되어서 서로 만족할 만한 합의에 도달했다. 그러자 그들은 럼주를 달라고 요구했다. 이때가 오후였다. 그들은 남녀 아이들까지 100명가량으로 마을 외곽에 정방형 모양으로 지은 임시 움막에서 살고 있었다. 그날 저녁 그들이 있는 곳에서 떠들썩한 소리가 들려서 무슨 일인지 나가보니 광장 한가운데 큰 모닥불을 피워 놓고 남녀 모두 술에 취해 서로 맞붙어 싸우고 있었다. 어둑한 모닥불 빛에 비친 거무스름한 몸뚱이를 반쯤 드러낸 채 괴성을 지르며 횃불을 들고 서로 쫓고 치고받는 모습이 마치 지옥을 보는 것 같았다. 소동이 가라앉을 기미가 없어서 우리는 그냥 숙소로 돌아왔다. 자정에 한 무리가 찾아와 문을 두드리며 럼주를 더 달라고 소란을 피웠지만 우리는 못 들은 척했다.

다음날, 자신들이 소란을 피운 것을 깨달았는지 그들은 장로 세 사람을 보내 사과했다. 그들은 잘못을 인정은 했지만 다 럼주 탓이라고 했다. 그러고는 럼주에 대해 변명을 늘어놓았다.

"세상 만물을 만드신 '위대한 영'은 그 모든 것을 쓸모가 있게 만드셨습니다. 그러므로 그분이 의도하신 것이 무엇이든 그것에 따라야 합니다. 그분이 럼주를 만드시면서 '인디언들이 마시고 취하게 하라'라고 말씀하셨으니 그렇게 사용해야 하는 겁니다."

만일 개척자들에게 개간할 땅을 만들어주기 위해 그들을 멸종시키는 것이 하나님의 뜻이라면 럼주가 바로 그 수단이 아닐까 싶다. 예전에 해안가에 살던 인디언 부족들이 술 때문에 전멸된 일도 있기는 있었다.

1751년에 절친한 벗인 토머스 본드 박사는 필라델피아에 병원을 설립해 지역주민이든 외부인이든 상관없이 가난하고 병든 사람들을 돌보고 치료하겠다는 계획을 세웠다(자선병원 성격을 띠었는데 내 구상으로 알려졌지만 원래는 그의 발상이었다). 그는 기부금을 모으려고 동분서주했지만 아메리카에서는 처음 있는 일인지라 사람들의 이해가 부족해 그다지 좋은 성과를 거두지 못했다.

결국 박사는 나를 찾아와서 내가 관여하지 않으면 공공사업을 진행할 수 없겠다며 이렇게 추켜세웠다. "내가 기부를 청하러 가면 사람들은 내게 이렇게 묻더군요. 프랭클린 씨와는 상의해 봤습니까? 그분은 어떻게 생각하던가요? 내가 그러지 못했다고 대답하면(당신과 관계없는 일이라고 생각해서) 그들은 기부를 하지 않고 생각해 보겠다고만 하더군요." 나는 박사에게 이 계획의 구체적인 내용과 효용성에 대해 물었고 박사의 대답은 아주 만족스러웠다. 내가 먼저 기부를 한 것은 물론이고 다른 사람들에게 기부금을 받아낼 방법도 곰곰이 생각했다. 기부를 청하기 전에 나는 먼저 신문에 그 주제로 글을 써서 사람들의 마음을 움직이려고 했다. 이 일을 시작할 때 내가 늘 사용하던 방법이었지만 박사는 그렇게 하지 않았다.

그 뒤로는 기부금이 술술 들어왔다. 하지만 어느 순간부터 줄어들기 시작했다. 나는 주의회의 도움이 없이는 자금이 부족할 것 같아서 의회에 이 안건을 청원했고 승인을 받아냈다. 지방 출신 의원들은 처음에는 이 계획을 좋아하지 않았다. 시에만 혜택이 있을 거라고 생각해서 반대했고, 비용도 시에 사는 사람들만 부담해야 한다고 했다. 또 대부분의 시민들이 찬성할지 의심스럽다고도 했다. 나는 이 계획을 지지하는 사람들이 꽤 많기 때문에 자발적인 기부로 확실히 2천 파운드를 모을 수 있다고 반대 주장을 폈다. 하지만 그들은 내 주장을 완전히 불가능한 터무니없는 가설쯤으로 여겼다.

나는 구체적인 계획안을 작성했다. 우선 기부자들을 모아 법인을 만들고 주의회가 그 법인에 일정 금액을 보조한다는 내용의 법안 제출 허가 신청을 했다. 주의회는 마음에 들지 않으면 그때 가서 법안을 부결하면 된다고 생각해서인지 허가해주었다. 나는 법안을 작성하면서 다음 조항을 중요한 조건부로 첨가했다. "상기한 권한에 따라 다음과 같이 규정한다. 기부자들은 모임을 열어 이사와 회계를 선출한다. 기부금이 2천 파운드에 이르고(이 기금의 이자로는 가난한 환자들의 입원, 급식, 간호, 상담, 의약품 등의 경비로 사용한다) 주의회 의장이 만족스럽다고 인정할 때는 병원의 설립, 건축, 설비 등의 비용으로 2천 파운드를 1년에 1천 파운드씩 병원 회계과에 지불한다는 지시서에 서명할 수 있고 또 서명해야 한다."

이 조건 덕분에 법안은 통과되었다. 보조금에 반대하던 의원들은 돈을 내지 않고도 자선가라는 영예를 얻을 수 있다고 생각해서인지 법안에 찬성했다. 사람들에게 기부를 청할 때마다 우리는 이 조건부 조항에 대해 설명하면서 한 사람이 기부를 하면 주의회에서는 기금을 보조해주기 때문에 기금이 두 배로 늘어난다는 점을 강조했다. 그렇게 그 조항은 어느 쪽에나 유용했다.

기부금은 쉽게 목표액을 넘어섰고, 우리는 주의회에 보조금을 받아 그 계획을 실행에 옮길 수 있었다. 얼마 후 편리하고 멋진 병원이 세워졌다. 이 병원은 아주 많은 사람들이 유용하게 이용했고, 지금까지도 잘 운영되고 있다. 정치적 수완을 발휘해 많은 일을 성공시켰지만 이 일만큼 기쁜 일도 없었던 것 같다. 돌이켜 생각해 보면 좀 교활한 술책을 썼던 것 같지만 별 가책을 느끼지는 않았다.

길버트 테넌트라는 목사가 또 다른 계획을 들고 나를 찾아온 것도 이 무렵이었다. 그는 새 교회를 세우려고 하니 모금을 도와달라고 했다. 원래 화이트필드 목사의 제자였던 장로교인들을 모아서 그들이 쓸 건물을 지으려는 것이었다. 나는 단호히 거절했다. 너무 자주 모금을 해서 시민들에게 불쾌감을 주고 싶지 않았기 때문이다. 그러자 목사는 내 경험으로 봐서 씀씀이가 너그럽고 공공 정신이 투철한 사람들의 이름을 알려달라고 했다. 하지만 내 간청에 친절하게 응해준 분들을 다른 모집자들에게 알려서 난처하게 만드는 것은 나답지 않은 일이라 생각해 이것도 거절했다. 목사는 그렇다면 조언이라도 해 달라고 부탁했다. 나는 이렇게 대답했다.

"그거라면 기꺼이 해드리지요. 먼저 돈을 잘 낼 것 같은 사람들을 모두 찾아가십시오. 그 다음에는 돈을 낼지 어떨지 판단이 서지 않는 사람들을 찾아가서 돈을 낸 사람들의 목록을 보여주십시오. 마지막으로 한 푼도 내지 않을 것 같은 사람들도 빼놓지 말고 찾아가십시오. 목사님 판단이 틀렸을 수도 있으니까요."

목사는 크게 웃더니 감사하다면서 충고대로 하겠다고 했다. 그는 정말 그렇게 했다. 모든 사람을 찾아가 기부를 부탁했고 예상보다 훨씬 많은 돈을 모았다. 그 돈으로 그는 아치가에 아주 웅장하고 우아한 교회를 세웠다.

우리 도시는 널찍하고 곧게 뻗은 길들이 직각으로 서로 교차되어 있어 한눈에 보기에도 단정했다. 하지만 오랫동안 포장이 되지 않은 채로 있어서 비 오는 날이면 무거운 마차 바퀴가 거리를 파헤쳐 진창으로 만들어 놓아 길을 건너기가 힘들었다. 또 건조한 날이면 먼지가 풀풀 날리는 게 흠이었다. 나는 저지 시장 근처에 살고 있었는데, 주민들이 시장에 올 때 진흙탕 속을 힘겹게 걸어가는 모습을 볼 때마다 마음이 편치 않았다. 시장 한복판을 따라 내려가는 좁다란 길은 벽돌로 포장이 되어 있어서 일단 시장에만 오면 굳은 땅에 설 수 있었지만, 거기까지 가려면 신발이 온통 진흙투성이가 되어야 했다.

그 주제로 토론도 하고 글도 쓰고 해서 나는 시장과 벽돌 포장도로 사이의 거리가 돌로 포장되는 데 앞장섰다. 그렇게 해서 한동안은 신발이 젖지 않고 편안하게 시장에 드나들 수 있었다. 그러나 나머지 길들은 여전히 비포장 상태여서 마차가 진흙탕 길을 지나 포장된 길로 들어서면 진흙이 떨어져 금방 진흙으로 덮여버렸다. 아직 거리청소부가 없던 때라 진흙을 치울 사람도 없었다.

이런 일을 할 사람을 찾다가 나는 가난하지만 근면한 남자를 하나 찾아냈다. 일주일에 두 번씩 포장길을 쓸고 집 앞에 흙을 치우는 일을 해주면 각 가정에서 한 달에 6펜스를 거둬 주기로 했다. 이웃들에게는 이 적은 비용으로 얻을 수 있는 이점을 알리는 글을 써서 인쇄물을 만들었다. 사람들이 발에 흙을 묻혀 들어가지 않기 때문에 집이 늘 깨끗할 수 있고, 손님들이 쉽게 가게를 오갈 수 있어서 상점의 매출이 늘어나고, 바람 부는 날에도 물건에 먼지가 앉지 않는다는 등의 내용이었다.

나는 이 인쇄물을 집집마다 한 부씩 돌렸다. 하루 이틀 뒤에 6펜스를 내자는 이 제안에 동의하는 사람들이 있는지 확인하러 다녔다. 한 집도 빠짐없이 서명해주었고 한동안 이 일은 잘 실행되었다. 사람들은 시장 주변의 포장길이 항상 깨끗한 것을 보고 기뻐했다. 이렇게 해서 모두가 편리하다는 것을 알게 되자 사람들 사이에 길 전체를 포장하자는 여론이 생겨났고, 그런 목적을 위해서라면 기꺼이 세금을 내겠다고 했다. 얼마 뒤 나는 시가지 포장에 대한 법안을 작성해서 주의회에 제출했다. 그때가 1757년, 내가 영국에 건너가기 직전이었는데 떠날 때까지 통과되지 않다가 과세 방법이 약간 수정된 끝에 통과되었다.

내가 낸 안보다 더 나아진 것 같지는 않았지만, 도로 포장과 함께 가로등 설치 조항이 추가된 것은 굉장한 성과였다. 가로등이 처음 설치된 것은 평범한 시민인 고故 존 클리프턴 씨 덕분이었다. 그가 자기 집 대문에 등을 밝혀두었던 것에 착안하여 도시 전체를 밝히면 어떨까 하는 생각을 하게 되었던 것이다. 사회 전체에 이익이 된 이 일 역시 내게 명예가 돌아왔지만, 사실은 그 신사에게 돌아가야 했다.

나는 그저 그가 한 일을 따른 것뿐이었다. 내게 공이 있다면 런던에서 들여온 둥근 모양의 램프를 다른 형태로 바꾼 것밖에 없다. 둥근 램프는 밑으로 공기가 들어가지 못하기 때문에 연기가 위로 쉽게 빠져나가지 못하고 둥근 램프 속에서 빙빙 돌았다. 그래서 램프 본래의 기능을 하지 못하고 불빛이 밝지 않았다. 그 때문에 매일 램프의 그을음을 닦아야 했고, 자칫 실수를 해서 부딪치기라도 하면 깨져버려서 완전히 쓸모가 없어졌다.

그래서 나는 편편한 유리 4장으로 램프를 둘러싸고 위쪽에 깔때기 모양의 긴 통풍구를 붙이고 아래쪽에 공기구멍을 만들어서 연기가 위로 쉽게 빠져나가게 했다. 이렇게 하니 램프가 항상 깨끗할 뿐만 아니라, 런던처럼 몇 시간 후면 그을음으로 컴컴해져버리는 일 없이 아침까지 밝은 빛을 낼 수 있었다. 또 잘못해서 깨지더라도 유리 한 장만 갈면 되기 때문에 수리하기에도 쉬웠다.

이따금 궁금했던 것은 런던 사람들이 둥근 램프 바닥에 구멍이 있어서 그을음 없이 늘 깨끗한 복스홀 공원의 램프를 보고서도 가로등에는 왜 그런 구멍을 내지 않았을까 하는 점이었다. 하지만 그 구멍은 다른 목적으로 만들어진 것이었다. 그 구멍으로 아마 끈을 늘어뜨려서 심지에 불을 쉽게 붙이려고 만든 것이지 공기 통로로 사용될 수 있다고는 생각하지 못한 것 같다. 그래서 런던의 가로등은 켜지고 두세 시간만 지나면 어둑어둑해졌다.

개선점에 대한 얘기를 하니 또 하나 생각나는 게 있다. 런던에 머물 때 나는 포더길 박사에게 어떤 제안을 한 적이 있다. 박사는 내가 아는 가장 훌륭한 사람으로 수많은 공공사업을 추진한 사람이었다. 내가 살펴본 바로는 런던 거리는 전혀 청소를 하지 않아서 흙먼지가 거리를 휩쓸었다. 그러다가 비가 오는 날이면 흙먼지가 보도에 진흙으로 변했다.

그렇게 며칠을 그대로 두면 도로 위 진흙이 아주 두껍게 쌓여 사람들이 그 길을 다니지 못했다. 날이 개면 진흙을 치워야 했는데 이것은 아주 힘든 일이었다. 눌러붙은 진흙을 긁어내고 뚜껑 없는 수레에 싣고 운반하다 보면 수레가 덜컹거리면서 길 양쪽으로 진흙더미가 떨어졌고, 때로는 흙탕물이 튀어서 보행자들이 짜증을 내기도 했다. 거리에 흙먼지를 청소하지 않는 이유는 가게나 집 창문으로 먼지가 날아들기 때문이었다.

우연한 일로 나는 얼마나 짧은 시간에 청소를 해낼 수 있는지 알게 되었다. 어느 날 아침 크레이븐가에 있는 우리집 앞에서 초라한 행색의 부인이 자작나무 빗자루로 보도를 쓸고 있었다. 막 병석에서 일어난 사람처럼 안색이 창백하고 연약해 보이는 여자였다. 나는 누가 그곳을 청소하라고 시켰는지 물었다. 부인은 이렇게 대답했다. "아무도 시키지 않았습니다. 너무 가난해서 높으신 분들 집 앞이라도 청소를 하면 몇 푼이라도 주시지 않을까 해서 나왔습니다."

나는 그 부인에게 길 전체를 다 쓸면 1실링을 주겠다고 했다. 그때가 9시였는데 그 부인이 돈을 받으러 온 것은 12시였다. 처음에 느릿느릿 비질하던 모습을 보았던지라 그렇게 빨리 일을 끝낸 것이 믿기지 않아서 하인 하나를 보내 확인해 보라고 했더니 길 전체가 티끌 하나 없이 깨끗하게 청소돼 있었고 흙먼지는 길 한복판에 있는 하수구에 모아놓았더라고 했다. 얼마 뒤 비가 내렸고 쌓여 있던 흙먼지들이 말끔히 씻겨 내려가서 보도는 말할 것도 없고 도랑까지 흙먼지 하나 없이 깨끗해졌다.

그때 나는 그렇게 연약한 여자가 세 시간 만에 거리 청소를 했다면, 건강하고 기운 찬 남자라면 그 절반밖에 걸리지 않을 거라고 판단했다. 그리고 좁은 길에서는 길 양쪽에 하수구를 한 개씩 만드는 것보다 길 한가운데 하나만 만드는 것이 편리하다는 얘기를 먼저 해야겠다. 거리에 떨어진 빗물이 양쪽에서 흐르다가 한복판에서 합쳐지면 물살이 세지기 때문에 먼지를 모두 쓸어간다.

하지만 양쪽에 하수로가 있으면 물살이 약해져서 먼지를 쓸어가기는커녕 오히려 진흙탕이 되어 버린다. 그래서 마차 바퀴나 말발굽에 채인 진흙이 보도에 튀어서 길이 더럽고 미끄러워지게 된다. 때로는 보행자들에게 흙탕물이 튀기도 한다. 그래서 나는 포더길 박사에게 다음과 같은 제안을 했다.

"런던과 웨스트민스터 거리를 더 효과적으로 청소하고 깨끗이 유지하기 위해 제안합니다. 우선 몇 명의 관리인을 고용해서 비가 적은 계절에는 흙먼지를 청소하고, 다른 때에는 진흙을 긁어내게 하는 겁니다. 그리고 각 관리인에게 몇 개의 도로와 골목길을 담당 구역으로 배정하고 빗자루와 다른 청소 도구를 공급합니다. 관리인들은 각자 판단에 따라 자기 밑에 가난한 사람들을 고용하고 공급받은 도구를 그들에게 제공합니다. 건조한 여름철에는 가게와 각 가정에서 창문을 열기 전에 흙먼지를 쓸어서 적당한 간격을 두고 쌓아두면 청소원들이 뚜껑 달린 손수레에 담아 실어가면 됩니다.

하지만 긁어낸 진흙은 쌓아놓으면 마차 바퀴나 말발굽에 다시 뭉개져버릴 수 있으니까 청소원들에게 몸통을 바퀴 위에 높게 달지 말고 낮게 단 손수레를 제공해야 합니다. 손수레 바닥을 격자 모양으로 만들고 그 위에 짚을 깔아놓으면 진흙덩이는 남고 물기는 빠져나가게 될 겁니다. 이렇게 하면 상당한 무게를 차지하고 있던 물이 빠져나가서 손수레는 훨씬 가벼워집니다. 손수레를 가까운 거리에 하나씩 놓아두고서 외바퀴 손수레로 진흙을 날라 그 손수레에 옮겨 담습니다. 진흙에서 물이 다 빠지면 마차에 실려 보내는 겁니다."

205

나중에 생각해보니 이 제안의 뒷부분이 실행 가능성이 낮은 듯했다. 폭이 좁은 길에 물을 빼는 수레를 놓아두면 통행에 방해가 되기 때문이었다. 하지만 가게 문이 열리기 전에 흙먼지를 청소해서 치우는 것은 해가 긴 여름철에 아주 실용적이라고 생각한다. 어느 날 아침 7시경 스트랜드가와 플리트가를 걸으면서 보니 해가 뜬 지 세 시간이 지나 날이 훤히 밝았는데도 문을 연 가게가 한 군데도 없었다. 런던 시민들은 밤새 촛불을 켜놓고 있다가 해가 뜨면 잠을 잤다. 자신들이 원해서 그렇게 생활하면서도 어처구니없게 양초세가 높다느니, 수지 값이 비싸다느니 불평을 해댔다.

이런 사소한 문제들은 주의를 기울이거나 언급할 가치가 없다고 생각하는 사람도 있을 것이다. 바람 부는 날에 눈에 티끌이 들어가든 가게에 먼지가 날아들든 대수롭지 않다고 생각할 수도 있다. 하지만 인구가 많은 도시에서 이런 일이 잦아지고 수없이 되풀이된다면 대단히 중대한 문제가 된다.

그러므로 외견상 하찮아 보이는 일에 관심을 갖는다고 해서 함부로 비난해서는 안 될 것이다. 인간의 행복은 한번 있을까 말까 한 횡재가 아니라 매일 일어나는 소소한 일들에서 얻어지는 법이다. 그러므로 가난한 젊은이에게 면도하는 법과 면도칼 사용법을 가르쳐주는 것이 천 기니의 돈을 주는 것보다 더 큰 행복을 줄 수 있을 것이다.

돈은 금방 없어지고 바보처럼 써버렸다는 후회만 남게 되지만 면도하는 법을 배우면 이발소에서 기다리는 번거로움도 없고 이발사의 더러운 손가락과 불쾌한 입 냄새, 무딘 면도날 때문에 짜증날 일도 없다. 뿐만 아니라 자기가 편한 시간에 면도할 수도 있고, 좋은 면도칼로 면도하는 기쁨을 매일 누릴 수도 있다. 몇 페이지에 걸쳐 이런 이야기를 장황하게 늘어놓은 것은 내가 몇 년 동안 행복하게 살았던, 사랑하는 이 도시와 아메리카의 여러 도시에 도움이 되었으면 하는 마음에서다.

식민지 연합에 대한 구상

나는 한동안 아메리카 체신 장관 밑에서 회계감사원으로 일했다. 내 임무는 여러 개의 우체국을 단속하고 책임자에게 주의를 주거나 가벼운 징계 처분을 내리는 것이었다. 1753년에 장관이 사망하자 나는 윌리엄 헌터 씨와 공동으로 영국 체신 장관의 위임을 받아 그 후임으로 임명되었다. 그때까지 아메리카 체신청은 영국 체신청에 이익금을 한 푼도 지불한 적이 없었다.

우리는 우체국이 이익을 내면 1년에 600파운드를 받기로 되어 있었다. 이윤을 내기 위해선 여러 가지 개선 작업이 필요했다. 그러려면 부득이 초기 비용이 들어가야 했기 때문에 처음 4년 동안 9백 파운드 이상을 빚냈다. 하지만 얼마 뒤에 이 돈은 모두 회수되었고 우리는 아일랜드 체신청의 세 배가 넘는 국고 수익을 올렸다. 그러나 영국 정부는 갑작스레 나를 해임해버렸다. 그런 경솔한 결정 이후로 영국 우편국은 단 한 푼도 받지 못했다.

그해에 우체국 일로 뉴잉글랜드에 갈 일이 있었는데 케임브리지 대학이 자발적으로 내게 석사 학위를 주었다. 코네티컷 주의 예일 대학에서도 전에 그 비슷한 학위를 받았다. 그렇게 해서 나는 대학에 다니지 않고도 학위를 받게 되었다. 자연과학의 전기 분야에서 내가 이룬 업적과 발견 때문에 받은 것이었다.

1754년 영국과 프랑스 사이에 또 전쟁이 터졌다. 영국 상무 장관의 명령에 따라 각 식민지의 대표들이 올버니 시에서 회의를 열었다. 그곳에서 여섯 종족의 인디언 추장들을 만나 어떻게 우리 영토를 지킬 것인지 의논하기 위해서였다. 이 명령을 받은 해밀턴 지사는 주의회에 이를 통지하고 회담에 참석하는 인디언들에게 줄 적당한 선물을 준비해달라고 청했다. 그리고 의장인 노리스 씨와 나를 윌리엄 펜의 차남인 토머스 펜과 비서관 피터스 씨와 함께 펜실베이니아 주 대표로 임명하였다. 주의회는 이 임명을 승인했고 선물도 마련했다. 하지만 펜실베이니아 밖에서 모여 의논하는 것을 못마땅해 했다. 어쨌든 우리는 6월 중순경에 올버니 시에서 다른 대표들을 만났다.

올버니로 가는 길에 나는 국토방위와 그 밖의 중요한 공동 목표를 이루기 위해 각 식민지들이 하나의 정부 아래 연합한다는 계획을 구상해보았다. 그리고 이 계획을 문서로 작성해 뉴욕에 도착했을 때 제임스 알렉산더 씨와 케네디 씨에게 보여주었다. 두 신사는 공공사업에 상당한 식견을 가진 사람들이었는데 내 구상안에 적극 찬성했다. 나는 그들의 반응에 힘입어 계획안을 의회에 제출했다.

나중에 보니 나와 같은 구상을 가지고 있는 대표들이 여러 명 있었다. 먼저 해결해야 할 과제는 연합체 구성 여부에 대한 것이었는데 만장일치로 통과되었다. 다음에는 각 식민지에서 한 명씩 임명하여 위원회가 구성되었다. 위원회에서는 몇 개의 안을 심의하고 보고하기로 했다. 뜻밖에도 내 계획안이 채택되었고 몇 가지 조항을 수정한 후 보고되었다.

이 안에 따르면 연방 정부는 국왕이 임명하고 지지하는 총독의 통치를 받으며, 최고 위원회는 각 주에서 임명된 대표자들이 모여 선출하게 된다. 의회에서는 인디언 문제와 함께 이 문제가 매일 논의되었다. 많은 반대와 어려움에 직면했지만 결국 다 해결되었고 그 안은 만장일치로 통과되었다. 계획안의 복사본은 영국 상무부와 각 주의 의회에 전달되었다. 그런데 이 계획안은 이상한 운명을 맞았다. 각 주의회는 연방정부에 지나치게 권력이 집중된다고 반대했고, 영국에서는 지나치게 민주적이라고 반대했다.

그래서 상무부는 이 안을 받아들이지 않았고 국왕에게 보고도 하지 않았다. 대신 좀더 효과적으로 목표를 이룰 대안을 제시했다. 각 주의 지사는 주의회 몇몇 의원들과 회의를 열어 군대 모집과 요새 건설 등을 명할 수 있었다. 그리고 여기에 드는 비용은 영국 국고에서 빌려쓴 다음, 나중에 영국 의회의 아메리카 과세 법안에 따라 상환한다는 내용이었다. 내 안건은 그것을 지지하는 이유와 함께 내 정치 논문 속에 있다.

그해 겨울은 보스턴에 머물면서 나는 셜리 지사와 두 안건에 대해 많은 이야기를 나눴다. 우리가 나눈 이야기들 일부는 같은 논문 속에 들어 있다. 영국과 각 주가 정반대되는 이유로 내 안건에 반대하는 걸 보면서 내 안이야말로 진정한 중도가 아닌가 싶었다. 내 안이 채택되었다면 양쪽 모두 만족했을 거라는 생각은 지금도 변함 없다. 각 주가 연합했더라면 스스로를 방어할 수 있을 정도로 충분히 강해졌을 것이다. 그러면 영국에서 군대를 보낼 필요도 없었을 테고, 당연히 아메리카에 세금을 부과할 이유도 없었을 것이며, 그로 인해 피비린내 나는 싸움도 피할 수 있었을 것이다. 하지만 이런 잘못은 언제나 있어왔다. 역사는 국가와 군주들의 실책으로 가득하다.

대개 위정자들은 당장 해야 할 일들이 많아서 새로운 계획을 궁리하고 실행하는 수고를 하고 싶어 하지 않는다. 그러므로 최고의 법안도 지혜로운 판단으로 채택하는 것이 아니라 상황 때문에 어쩔 수 없이 채택하는 것이 대부분이다.

펜실베이니아 지사는 내 안건을 주의회에 보내면서 찬성 의견을 덧붙였다. "매우 명확하고 확고한 판단 아래 작성된 안건이라 생각합니다. 의원 여러분들이 세심하고 진지하게 주의를 기울일 가치가 있으니 잘 검토해주시길 바랍니다." 그러나 어떤 의원의 술책으로 우연히 내가 출석하지 못한 날, 내 안을 상정했고 검토도 하지 않은 채 부결시켜버렸다. 공정한 처사가 아니었기에 나로서는 너무 억울한 일이었다.

그해에 보스턴으로 가는 길에 뉴욕에서 신임 주지사 모리스 씨를 만났다. 그는 영국에서 막 도착한 참이었는데 나와는 전부터 알고 지내던 사이였다. 해밀턴 주지사가 영주들이 보내는 훈령 때문에 끊임없이 분쟁이 일어나자 더는 못 견디고 사직하면서 그의 후임으로 부임

하는 길이었다. 모리스 씨는 내게 자기도 순탄치 않을 것 같으냐고 물었다. 내가 대답했다. "아니오. 그 반대일 수도 있습니다. 주의회와 논쟁을 벌이려고만 들지 않으면 말이지요."

그러자 모리스 씨는 유쾌하게 말했다. "어떻게 내가 피할 수 있겠소? 내가 논쟁을 즐기는 걸 알잖소. 논쟁은 내 가장 큰 즐거움 중 하나란 말이오. 하지만 당신의 충고를 존중하는 의미에서 되도록 피해보겠소." 그가 논쟁을 좋아하는 데는 몇 가지 이유가 있었다. 그는 웅변가이고 신랄한 궤변가였다. 그러다 보니 웬만하면 논쟁에서 지는 법이 없었다. 내가 들은 얘기로는 그의 아버지는 저녁 식사가 끝난 후 식탁에 앉아서 아이들에게 토론을 시키고 그것을 지켜보기를 즐겼다고 한다.

그래서 모리스 씨는 어려서부터 논쟁하는 분위기에 익숙했던 것이다. 하지만 이것은 그리 현명한 습관이 아니다. 내가 살펴본 바로는 따지고 공격하고 반박하기를 좋아하는 사람들은 일이 순탄하지 않다. 이따금 성공할 때도 있지만 절대 다른 사람들의 호감을 사지는 못한다. 호감을 얻는 것이 성공보다 더 유용한데 말이다. 우리는 헤어져서 모리스 씨는 필라델피아로, 나는 보스턴으로 향했다.

돌아오는 길에 뉴욕 시에 들렀을 때 주의회의 의사록을 보았는데 지사는 나와 한 약속에도 불구하고 의회와 이미 격렬한 논쟁을 벌인 것 같았다. 그들 사이의 싸움은 모리스 주지사가 그 자리에 있는 동안 내내 계속되었다. 나도 그들 싸움에 어쩔 수 없이 끼게 되었다. 의회에 돌아가자마자 온갖 위원회에 불려다니며 모리스 지사의 연설과 메시지에 답해야 했고, 위원들은 그때마다 내게 초안을 작성하라고 했다. 지사의 교서만큼 우리의 답변도 신랄했고 때로는 상스러운 욕설까지 오고갔다.

내가 주의회를 대변해 글을 쓰고 있다는 것을 지사도 알고 있었기 때문에 사람들은 우리가 만나면 서로 으르렁거릴 거라고 생각했을 것이다. 하지만 지사는 아주 성격이 좋은 사람이었고 서로 반대편에 있다고 해도 개인적인 감정은 없었다. 우리는 가끔 식사도 함께 했다.

논쟁이 최고조에 달했던 어느 날 오후, 우리는 거리에서 만났다. 그가 말했다. "프랭클린, 우리 집에 가서 저녁이나 합시다. 당신이 좋아할 만한 친구들도 올 겁니다." 그러고는 내 팔을 붙잡고 자기 집으로 데려갔다. 저녁 식사 후 와인을 마시며 유쾌하게 이야기를 나누던 중 지사는 농담조로 이렇게 말했다. "《돈키호테》에 나오는 산초 판자에게 나라를 하나 주겠다고 하니 흑인들의 나라를 달라고 했답니다. 국민들과 뜻이 맞지 않으면 팔아버릴 수 있기 때문이라면서요. 정말 멋진 생각 아닙니까?"

옆에 앉아 있던 지사의 친구 하나가 내게 말했다. "프랭클린 씨, 어째서 그 빌어먹을 퀘이커교도 편을 계속 드는 겁니까? 팔아버리는 게 낫지 않겠습니까? 영주들이 당신에게 값을 후하게 쳐 줄 텐데요." 나는 이렇게 대답했다. "지사가 아직 그들을 팔 수 있을 만큼 검게 만들지는 못했기 때문입니다."

실제로 지사는 주의회에 먹칠을 하려고 안간힘을 썼지만, 주의회는 먹칠을 당한 즉시 그것을 깨끗하게 씻어버리고 대신 지사의 얼굴에 두껍게 먹칠을 했다. 자칫하다가는 자신이 흑인처럼 새카맣게 될 거라고 생각했는지 지사는 해밀턴 씨처럼 이 싸움에 지쳐서 끝내 사직하고 말았다.

이런 논쟁이 일어나게 된 근본 원인은 우리의 세습 통치자였던 영주들 때문이었다. 영주들은 자기 주의 방위비 문제가 나올 때마다 야비하게도 그들의 대리인인 주지사에게 자신들의 소유지가 과세 대상에서 면제되지 않는다면 어떤 법안도 통과되지 못하도록 했다. 심지어 지사들에게 그런 훈령대로 따르겠다는 각서까지 받아두었다. 주의회는 이런 부당한 처사에 3년 동안이나 저항했지만 결국 굴복하게 되었다. 그런데 모리스 지사의 후임인 데니 대위는 과감히 그런 지시에 불복했다. 이 얘기는 나중에 하도록 하겠다.

이야기가 너무 빠르게 진행된 것 같은데, 모리스 지사 때 있었던 일을 좀 더 얘기해야겠다. 그즈음 프랑스와의 전쟁이 시작되었다. 매사추세츠 주정부는 크라운 포인트를 공격할 계획을 세우고 퀸시 씨를 펜실베이니아로, 후에 지사가 된 포널 씨를 뉴욕으로 각각 보내 원조를 청했다. 나는 주의회에서 일하고 있어서 돌아가는 상황을 잘 알고 있었기 때문에 나와 같은 고향 사람인 퀸시 씨는 내 영향력을 이용해서 도와달라고 부탁했다. 나는 그의 뜻을 의회에 전달했고, 주의회는 군식량에 쓸 1만 파운드 원조안에 동의했다.

그런데 지사가 이 법안(여기에는 국왕에 대한 헌납금이 포함돼 있었다)에 거부권을 행사했다. 비록 필요한 세금이라 해도 영주의 소유지를 과세 대상에서 제외한다는 조항을 집어넣지 않는다면 찬성할 수 없다고 했다. 주의회는 뉴잉글랜드에 금을 보내고 싶었지만 어째 해야 할지 몰라 난처해 했다. 퀸시 씨도 지사의 동의를 얻으려고 백방으로 애를 썼지만 지사는 아주 완강했다.

그래서 나는 지사의 동의 없이 이 문제를 해결할 방법을 제안했다. 공채국의 보관 위원들 앞으로 어음을 발행하는 것이었다. 법적으로 주의회는 어음을 발행할 권한이 있었다. 하지만 그 당시 공채국에는 잔고가 거의 없었다. 그래서 나는 어음 기한을 1년으로 하고 5부 이자를 붙여 어음을 발행하자고 제안했다. 이런 어음이면 군사 식량을 충분히 살 수 있을 거라고 생각했다.

주 의회는 곧바로 내 제안을 채택했다. 즉시 어음이 발행되었고, 나는 어음에 서명하고 그것을 관리하는 위원회의 일원으로 임명되었다. 어음 지불에 사용할 자금은 다른 지방에 대출해준 유통 지폐에서 나오는 이자와 소비세로 발생하는 세입이 전부였다. 하지만 그것만으로도 충분하다는 게 알려지면서 어음은 곧 신용을 얻었다. 그래서 식량을 구입할 때도 어음으로 지불할 수 있었고 현금이 많은 부자들도 어음에 투자하기 시작했다.

어음은 그냥 가지고만 있어도 이자가 불고, 필요한 때는 현금처럼 사용할 수 있다는 이점이 알려졌기 때문이다. 어음은 불티나게 팔려서 이삼 주 만에 동이 나고 말았다. 이렇게 해서 내가 제안한 방법으로 중요한 문제 하나가 해결되었다. 퀸시 씨는 주의회에 정중하게 서한을 보내 감사를 전했으며, 자신의 임무를 다한 것에 매우 기뻐하며 고향으로 돌아갔다. 그 뒤로 쭉 그는 내게 진심 어린 따뜻한 우정을 보여주었다.

전쟁 준비와 브래드독 장군

영국 정부는 올버니 회의에서 제출한 식민지 연합건을 반대했고 식민지 연합이 스스로 방어 체제를 갖추는 것도 허가하지 않았다. 연합체가 군사력이 커지면 자력으로 방위하겠다고 나서는 게 아닐까 의심하고 경계했기 때문이다. 이런 의혹과 질투로 영국 정부는 영국군 2개 연대를 브래드독 장군의 지휘 아래 아메리카에 파견했다. 장군은 버지니아 주 알렉산드리아에 상륙해 메릴랜드 주 프레더릭타운까지 진군한 다음 그곳에서 마차와 말을 징발하기 위해 잠시 머물렀다.

우리 주의회는 소식통을 통해 장군이 주의회에 지독한 반감을 품고 있다는 것을 알게 되었다. 자기들은 우리를 지켜주기 위해 힘들게 왔는데 주의회가 호의적이지 않다는 것이 그 이유였다. 주의회는 내게 의원 자격이 아닌 체신 장관 자격으로 그를 만나라고 했다. 장군은 각 지역의 지사들과 서한을 주고받아야 하니 서한을 신속하고 확실하게 보낼 방법을 의논하러 온 척하라면서 비용은 주의회에서 지불하겠다고 했다. 나는 아들을 데리고 이 여행길에 올랐다.

우리는 프레드릭타운에서 장군을 만났다. 장군은 메릴랜드와 버지니아의 벽지로 마차를 징발하러 간 병사들이 돌아오기를 초조하게 기다리고 있었다. 나는 며칠 동안 장군과 숙식을 함께 하면서 그의 반감을 없앨 절호의 기회를 잡았다. 나는 주의회가 장군이 도착하기 전에 그의 작전을 돕기 위해 한 일들과 지금도 하고 있는 일들을 알려주었다. 내가 이야기를 마치고 막 떠나려고 할 때 마차를 징발하러 갔던 병사들이 마차를 끌고 돌아왔다. 그런데 마차 수가 스물다섯밖에 되지 않았고, 그나마 몇 개는 쓰지도 못할 것 같았다. 장군과 장교들은 기가 막힌다며 더 이상의 진군은 불가능하다고 선언했다. 적어도 150대의 마차가 필요했는데, 식량과 군용 물품을 나를 마차도 없는 땅에 자신들을 보냈다며 무지한 정부를 비난했다.

나는 지나가는 말로 군대가 펜실베이니아에 상륙하지 않은 게 유감이라고 말했다. 그곳에는 농가마다 마차를 갖고 있는데 안타깝다고 했다. 장군은 내 말을 놓치지 않고 간곡하게 부탁했다. "그렇다면 당신은 그곳의 유력자니까 우리에게 마차를 구해줄 수 있겠군요. 그 일을 좀 맡아주시겠습니까?"

나는 마차 주인들에게 어떤 조건을 제시할 건지 물었다. 장군은 내가 필요하다고 생각하는 조건들을 적어달라고 했다. 나는 그 말대로 했다. 그들은 내가 제시한 조건에 동의했고 곧바로 위임장과 지시 사항들이 준비되었다. 이 조건들은 내가 랭카스터에 도착하자마자 발표한 공고문에 실려 있다. 신기하게도 이 공문은 순식간에 뜨거운 반응을 불러일으켰다. 다음은 그 전문이다.

공 고
1755년 4월 26일 랭카스터에서 윌스 크릭에 집결할 국왕의 군대에 말 네 마리가 끄는 마차 150대, 승마용 말과 짐 부릴 말 1,500마리가 필요하다. 브래드독 장군은 위 물품의 임대 계약에 대한 권한을 나에게 위임했으므로 다음과 같이 공고한다. 오늘부터 다음 수요일 저녁까지는 랭카스터에서, 다음 목요일 아침부터 금요일 저녁까지는 요크에서 아래 조건에 따라 마차와 말에 대한 임대 계약을 진행할 것이다.

1. 말 네 마리와 마부 한 명이 딸린 마차 한 대는 하루 15실링, 짐 싣는 안장 또는 다른 안장과 마구가 딸린 말은 하루 2실링, 안장 없는 말 한 마리는 하루 18펜스를 지불한다.

2. 지불은 윌스 크릭에서 합류한 시점부터 시작된다. 합류 날짜는 오는 5월 20일, 혹은 그 이전이어야 한다. 그리고 윌스 크릭까지 가는 시간과 집으로 돌아가는 시간에 소요된 경비에 대해서도 적당한 금액을 지불한다.

3. 각 마차와 그에 딸린 말 네 마리, 승마용 말, 짐 부리는 말의 가치는 주인과 내가 선정한 제3자가 평가한다. 공무 중에 마차와 말을 잃어버린 경우에는 그 등급에 따라 보상한다.

4. 계약을 할 때 주인이 원하면 말이나 마차에 대해 일주일치 임대료를 그 자리에서 내가 주인에게 직접 지불한다. 잔금은 브래드독 장군이나 군 당국이 계약 완료 후나 정한 시기에 지불한다.

5. 마부나 빌린 말들을 돌보는 사람은 어떤 이유가 있더라도 군 업무를 강요당하지 않는다. 마차와 말을 관리하고 돌보는 일 외에 다른

일은 하지 않는다.

6. 마차와 말이 진지로 실어간 귀리, 옥수수, 건초 등은 말을 먹이는 데 쓰고, 남는 것은 군대용으로 사들이고 적당한 금액을 지불한다.

주의 - 내 아들 윌리엄 프랭클린도 나와 같이 권한을 위임받아 컴벌 랜드에서 계약을 대리한다.

B. 프랭클린

랭커스터, 요크, 컴벌랜드 주민에게 고함

동포 여러분!

나는 며칠 전 프레더릭 진지에서 브래드독 장군과 장교들이 말과 마 차를 조달하지 못해 몹시 화가 나 있는 것을 보며, 이 지방에서는 말 과 마차를 필요한 만큼 보급해줄 수 있을 거라고 생각했습니다. 하지 만 지사와 주의회의 의견 차이로 자금을 보내지 못했고, 그것에 대 한 어떤 조치도 취하지 못했습니다.

이런 상황에서 군대를 즉시 각 지역에 보내서 최상의 마차와 말을 필요한 만큼 징발하고, 이것을 관리할 마부와 말을 돌보는 데 필요한 인원을 강제 동원하자는 의견도 나왔습니다.

영국 군대가 불편한 심기와 우리에 대한 반감을 품고 이곳에 들어 와 말과 마차를 징발하러 다닌다면 혹여 우리 주민들이 상당한 피해를 당하지 않을까 심히 걱정됩니다. 그래서 좀 불편하더라도 공정하고 정당한 방법으로 이 일을 해결해보려고 합니다.

이 외곽지역에 사는 주민들이 최근에 화폐가 부족하다고 주의회에 호소해온 걸로 알고 있습니다. 여러분은 이제 상당한 금액을 받아서 서로 분배할 수 있는 기회를 잡은 것입니다. 이 원정은 분명 120일 이상 걸릴 게 확실하므로 마차와 말의 임대료는 3만 파운드가 넘을 것이고, 여러분은 그 돈을 영국 금화나 은화로 받게 됩니다.

이 일은 쉽고 편할 것입니다. 군대는 하루에 12마일 이상은 행군하지 않습니다. 마차와 말들은 군인들의 생활에 꼭 필요한 물품들을 운반하기 때문에 더 빨리 갈 필요 없이 행군 속도에 맞춰 이동하면 됩니다. 그리고 군대 자체를 위해서도 말과 마차를 다루는 사람은 행군을 하거나 야영을 할 때 가장 안전한 곳에 배치될 것입니다.

여러분이 내가 믿는 것처럼 선량하고 충성스러운 시민이라면, 바로 지금이 그 충성심을 보일 때입니다. 그렇게 해야 여러분이 편안해질 수 있습니다. 농장 일 때문에 한 가구에서 마차와 말, 마부를 다 제공할 수 없다면 서너 가구에서 조를 이루어 공동으로 참여해도 됩니다. 한 집에서는 마차를, 다른 집에서는 말 한두 마리를, 또 다른 집에서는 마부를 제공하는 식으로 하고 임대료를 적당하게 나누어 갖는 것입니다.

이렇게 많은 보수와 좋은 조건을 제공하는데도 국왕에 대한 봉사에 자발적으로 참여하지 않는다면 여러분의 충성심은 강하게 의심받을 것입니다. 국왕의 과업은 반드시 수행되어야 합니다. 여러분이

해야 할 일을 하지 않고 망설이느라 여러분을 지키기 위해 멀리서 달려온 용감한 군대의 노고를 헛되게 해서는 안 될 것입니다. 마차와 말이 꼭 필요합니다.

여러분이 지원하지 않으면 강제적인 수단이 동원될 것입니다. 그러면 여러분은 배상을 받기 위해 돌아다녀야 할 것입니다. 하지만 어느 누구도 여러분에게 동정과 관심을 보여주지 않을 것입니다.

나는 이 일에서 특별한 이해관계가 없습니다. 그저 좋은 일을 한다는 만족감이 있을 뿐, 고단하고 힘든 일입니다. 만약 이 방법으로 마차와 말을 구하지 못한다면 나는 14일 이내에 장군에게 보고해야 합니다. 그러면 경비병인 존 세인트 클레어 경이 즉시 군대를 끌고 이곳에 와서 말과 마차를 징발할 것입니다. 여러분의 진정한 친구로서 여러분이 행복하기를 진심으로 원하는 저로서는 그런 일이 없기를 바랍니다.

B. 프랭클린

나는 장군으로부터 마차 주인들에게 선금으로 지급할 800파운드를 받았다. 하지만 그것만으로는 충분치 않아서 내 돈 2백 파운드를 끌어다 썼다. 2주 뒤에 마차 150대와 수레용 말 259마리가 진지를 향해 떠났다. 공고문에는 마차와 말에 손실이 생기는 경우 그 가치에 따라 보상한다고 되어 있었다. 그러나 그 주인들은 브래드독 장군을 알지도 못하고 그의 약속을 신뢰할 수도 없으니 내게 보증인이 되어달라고 했다. 그래서 나는 그렇게 했다.

진지에 머물던 어느 날, 나는 던바 대령 연대의 장교들과 함께 저녁을 먹었다. 대령은 하급 장교들을 걱정하면서 이 허허벌판을 오랫동안 행군하려면 필요한 물품들이 많은데 그들 대부분이 가난한 데다 이 나라는 물가가 비싸서 살 형편이 안 된다고 했다. 그들의 처지가 딱해서 나는 물품을 좀 지원하기로 했다. 대령한테는 아무 말도 하지 않고 다음날 아침 주의회에 편지를 썼다. 이들의 딱한 사정을 알리고 주의회에 자유롭게 쓸 수 있는 약간의 공금으로 그들에게 생필품과 가벼운 음식물을 제공해주자고 제안했다.

군대 생활 경험이 있는 아들의 도움을 받아서 물품 목록을 작성해 동봉했다. 주의회는 찬성했고 아주 신속하게 움직여줬다. 물품은 내 아들의 지휘 아래 거의 동시에 도착했다. 모두 스무 포대가 왔는데, 각 포대에는 다음과 같은 것들이 들어 있었다.

설탕 6파운드 / 글로스터 치즈 1개

고급 흑설탕 6파운드 / 고급 버터 20파운드짜리 한 통

고급 녹차 1파운드 / 묵은 마데이라주 24병

고급 홍차 1파운드 / 자마이카주 2갤런

고급 가루 커피 6파운드 / 겨자 가루 1병

초콜릿 6파운드 / 훈제 햄 2개

최고급 흰 비스킷 50파운드 / 말린 소 혓바닥 고기 반 다스

후추 반 파운드 / 쌀 6파운드

최고급 식초 1쿼트 / 건포도 6파운드

이 스무 개의 포대는 잘 묶어서 말 한 마리에 하나씩 실었다. 장교 한 사람당 말 한 마리와 물품 한 포대씩을 선물로 받았다. 그들은 이 선물을 받고 매우 고마워했다. 특히 두 연대장은 내게 정중한 감사 편지를 보내왔다. 장군도 마차와 물품 원조에 매우 흡족해 했다. 그는 내가 선금으로 지불한 돈을 즉시 갚아주면서 몇 번이고 감사하다는 말을 하더니 자기가 떠난 뒤에도 물자를 계속 원조해 달라고 부탁했다.

나는 그 일도 떠맡았고 장군의 패전 소식이 들리기 전까지 눈코 뜰 새 없이 일했다. 그 일을 하느라 나는 은화 1천 파운드 이상을 썼다. 그 계산서를 장군에게 보냈는데, 다행히도 전쟁이 시작되기 2~3일 전에 장군의 손에 들어갔다. 그는 곧바로 회계 담당자에게 1천 파운드를 지불하라고 명령했고, 나머지는 다음 회계에서 계산해주겠다고 했다. 나는 이것만이라도 받은 것을 다행이라고 생각한다. 당연히 나머지는 돌려받지 못했다. 이 이야기는 나중에 더 하도록 하겠다.

브래드독 장군은 정말 용감한 사람이었다. 만일 전쟁이 유럽의 어느 곳에서 일어났다면 그는 훌륭한 장교로 이름을 떨쳤을 것이다. 그러나 그는 자신감이 지나쳤고, 정규군의 능력을 높이 평가하면서도 아메리카 군과 인디언 군을 얕잡아보고 무시했다. 인디언 통역관인 조지 크로건은 100명의 인디언을 이끌고 그의 부대와 함께 진군했다. 만약 장군이 그들에게 조금만 친절하게 대했다면 길을 안내하고 정찰하는 일에서 큰 도움을 받았을 것이다. 하지만 장군은 그들을 모욕하고 업신여겼다. 결국 인디언들은 하나둘씩 그의 곁을 떠나버렸다.

어느 날 장군과 함께 이야기를 나누던 중에 장군이 앞으로의 진군 계획에 대해 설명했다. "듀케인 요새[펜실베니아 주 피츠버그에 있던 프랑스군 성채로 1758년 프렌치 - 인디언 전쟁 때 영국에게 점령됨]를 점령한 다음 나이아가라로 진군할 생각이오. 나이아가라까지 점령하고 나서 날씨만 허락하면 프런트넥으로 갈 거요. 내 생각에는 가능할 것 같소. 듀케인에서 삼사일 이상 지체할 리 없으니 나이아가라까지 진군하는 데 방해가 될 만한 건 아무것도 없을 거요."

수풀과 덤불을 헤치고 좁다란 길을 따라 길게 줄지어 행군해야 하고, 또 1,500명의 프랑스군이 이로쿼이 인디언족 지역을 침입했다가 패한 것을 생각해 보면 나는 그의 계획이 좀 의심스럽기도 하고 걱정스럽기도 했다. 하지만 조심스럽게 이렇게만 말했다.

"그럴 겁니다, 장군님. 듀케인은 방비가 허술하고 수비병도 약하다고 하니 장군님만 잘 도착하시면 이런 훌륭한 군대와 대포까지 잘 갖추고 있으니 별 저항 없이 쉽게 점령할 수 있을 것입니다. 다만 한 가지 걱정되는 것은 행군 중에 인디언의 기습을 받게 되지 않을까 하는 것입니다. 인디언들은 숨어서 기다리다 공격하는 매복에 능합니다. 4마일에 이르는 좁은 길을 긴 행렬을 이뤄 가야 하는데 측면에서 기습 공격을 받으면 전열이 실처럼 끊어질 수도 있습니다. 그리고 이렇게 뚝 떨어지면 제때에 돕기도 힘들 것입니다."

그는 내가 뭘 모르는 소리를 한다는 듯 웃으며 이렇게 말했다. "경험이 없는 아메리카군에게는 그런 야만인들이 무서운 적일 테지만, 국왕 폐하의 훈련된 정규군에게는 아무것도 아니라오." 나는 군인과 군대 문제를 놓고 말씨름을 하는 건 적당하지 않다고 생각해서 더 이상 아무 말도 하지 않았다. 그러나 내가 우려했던 일은 일어나지 않았다. 적은 긴 행렬을 이뤄 행군하는 장군의 군대를 듀케인 요새에서 9마일 떨어진 지점까지 그대로 전진하게 내버려두었다. 그러다 강을 막 건너온 선두 부대가 지금까지 지나온 길보다 훨씬 넓게 트인 숲속의 공터에서 뒤따라오는 군인들을 기다리느라 잠시 멈춰 있을 때였다.

적군은 갑자기 나무와 덤불 뒤에서 선두 부대를 향해 집중 포화를 퍼부었다. 그제야 장군은 적이 가까이에 있다는 것을 알아챘다. 놀란 선두 부대가 우왕좌왕하자 장군은 서둘러 후방 부대를 보냈다. 그러나 마차와 짐과 가축들이 뒤엉켜 혼란이 더 커졌다. 이번에는 측면에서 적의 포화가 불을 뿜었다. 말을 타고 있는 장교들은 눈에 잘 띄어서 표적이 되기 쉬웠기 때문에 순식간에 말에서 떨어졌다. 병사들은 한데 뒤엉켜 명령을 받지도 듣지도 못한 채 공격 한번 제대로 못해보고 그냥 서 있다가 적의 총을 맞았다. 그들 중 3분의 2가 그렇게 죽었고, 남은 병사들은 두려움에 사로잡혀서 허둥지둥 도망쳤다.

마부들은 마차에서 말을 풀어서 타고 줄행랑을 쳤다. 이것을 본 다른 군인들도 앞다투어 말을 풀었다. 그렇게 마차, 식량, 대포, 군수품들이 모두 적군의 손에 넘어가고 말았다. 장군은 부상을 입고 간신히 목숨을 건졌지만, 그의 비서관인 셜리는 장군 옆에서 숨을 거두었다. 이 전투로 86명의 장교 중 63명이 죽거나 부상당했고, 1,100명의 군인 중 714명이 전사했다. 이 1,100명은 전체 부대에서 선발된 군인들이었고, 나머지는 던바 대령과 함께 후방에 있었다. 무거운 군수품과 식량 및 기타 짐들을 싣고 뒤따르기로 되어 있었다. 도망친 병사들은 추격을 당하지 않고 던바 대령이 대기하고 있던 진지에 도착했다. 그들이 몰고 온 공포가 대령과 그의 병사들에게 순식간에 번졌다. 던바 대령은 천 명이 넘는 군인들이 있었지만, 브래드독 장군을 격파한 인디언과 프랑스군은 합쳐봐야 400명이 넘지 않았다. 그런데도 대령은 진격해서 실추된 명예를 회복하려고 하지는 않고 군수품과 탄약 등을 모두 버리라고 명령했다.

식민지 정착 지역으로 도망가려면 말이 많이 필요했으므로 짐을 줄이려는 것이었다. 후퇴하는 동안 던바 대령은 버지니아와 메릴랜드, 펜실베이니아의 지사들로부터 국경에 부대를 배치해서 주민들을 보호해달라는 요청을 받았다. 하지만 대령은 주민들의 보호를 받을 수 있는 필라델피아에 도착하기 전까지는 안전하지 않다고 생각해 그들의 요청을 무시하고 서둘러 그 지역을 지나쳐 갔다. 이 사건을 지켜본 우리 아메리카인들은 영국 정규군이 용맹하고 강하다고 믿었던 우리의 숭고한 생각에 처음으로 의문을 갖게 되었다.

게다가 영국군은 식민지 정착 지역을 지나면서 주민들을 약탈하기도 했다. 몇몇 가난한 집을 완전히 박살내버렸고, 항의하는 사람들에게는 모욕을 주고 욕설을 퍼부었으며 심지어 감금까지 했다. 이것으로 충분했다. 우리를 지켜줄 군대가 필요한 건 사실이지만 이 일로 그들에게 정나미가 떨어졌다. 1781년 우리의 친구였던 프랑스군이 보여준 행동과는 사뭇 달랐다. 그들은 주민들이 가장 많이 살고 있는 로드아일랜드에서 버지니아까지 거의 7백 마일을 행군했지만 돼지 한 마리, 닭 한 마리, 심지어 사과 한 개도 강제로 빼앗아가지 않았다.

브래드독 장군의 부관이던 옴 대위는 전투에서 심한 중상을 입고 장군과 함께 도망쳐서 그가 숨을 거둘 때까지 며칠을 같이 있었다. 옴 대위의 말에 따르면 장군은 첫날 온종일 입을 다물고 있다가 밤이 되어서야 이렇게 말했다고 한다. "그런 일을 누가 상상이나 했겠나?" 이튿날 장군은 다시 침묵에 잠겨 있다가 마지막으로 "한 번만 더 기회를 준다면 그들을 어떻게 다뤄야 할지 잘 알 것 같은데"라는 말을 남기고 몇 분 후에 세상을 떠났다고 한다.

장군의 명령과 지시 사항, 우편물 등이 들어 있는 비서의 서류가 모두 적의 손에 넘어갔다. 그들은 그 중 몇 개를 골라서 프랑스어로 번역해 인쇄했다. 선전 포고를 하기 전에 영국이 이미 싸울 의사가 있었음을 증명하기 위해서였다. 그 속에는 지사가 내 얘기를 편지로 써서 장군에게 보낸 것도 있었는데, 내가 영국군을 위해 공헌한 바가 크다며 나를 잘 봐달라는 내용이었다.

나중에 데이비드 흄도 관청 문서에서 내 공을 적극 칭찬하는 브래드독 장군의 편지를 몇 통 보았다고 했다. 데이비드 흄은 그로부터 몇 년 뒤 프랑스 대사인 허트퍼드 경의 비서로 나중에는 국무장관인 콘웨이 장군의 비서로 일했다. 하지만 원정이 실패했기 때문에 내 공도 크게 인정받지 못했다. 브래드독 장군의 추천서가 아무런 도움도 되지 않은 걸로 봐서 말이다.

내가 장군을 돕는 대가로 그에게 요구한 것은 단 한 가지였다. 우리가 산 하인들을 더 이상 복역시키지 말 것과 이미 복역 중인 하인들이 집으로 돌아갈 수 있도록 직접 부하 장교들에게 명령을 내려 달라는 것이었다. 장군은 내 요구를 흔쾌히 들어주었다. 그렇게 해서 여러 명의 하인들이 주인에게로 돌아갔다. 그러나 지휘권을 물려받은 던바 대령은 전혀 관대하지 않았다. 그가 도망치듯 퇴각하면서 필라델피아에 들렀을 때, 나는 랭카스터의 가난한 세 농가에서 그가 징집한 하인들을 돌려보내 달라고 간청하면서 그것이 고인이 된 브래드독 장군의 명령임을 상기시켰다.

대령은 자기가 뉴욕으로 가는 길에 트렌턴에 며칠 머물 예정인데 주인들이 그곳으로 오면 하인들을 돌려주겠노라고 약속했다. 그래서 주인들은 돈과 시간을 들여 힘들게 트렌턴으로 갔다. 하지만 던바 대령은 약속을 지키지 않았다. 그들은 큰 손해를 보고 실의에 빠졌다.

마차와 말들이 모두 적에게 넘어갔다는 것이 알려지자 마차 주인들은 내게 몰려와서 보증한 돈을 물어내라고 아우성을 쳤다. 그들의 독촉에 나는 아주 난처해졌다. 나는 회계 주임에게 돈을 받을 수 있지만, 그러려면 먼저 셜리 장군이 지불 명령을 내려야 한다고 그들에게 설명했다. 장군에게 편지를 보내 놓았지만 장군이 멀리 있어서 바로 답신을 받을 수 없으니 조금만 기다려 달라고도 했다.

이것만으로는 성에 차지 않았는지 나를 고소하는 사람들도 있었다. 마침내 셜리 장군이 위원들에게 내가 보낸 청구서를 위원들에게 조사시킨 뒤 지불 명령을 내려주어서 나를 이 끔찍한 상황에서 구해주었다. 배상 액수는 거의 2만 파운드에 이르렀다. 내가 지불해야 했다면 아마 파산하고 말았을 것이다.

브래드독 장군의 패전 소식이 들리기 전에 듀케인 요새 점령 소식이 전해졌을 때 두 본드 박사(필라델피아에 병원을 세우겠다던 본드와 물리학자 본드)가 나를 찾아왔다. 승리를 축하하는 성대한 불꽃놀이에 쓸 비용을 모금하자고 했다. 나는 진지하게 말했다. "축하할 일이 확실해진 다음에 준비해도 충분할 겁니다." 내가 자기들의 제안에 선뜻 응하지 않자 그들은 놀란 눈치였다.

"아니, 설마 요새를 점령하지 못할 거라고 생각하는 건 아니겠지요?"라고 그 중 한 명이 내게 물었다. "요새를 점령할지 못할지는 모르겠습니다만, 전쟁이란 한 치 앞을 알 수 없다는 건 알고 있습니다." 그리고 내가 회의적으로 생각하는 이유를 말해주었다. 모금은 취소되었고 두 기획자들은 불꽃놀이를 준비했더라면 당했을지도 모를 창피를 면할 수 있었다. 이 일이 있고 나서 본드 박사는 프랭클린의 육감은 무서울 정도라고 말하곤 했다.

모리스 지사는 브래드독 장군의 패전 전에도 주의회에 계속 교서를 보내 의원들을 괴롭혔다. 영주들에게 소유지를 과세 대상에서 제외하는 조항이 포함된 방위비 징수 법안을 만들라는 것이었다. 영주들의 면제 조항이 없으면 지사는 무조건 그 법안을 기각했다. 이제 사태가 시급해져서 그 법안이 꼭 필요하게 되자 지사는 주의회가 자기 요구에 따를 거라고 기대하고 더 강하게 몰아붙였다.

그러나 주의회는 자신들의 주장이 옳다고 믿고 소신을 굽히지 않았다. 지사가 예산안을 마음대로 수정하도록 내버려두는 것은 의회의 기본적인 권리를 포기하는 것이라고 생각했다. 마지막으로 주의회가 내놓은 예산안은 5만 파운드를 보조하자는 내용이었는데 지사는 단어 하나만 고치자고 제안했다. 법안에는 '모든 동산, 부동산에는 세금이 부과된다. 영주들도 제외하지 않는다'라고 되어 있었는데, 이것을 '영주들만 제외한다'로 수정하자고 했다. 사소한 것 같지만 실제로는 엄청난 차이였다.

주의회는 지사의 교서에 대한 주의회의 답변 내용을 영국에 있는 친구들에게 보내고 있었다. 이 일에 대해서도 그들에게 전해주자, 그들은 지사에게 그렇게 비열하고 불공정한 훈령을 내린 영주들을 맹렬히 비난했다. 영주들이 자국의 방위를 방해해서 오히려 자기들의 재산을 잃을 위험에 처할 거라고 말하는 이들도 있었다. 이런 비난에 겁을 먹었는지 영주들도 방위 목적으로 주의회가 얼마를 내든지 거기에 자신들의 돈 5천 파운드를 더하라고 세입 징수관에게 명령을 내렸다.

이것을 통고받은 주의회는 그 돈을 영주들이 내야 할 일반 세금 명목으로 받는 대신에 새 법안에 영주들이 요구했던 면세 조항을 넣어서 통과시켰다. 이 법안에 따라서 나는 6만 파운드의 방위비 사용을 관리하는 위원의 일원으로 임명되었다. 나는 이 법안을 만들고 통과시키는 데 적극적으로 앞장섰다. 동시에 자발적인 민병대를 조직하고 훈련시키기 위한 법안도 기초했다.

이 법안에서 퀘이커교도들은 자신의 의사에 따라 거부할 수 있도록 배려했기 때문에 주의회는 별 어려움 없이 쉽게 이 법안을 통과시켰다. 나는 민병대를 조직하는데 필요한 단체를 결성하기 위해서 민병대에 대해 나올 수 있는 모든 반대 의견과 그에 대한 답변을 써서 발표했는데 생각대로 큰 효과를 거두었다.

그 뒤 필라델피아 시내와 시골에서 몇 개의 중대가 편성되어 실제로 훈련을 받았다. 지사는 나에게 적군이 자주 출몰하는 북서쪽 국경 지역에 군대를 주둔시키고 요새를 세워서 주민들을 보호하는 일을 맡아달라고 했다. 나는 그 일에 적임이라고 생각하지는 않았지만 그 일을 맡았다.

지사는 내게 전권 위임장과 적임이라고 생각되는 사람을 장교로 임명할 수 있는 백지 위임장 한 다발을 주었다. 사람을 모으는 일은 별로 어렵지 않아서 얼마 후 내 휘하에 560명의 병사들을 두게 되었다. 이전에 캐나다와의 전투에서 장교로 활약한 아들이 부관이 되어서 내게 큰 도움을 주었다. 인디언들은 모라비아 교도들이 살고 있던 그 나덴헛 마을을 불태우고 주민들을 몰살시켰다. 나는 그곳이 요새를 세우기에 적합한 장소라고 생각했다.

거기까지 행군해 가기 위해 모라비아 교도들의 주요 근거지인 베들레헴에 중대를 집합시켰다. 놀랍게도 그곳은 방어 태세가 잘 갖춰져 있었다. 그나덴헛 마을이 파괴되어 불안해졌기 때문인 듯했다. 주요 건물들에 방책을 치고, 뉴욕에서 무기와 탄약을 대량으로 사들였다. 고층 석조 건물의 창문 사이에는 포석을 잔뜩 쌓아 두어서 인디언들이 창문으로 밀고 들어오려고 하면 여자들이 그들의 머리 위로 돌을 던질 수 있게 해두었다. 또 수비대가 주둔하는 여느 도시처럼 무장한 신도들이 체계를 세워 교대로 보초를 서고 있었다.

스판겐버그 주교와 이야기 중에 나는 이런 사실을 언급하며 놀랍다고 말했다. 영국 의회의 법률에 따라 그들은 식민지에서 병역 의무가 면제된 터라 나는 그들이 무기를 드는 것을 양심에 반하는 일로 꺼릴 줄 알았다. 주교는 전쟁에 반대하는 것은 그들의 확정된 교리가 아니라 그 법안이 통과될 당시에 대다수 사람들의 생각이었을 뿐이라고 답했다. 하지만 그들도 놀랄 정도로 이번 일에는 교리를 따르는 사람이 거의 없었다. 그들이 스스로를 속이거나, 영국 의회를 속이거나 둘 중 하나인 것 같았다. 하지만 위험이 닥치면 변덕스러운 신념보다 상식이 훨씬 강한 때가 있는 법이다.

우리가 요새를 세우는 일에 착수한 것은 1월 초였다. 나는 미니싱크 마을의 북쪽으로 부대 하나를 보내서 요새 하나를 세우게 했고, 마을의 남쪽으로도 부대 하나를 보내면서 같은 지시를 내렸다. 그리고 나는 나머지 부대를 이끌고 가장 시급한 그나덴헛으로 가기로 했다. 모라비아 교도들은 연장과 식량, 짐 등을 실을 수 있도록 마차 다섯 대를 빌려주었다.

우리가 베들레헴을 떠나기 직전에 인디언에게 농장을 뺏기고 쫓겨난 농부 열한 명이 나를 찾아와서는 돌아가서 소를 끌고 오겠다며 총을 좀 달라고 했다. 나는 그들에게 각각 총 한 자루와 탄약을 적당히 챙겨주었다. 그러고 나서 우리는 행군을 시작했는데 얼마 가지도 못했는데 비가 내리기 시작하더니 하루 종일 그칠 줄 몰랐다. 비를 피할 만한 집을 찾을 수 없어서 계속 걸어가다가 날이 어두워져서야 한 독일인의 집을 발견했다.

우리는 비에 흠뻑 젖은 채 그 집 헛간에서 서로 꼭 붙어 웅크리고 밤을 보냈다. 행군 중에 공격을 받지 않은 것만 해도 정말 다행이었다.

우리가 가진 무기는 지극히 평범한 데다 그나마도 비에 젖은 상태였다. 그리고 인디언들은 전술이 뛰어났지만 우리는 그렇지 못했다. 인디언들은 앞에서 말한 그 가엾은 농부 열한 명을 만나서 열 명을 죽였다. 도망쳐 온 한 농부가 말하기를 그와 그의 동료들의 총이 비에 젖어서 총알이 발사되지 않았다고 했다.

다음날은 날씨가 맑게 개었다. 우리는 행군을 계속한 끝에 황량하기 그지없는 그나덴헛에 도착했다. 근처에 제재소가 하나 있었고 그 주위에 널빤지가 여러 장 쌓여 있었다. 우리는 그 널빤지로 서둘러 임시 막사를 지었다. 그 추운 날씨에 우리는 텐트도 없었다. 그러고 나서 우리가 가장 먼저 한 일은 마을 사람들이 임시로 묻어 놓은 시신들을 좀더 잘 묻어주는 것이었다.

다음날 아침에는 요새를 설계하고 위치를 잡았다. 둘레를 455피트로 잡았기 때문에 직경 1피트짜리 말뚝 455개를 엮어서 울타리를 만들어야 했다. 우리는 가지고 있던 도끼 70자루로 즉시 나무를 찍기 시작했다. 군인들이 도끼질에 능숙해서 아주 신속하게 일이 진행되었다. 나무들이 획획 넘어가는 것을 지켜보다가 문득 호기심이 생겨서 두 병사가 소나무 하나를 베기 시작할 때 시간을 재보았다.

직경 14인치 나무가 6분 만에 쓰러졌다. 소나무 한 그루에서 끝이 뾰족한 18피트 길이의 말뚝이 세 개씩 나왔다. 이렇게 말뚝을 준비하는 동안 다른 병사들은 말뚝을 박을 3피트 깊이의 참호를 팠다. 사륜마차의 몸체를 떼어내고 마부석의 두 부분을 연결한 핀을 뽑아 앞뒤바퀴를 분리해서 이륜마차로 10대를 만든 다음, 각각 말 두 마리를 붙여 숲에서 요새까지 말뚝을 운반하게 했다. 말뚝 박는 일이 끝나자 목수들이 6피트 높이의 나무 발판을 만들어 나무 안쪽에 둘렀다. 군인들이 이 발판에 서서 작은 구멍을 통해 총을 쏘는 것이다.

우리는 회전식 대포 한 대를 갖고 있었는데 한 모퉁이에 설치하고 준비가 되자마자 한 발을 쏘았다. 혹시 근처에 인디언들이 있다면 우리가 그런 대포를 갖고 있다는 사실을 알리려는 의도였다. 이렇게 해서 요새라는 거창한 이름을 붙이기에 한없이 부끄럽지만 우리의 요새는 일주일 만에 완성되었다. 그 일주일 동안에도 이틀에 한 번씩 비가 세차게 쏟아져서 그런 날은 작업을 하지 못했다.

이 일을 하면서 나는 사람들이 일을 할 때 가장 만족한다는 것을 알게 되었다. 일을 한 날에는 모두들 친절하고 쾌활했으며, 하루 일을 잘 끝냈다는 뿌듯함에 저녁 시간을 즐겁게 보냈다. 하지만 할 일 없이 보낸 날에는 사나워져서 걸핏하면 싸우려 들었고, 고기나 빵 같은 음식에 괜히 트집을 잡는 등 하루 종일 심사가 뒤틀려 있었다.

이런 모습을 보면서, 선원들에겐 끊임없이 일을 시켜야 한다는 신조를 가진 어느 선장이 떠올랐다. 한 번은 항해사가 와서 선원들이 일을 다 해서 더 이상 시킬 게 없다고 보고하자 선장은 "아, 그럼 닻이라도 깨끗이 닦으라고 하게"라고 말했다고 한다.

아무리 보잘것없는 요새라고 해도 대포를 갖고 있지 않은 인디언을 방어하기에는 충분했다. 이제 안전하게 자리도 잡았고 필요한 경우에 퇴각할 곳도 생겨서 우리는 소대별로 인근 지역을 탐색하러 나갔다. 인디언을 만나지는 못했지만 그들이 근처 언덕에 숨어서 우리를 지켜보고 있었던 흔적은 발견할 수 있었다. 그곳에서 그들의 발명품을 엿볼 수 있었는데, 여기서 잠깐 얘기할 가치가 있는 것 같다. 때는 겨울이라 불이 필요했다. 하지만 땅 위에 불을 피우면 불빛 때문에 멀리서도 위치가 발각될 위험이 있었다. 그래서 인디언들은 대략 직경 3피트에 깊이는 그보다 약간 더 깊게 구덩이를 팠다.

　구덩이 안에는 숲속에 쓰러진 불에 탄 통나무에서 손도끼로 숯을 떼어낸 흔적이 있었다. 이 숯으로 그 구덩이 속에 불을 피웠을 것이다. 구덩이 주변에 잡초와 풀들이 짓눌려 있는 걸로 봐서 그들은 구덩이 속에 다리를 집어넣고 발을 따뜻하게 했던 것 같다. 그런 식으로 불을 피우면 불빛이 새어나가지 않고 불길이 일렁이거나 불꽃이 튀거나 연기가 피어오르지도 않아 들킬 염려가 없었다. 인디언들의 수는 그리 많지 않았던 것 같다. 우리의 수가 너무 많아서 기습을 해봐야 승산이 없다고 판단한 듯했다.

　우리 부대에는 열성적인 장로교 목사 비티 씨가 군목으로 있었다. 그는 군인들이 기도 집회나 설교 시간에 참석하지 않는다고 내게 불평했다. 입대할 때 군인들은 급료와 식량 외에 하루에 럼주 1질[약 0.14리터]씩을 제공받기로 했다. 럼주는 아침, 저녁으로 반씩 나눠서 어김없이 지급되었다. 내가 지켜보니 술을 받을 때에는 다들 1분도 늦는 일 없이 제시간에 나타났다. 그래서 버티 목사에게 이렇게 제안했다.

　"목사님의 품위를 떨어뜨리는 일일지 모르지만 목사님이 예배 후에 럼주를 나눠주신다면 병사들 모두 예배에 참석할 겁니다." 목사는 좋은 생각이라면서 그 일을 맡았고, 두세 사람의 도움을 받아 술을 배급했다. 그 뒤로 기도회에 안 나오거나 늦는 사람이 단 한 명도 없었다. 예배에 참석하지 않는다고 군법으로 벌을 주기보다는 이런 방법을 쓰는 것이 훨씬 더 효과적이라는 생각이 들었다.

요새가 완성되고 식량도 웬만큼 비축해놓았을 때 지사에게서 편지 한 통이 왔다. 주의회를 소집했으니 국경에서의 일이 마무리되어 내가 남아 있을 필요가 없다면 참석해달라는 내용이었다. 주의회의 동료들도 편지를 보내서 회의에 나오라고 간청했다. 내가 계획했던 요새 세 개도 완성되었고 주민들도 이제는 안전하게 농사에 전념할 수 있었기 때문에 나는 돌아가기로 했다. 선뜻 그런 결정을 내릴 수 있었던 것은 인디언과의 전쟁 경험이 있는 뉴잉글랜드의 클래펌 대령이 우리 요새를 방문했다가 나 대신 지휘를 맡는 일을 수락했기 때문이다.

나는 수비대를 사열시키고 그들 앞에서 대령에게 임명장을 준 다음, 그가 군 업무의 전문가이므로 나보다 훨씬 유능한 지휘관이 될 거라고 소개했다. 그리고 몇 마디 당부의 말을 남기고 작별을 고했다. 베들레헴까지 호위를 받으며 갔고, 그곳에서 며칠 쉬면서 그간의 피로를 풀었다. 첫날 밤 좋은 침대에 누웠는데도 통 잠이 오질 않았다. 그나덴 헛에서는 담요 한두 장만 덮고 잤기 때문에 새로운 환경에 적응이 되지 않았다.

베들레헴에 있는 동안 나는 모라비아 교도들의 생활에 대해서 좀 알아보았다. 모두 내게 친절했고 몇몇은 나를 데리고 다니며 이것저것 알려주었다. 그들은 함께 일하고 공동 재산을 가졌으며, 식사도 함께 하고 공동 숙소에서 잠도 함께 잤다. 공동 숙소에는 천장 바로 밑에 일정한 간격으로 구멍이 나 있었는데, 현명하게도 환기를 위한 것인 듯했다. 그들의 교회에도 가보았는데 바이올린, 오보에, 플루트, 클라리넷 등이 오르간과 어우러진 훌륭한 음악을 들려주었다.

그들은 우리처럼 남자, 여자, 아이들이 모두 섞여서 설교를 듣지 않았다. 어떤 때는 결혼한 남자들끼리, 결혼한 여자들끼리, 또는 젊은 남자들끼리, 젊은 여자들끼리, 아이들끼리, 이런 식으로 따로 나눠서 설교를 들었다. 한번은 아이들을 위한 설교를 들어보았다. 아이들은 들어오는 순서대로 줄지어 자리에 앉았다. 젊은 남녀가 각각 남자아이들과 여자아이들을 인솔했다. 설교는 아이들의 수준에 딱 맞았고 착한 사람이 되라고 재미있고 친숙하게 구슬리는 내용이었다. 아이들은 절도 있게 행동했지만 안색이 창백하고 아파 보였다. 아무리 생각해도 집 안에만 너무 있어서 운동이 부족한 게 아닌가 하는 생각이 들었다.

나는 모라비아 교도들이 제비뽑기로 결혼한다는 얘기를 들은 적이 있어서 그것이 사실인지 물어보았다. 제비뽑기는 특별한 경우에만 한다는 답이 돌아왔다. 보통은 결혼을 하고 싶은 젊은 남자가 자기 반의 연장자들에게 알리면, 그들은 젊은 여자들을 감독하는 연장자들과 의논한다고 한다. 남녀 연장자들은 자기 학생들의 성격이나 성향을 잘 알아서 누가 누구와 어울릴지 잘 판단할 수 있기 때문에 대부분 그들의 의견에 순순히 따른다고 했다. 하지만 혹시라도 한 청년에게 두세 명의 처녀가 똑같이 어울리는 경우에는 제비뽑기로 결정한다고 했다. 나는 자신이 원하는 상대를 선택해서 결혼하는 게 아니라면 불행해질 수도 있지 않겠냐고 반문했다. 그러자 그들은 "스스로 상대를 선택한다고 해도 불행해질 수 있지요"라고 말했다. 나도 그 말은 부정할 수 없었다.

필라델피아에 돌아와 보니 민병대 협회 일은 일사천리로 진행되고 있었다. 퀘이커교도가 아닌 주민들은 거의 다 참여해서 중대를 만들고 새로운 법에 따라 대위, 중위, 소위를 뽑았다. 본드 박사는 나를 찾아와서 사람들이 새로운 법안에 호감을 가질 수 있도록 자신이 애를 많이 썼다고 했다. 나는 내가 쓴 '대화집' 덕분이라고 자부하고 있었지만, 그의 말이 옳을 수도 있어서 내가 늘 하던 대로 그가 그렇게 생각하도록 내버려두었다.

장교들은 회의를 열어 나를 연대장으로 뽑았고, 이번에는 나도 승낙했다. 몇 개 중대가 있었는지 지금은 기억이 나지 않지만, 1,200명의 씩씩한 군인들과 여섯 대의 놋쇠 야전포로 무장한 포병 1중대를 사열했다. 포병들은 놋쇠로 된 야포 여섯 대를 가지고 있었고, 이것을 능숙하게 다뤄서 1분에 12발을 쏠 수 있을 정도로 야포를 능숙하게 다루었다.

처음 연대를 사열한 날 군인들은 집까지 나를 배웅해주고는 문 앞에서 야포를 몇 발 쏘아 경의를 표했다. 그 바람에 유리로 된 내 전기 실험 기구가 흔들려서 깨지고 말았다. 그리고 내가 새로 얻은 내 직함도 이 유리 실험 기구마냥 금방 깨져버렸다. 영국에서 이 법률이 폐지되면서 우리 임무도 모두 끝났기 때문이다.

연대장으로 일한 이 짧은 기간에 있었던 일이다. 나는 버지니아에

갈 일이 있었는데, 우리 연대 장교들은 내 직함에 걸맞게 도시 경계선 까지 나를 호위해야 한다고 생각한 모양이다. 내가 막 말에 오르려고 하는데 삼사십 명의 장교들이 말을 타고 제복 차림으로 우리 집 앞에 나타났다. 나는 그런 계획이 있는지 전혀 몰랐다. 알았다면 그러지 못 하도록 막았을 것이다. 높은 자리에 있다고 티를 내는 건 정말 싫었다. 그들의 등장이 당황스럽기는 했지만 그렇다고 배웅을 못 하게 막을 수 도 없었다.

설상가상으로 장교들은 내가 출발하자마자 칼을 빼든 채로 계속 따라와 나를 더욱 난처하게 만들었다. 누군가가 이것을 영주에게 편 지로 고해 바쳤고, 영주는 몹시 성을 내며 노여워했다. 자신이나 지사 들도 그런 대접을 받아본 적이 없기 때문이었다. 그런 예우는 왕족에 게나 어울릴 법한 일이라고 그가 말했다고 한다. 그때나 지금이나 나 는 그런 예법에 대해서는 무지하니 그의 말이 맞을지도 모르겠다.

이런 바보 같은 일이 있은 후로 나에 대한 영주의 반감은 더 커졌 다. 주의회에서 영주의 토지에 대한 면세 법안 문제 때문에 그전부터 도 영주는 내게 감정이 좋지 않았다. 또 나는 영주의 그런 처사가 비 열하고 불공정하다고 격렬하게 비난했다. 영주는 내가 주의회에서의 영향력을 이용해 현금징수법안의 통과를 막아서 국왕의 일을 방해하 고 있다며 나를 장관에게 고발했다. 그리고 장교들과 함께 벌인 이 행 진은 내가 영주의 권한을 강제로 빼앗겠다는 의지를 드러낸 증거라고 했다. 또 체신 장관인 에버라드 포크너 경에게도 나를 관직에서 쫓아 내라고 청했다. 하지만 에버라드 경은 내게 가볍게 경고하는 것으로 끝냈다.

내가 큰 몫을 담당하고 있던 주의회와 지사 사이에는 불화가 끊이지 않았다. 그럼에도 주지사와 나는 개인적인 다툼 없이 서로 예의바른 관계를 유지할 수 있었다. 그의 교서에 답변을 작성하는 사람이 나라는 것을 알면서도 내게 별 반감을 갖지 않은 것은 그의 직업적인 습성 때문이라는 생각이 들었다. 변호사였던 그는 소송에서 의뢰인을 대변하듯이 자신은 영주 편에서, 나는 의회 편에서 싸우는 대변인 정도로 생각했을 것이다. 그래서 어려운 문제가 생길 때면 나를 불러서 친구처럼 내게 조언을 구하기도 했고, 가끔은 내 조언을 받아들이기도 했다.

우리는 브래드독 장군의 부대에 식량을 공급하는 일은 함께 협력했다. 나중에 장군이 패했다는 충격적인 소식이 전해졌을 때, 지사는 부리나케 내게 사람을 보내 후방 지역의 이탈을 막을 방도에 대해 의견을 구했다. 그때 어떤 조언을 했는지 지금은 잊었지만, 아마 던바 대령에게 편지를 보내서 가능하면 그의 부대를 전방에 배치해 수비를 하고 있다가 각 식민지에서 지원군이 도착하면 그때 원정을 떠나라고 한 것 같다. 내가 전방에서 돌아왔을 때 지사는 내게 각 주의 군대를 지휘해서 듀케인 요새 함락을 위한 원정을 떠나라고 했다.

던바 대령과 그의 병사들은 다른 할 일이 있기 때문에 지사는 나를 사령관으로 임명하겠다고 제안했다. 나는 지사가 얘기하는 것만큼 내가 군사적 능력이 있다고 생각하지 않았다. 지사도 실제로 자신이 생각하는 것 보다는 과장해서 말하는 것 같았다. 어쩌면 내 인기가 군인을 모집하는 데 도움이 되고, 주의회에서 내 영향력으로 군인들에게 지불할 돈을 영주들에게 과세하지 않고도 받아낼 수 있을 거라고 생각했을지도 모른다. 지사는 자기가 기대했던 만큼 내가 앞장서지 않자 계획을 취소했고, 얼마 후 지사직을 그만두었다. 데니 대위가 그 뒤를 이었다.

구름에서 번개를 일으키는 필라델피아 실험

신임 지사 아래서 내가 행한 공무를 계속 이야기하기 전에 자연과학 분야에서 명성을 얻게 된 경위에 대해 설명하는 것도 좋을 것 같다.

1746년에 보스턴에 있을 때 스코틀랜드에서 막 도착한 스펜스 박사라는 사람을 만났는데, 그는 몇 가지 전기 실험을 보여주었다. 그런데 그다지 능숙하지 않아서 실험을 제대로 수행하지는 못했다. 그래도 나에게는 전혀 새로운 분야였기 때문에 놀랍기도 하고 재미있기도 했다.

그러고 나서 필라델피아로 돌아왔는데 얼마 뒤 런던왕립학회 회원인 피터 콜린스 씨가 우리 회원제 도서관 앞으로 유리 시험관과 사용설명서를 선물로 보내왔다. 나는 이 기회를 이용해 보스턴에서 본 실험을 되풀이해 보았다. 수없이 연습한 후에 영국에서 보낸 설명서에 나와 있는 실험뿐만 아니라 다른 새로운 실험들도 쉽게 할 수 있게 되었다. 그렇게 수없이 연습을 많이 한 것은 처음 보는 이 신기한 구경을

번개가 전기라는 사실을 증명하기 위해 아들과 연을 날리고 있는 프랭클린.
이 실험의 결과로 '피뢰침'이 탄생했다.

하러 한동안 우리 집에 사람들이 계속 찾아왔기 때문이다.

나는 이 짐을 친구들과 좀 나누기 위해 유리 공장에 부탁해 비슷한 시험관을 여러 개 주문해서 친구들에게 나눠주었다. 그렇게 해서 여러 명의 실험가들이 생겼다. 그 중에서 키너슬리 씨가 가장 뛰어났다. 그는 재간이 많은 사람이었는데 직업이 없었다. 그래서 돈을 받고 실험을 보여주는 일을 해보라고 권했다. 그러고는 두 개의 강의록을 써주었다. 실험 내용을 순서대로 정리하고 그에 대한 해설을 넣어서 앞의 내용을 읽으면 뒤의 내용도 이해가 되도록 했다.

키너슬리 씨는 공개 실험에 쓸 멋진 실험 기구를 마련했다. 내가 대충 만들어서 쓰던 것들을 전문가들이 세련되게 새로 손을 본 것이었다. 그의 강의는 언제나 사람들로 붐볐고 결과도 만족스러웠다. 나중에는 여러 지역을 돌아다니면서 도시마다 이 실험을 보여주고 돈도 꽤 벌었다. 다만 서인도 제도에서는 공기 중에 습기가 많아서 실험에 애를 먹었다.

콜린슨 씨가 선물로 보내준 시험관 덕분에 실험을 할 수 있었기 때문에 그에게 그 기구를 이용해 실험에 성공했다는 것을 알리는 것이 마땅하다는 생각이 들어서 우리의 실험 내용이 포함된 편지 몇 통을 써서 그에게 보냈다. 그는 영국 왕립학회에서 그 편지를 읽었는데, 회원들은 처음에는 회보에 실을 만한 가치가 없다고 생각해서 그리 관심을 두지 않았다.

그 편지 중에는 내가 키너슬리 씨에게 써준 것으로 콜린슨 씨에게 보낸 번갯불이 전기와 같다는 내용의 논문도 있었다. 나는 이 원고를 학회의 회원이자 나와 친분이 있는 미첼 박사에게도 보냈다. 미첼 박사는 답장에서, 그 논문을 학회에서 읽었는데 전문가들의 비웃음만 받았다고 전했다. 그러나 그것을 읽어본 포더길 박사는 그냥 썩히기에는 아깝다면서 출판을 권했다. 그래서 콜린슨 씨는 〈젠틀맨스 매거진〉의 발행인인 케이브 씨에게 그 원고를 주었다.

하지만 케이브 씨는 논문을 잡지에 싣지 않고 소책자로 만들어서 포더길 박사의 서문을 실어 출판했다. 그렇게 하는 것이 더 돈벌이가 될 거라고 본 그의 판단은 적중했다. 책은 나중에 내용이 더 추가되어 4절판짜리 한 권이 되었으며, 5쇄까지 출간되었다. 그는 복사 비용만 들이고 큰돈을 벌었다.

그러나 이 논문이 영국에서 주목을 받기까지는 꽤 시간이 걸렸다. 그전에 프랑스에서는 물론이고 유럽 전역에서 명성을 떨치던 과학자 비퐁 백작이 우연히 이 논문을 보았다. 백작은 달리바르 씨에게 그것을 프랑스어로 번역시켜서 파리에서 출판했다. 그런데 이 책의 출판에 화가 난 사람이 있었다. 궁정 물리학 교사이자 훌륭한 실험가로 당시 통용되던 전기에 대한 이론을 세우고 발표한 놀레 신부였다.

처음에 신부는 그런 실험이 아메리카에서 나왔다는 것을 믿을 수 없었기 때문에 파리의 적들이 자신의 학설을 흠집 내려고 날조해낸 것이 틀림없다고 생각했다. 그러나 나중에 자신이 의심했던 것과는 달리 프랭클린이라는 사람이 진짜로 살고 있다는 것이 확실해지자 나에게 보내는 편지 형식으로 자신의 이론을 옹호하고 내 실험들과 거기서 도출된 명제들이 틀렸다고 주장하는 긴 글을 써서 출간했다.

나도 한때 놀레 신부에게 답장을 보내려고 했고, 실제로 쓰기도 했지만 이내 그만두었다. 내 글은 실험 내용을 설명하는 것이라 누구나 따라해 보면 입증할 수 있을 것이고, 혹시라도 다른 결론이 나온다면 내 변호가 무의미해지기 때문이었다. 그리고 내 이론은 관찰한 결과로 세운 가설이지 독단적인 주장이 아니기 때문에 일일이 변명할 의무도 없었다. 게다가 두 사람이 서로 다른 언어로 논쟁을 벌이게 되면 번역상의 오류로 상대의 진의를 오해해서 논쟁이 길어질 수도 있었다.

실제로 놀레 신부의 편지 중 하나는 잘못된 번역에 근거해서 나온 것이었다. 그래서 그냥 내버려두기로 했다. 공무 중에 겨우 내는 여가 시간을 이미 끝난 실험을 가지고 논쟁하느니 새로운 실험을 하는 게 더 낫다고 생각했다. 그래서 놀레 신부에게 한 번도 답장을 쓰지 않았는데 내가 침묵한 것을 후회하지 않아도 될 만한 결과가 나왔다. 내 친구이자 왕립과학협회 회원인 르 로이 씨가 내 이론을 지지하고 신부의 이론을 반박하고 나섰기 때문이다.

내 책은 이탈리아어, 독일어, 라틴어로 번역되어 널리 읽혔다. 그리고 책에 포함된 내 학설은 놀레 신부의 학설을 제치고 유럽의 과학자들이 일반적으로 채택하는 학설이 되었다. 결국 놀레 신부는 직계 제자인 파리의 B씨를 제외하고는 자신의 이론을 지지한 마지막 사람이 되었다.

내 책이 갑자기 유명해진 것은 달리바르 씨와 드 로르 씨가 책에 실린 실험 하나를 성공적으로 해냈기 때문이다. 두 사람은 구름에서 번개를 일으키는 실험을 마레에서 했다. 이 실험은 어디에서나 사람들의 관심을 끌었다. 물리학 실험 기구를 가지고 물리학 강의를 하던 드 로르 씨는 '필라델피아 실험'이라고 자신이 이름 붙인 이 실험을 여러 차례 되풀이했다. 나중에는 국왕과 신하들 앞에서도 이 실험을 했다. 그러자 호기심이 많은 사람들이 너도나도 그 실험을 보려고 모여들었다. 이 대단한 실험에 대한 설명이나, 얼마 후 내가 필라델피아에서 연을 이용해 비슷한 실험에 성공했을 때의 기쁨에 대해서는 여기에서 더 이야기하지는 않겠다. 두 가지 다 전기의 역사에 대한 책에 나와 있다.

영국 의사인 라이트 박사는 파리에 머무는 동안 영국 왕립학회 회원인 친구에게 보낸 편지에서 내 실험이 외국 학자들 사이에서 높이 평가받고 있는데 어째서 영국에서는 주목받지 못했는지 의아하다고 했다. 그러자 왕립학회에서는 전에 읽은 적이 있던 그 편지를 다시 검토했다. 그리고 그 유명한 왓슨 박사가, 편지에 적힌 실험과 나중에 그 주제로 내가 영국에 보낸 논문들을 요약하고 나에 대한 칭찬을 더해서 학회의 회보에 실었다.

재기 넘치는 캔턴 씨를 비롯해 런던에 있는 학회 회원 몇 명이 뾰족한 장대로 구름에서 번개를 끌어내는 실험을 했고, 이 실험이 성공하자 그 사실을 학회에 알렸다. 학회에서는 예전의 홀대를 만회하고도 남을 만큼 내게 보상을 해주었다. 내가 신청하지도 않았는데 나를 학회 회원으로 뽑아주는가 하면 25기니나 되는 회비도 면제해 주었으며 그때부터 지금까지 회보도 무료로 보내고 있다. 또한 1753년 고드프리 코플리 상을 내게 수여했다. 학회 회장인 맥클스필 경도 그 자리에 참석해 훌륭한 연설까지 해주어서 내게는 더없는 영광이었다.

신임 지사인 데니 대위가 영국왕립학회로부터 직접 메달을 받아왔고 시가 마련한 연회에서 내게 전달해주었다. 지사는 내 명성을 오래 전부터 들어 알고 있었다면서 아주 정중하게 존경심을 표했다. 만찬이 끝난 후 당시의 관례대로 술을 마시고 있는데, 지사가 할 얘기가 있다며 나를 다른 방으로 데려갔다. 그는 영국에 있는 친구들이 나와 친분을 쌓으라고 권했다며 자신에게 가장 필요한 조언을 해줄 수 있고, 행정 업무를 효과적으로 운영할 수 있게 도와줄 사람이라고 했다는 것이다. 그래서 나와 잘 지내고 싶다며 내게 도움이 될 일이 있으면 힘닿는 대로 도와줄 테니 믿어달라고 했다.

지사는 그 외에도 많은 얘기를 했다. 영주가 우리 주에 호의를 가지고 있다면서 오랫동안 끌어온 면세 법안에 대한 반대를 내가 철회한다면 모두에게, 특히 나에게 이익이 되고 자신과 주민들 사이가 좋아질 것이라고도 했다. 이 일에는 나만큼 적임자가 없다면서 내가 그렇게만 해준다면 충분한 사례와 보상을 받을 거라고 했다. 우리가 오래 자리를 비우자 술을 마시던 사람들은 마데이라주 한 병을 들여보냈다. 술을 많이 마신 지사는 취기가 오를수록 회유와 약속도 점점 더 부풀려졌다.

나는 이렇게 대답했다. 다행히 내 형편은 영주의 호의를 받아야 할 정도는 아니다. 또 주의회 의원 신분으로 그들의 호의를 받을 수 있는 입장도 아니다. 영주들에게 개인적인 반감은 없으며 지사가 제안하는 공공 정책들이 주민들의 이익을 위한 것이라면 누구보다 내가 더 앞장서서 열렬히 지지할 것이다. 지금까지 내가 반대해온 것은 영주들이 강요한 정책들이 그들의 이익에만 도움이 되는 것이었고 주민들에게는 엄청난 손해가 되는 것이었기 때문이다. 나를 생각해주는 마음은 정말 감사하며 지사가 행정 업무를 수월하게 해나갈 수 있도록 최선을 다해 돕겠다. 다만 전임자들을 곤란하게 만들었던 그 잘못된 훈령을 다시는 강요하지 않기를 바란다.

지사는 더 이상 아무 말도 하지 않았다. 하지만 그가 주의회와 업무를 시작하면서 그 논쟁이 또 되풀이되었고, 나는 전과 다름없이 적극적으로 반대에 나섰다. 먼저 위에서 내려온 훈령을 공개하도록 요구하고, 다음에는 그것을 비판하는 글을 썼다. 당시의 의사록과 내가 그 후에 출판한《역사적 회고》에도 실려 있다. 그러나 나와 데니 지사 사이에 개인적인 악감정은 없었다.

우리는 자주 만나 어울렸다. 그는 지식도 풍부하고 세상물정에도 밝아서 함께 대화하면 즐겁고 유쾌했다. 지사가 뜻밖의 소식을 전해주었는데 내 오랜 친구인 제임스 랠프가 아직 살아 있으며 영국에서 최고의 정치 작가로 명성을 얻고 있다고 했다. 그리고 프레드릭 왕자와 왕 사이의 논쟁을 중재했으며 1년에 3백 파운드의 연금을 받고 있다고 했다. 알렉산더 포프가《우인열전》에서 그의 시를 혹평한 바 있듯이 랠프는 시인으로서는 별로 인정받지 못하지만, 산문만은 큰 호평을 받고 있다고 했다.

마침내 주의회는 영주들이 주민들의 권리뿐 아니라 국왕에 대한 봉사와도 상반되는 훈령들을 막무가내로 밀어붙여서 그들의 대리인인 지사들을 구속하고 있다는 결론을 내렸다. 그래서 영주들을 고발하는 탄원서를 올리기로 했다. 그리고 나를 대표로 임명해 영국에 건너가서 탄원서를 제출하고 우리의 주장을 전하라고 했다. 그 전에 주의회는 6만 파운드를 영국 왕실에 헌납한다는 법안을 지사에게 제출했는데(그 중 1만 파운드는 당시 장군이었던 로던 경의 권한에 맡겼다), 지사는 영주에게 받은 훈령에 따라 법안 통과를 일언지하에 거절했다.

영국으로 가기 위해 나는 뉴욕에서 모리스 선장의 우편선을 타기로 하고 짐까지 다 배에 실었는데, 그때 로던 경이 필라델피아에 도착했다. 로던 경은 지사와 주의회의 불화로 국왕의 업무에 방해가 되어서는 안 되므로 양측을 화해시키기 위해 왔다고 했다. 그래서 지사와 나를 만나서 양쪽의 의견을 듣고 싶다고 했다. 우리는 만나서 이 문제에 대해 토론했다.

주의회를 대표해 나는 당시 공문서에 기록된 여러 문제를 제시했다. 그것은 내가 기록해서 주의회 의사록과 함께 인쇄한 것이었다. 지사는 영주들의 훈령을 변호하며 자신은 그것을 지킬 의무가 있으며 따르지 않을 경우에는 지사직을 내놓아야 한다고 했다. 하지만 로던 경이 훈령을 거부하라고 하면 모험을 해볼 생각도 있는 것 같았다. 나는 로던 경을 설득했다고 생각했다.

하지만 로던 경은 지사에게 훈령을 따르지 말라고 하지 않고 오히려 주 의회에 그것을 따르라고 강요했다. 그리고 나더러 의원들을 설득해달라고 부탁했다. 또 우리 전방의 수비에 국왕의 군대를 더 이상 보내지 않을 것이며, 우리가 계속 방위비를 내지 않으면 전방이 적에게 노출될 수밖에 없다고 말했다.

나는 주의회에 이 내용을 알리고 우리의 권리를 선언하는 몇 가지 결의안을 작성해서 제출했다. 우리의 권리를 완전히 포기하는 것은 아니며 이번만은 강압에 의해 권리 행사를 보류하는 것이라고 밝혔다. 마침내 주의회는 고수하던 법안을 버리고 영주들의 훈령에 맞는 다른 법안을 만들었다. 당연히 법안은 통과되었고, 나는 자유롭게 여행을 떠나게 되었다. 하지만 그러는 동안 내 짐을 실은 우편선이 떠나 버리는 바람에 얼마간 손해를 보았다. 내게 돌아온 보상은 로던 경의 감사 인사뿐이었고, 양측의 합의를 이끌어낸 공은 모두 로던 경의 몫이 되었다.

무능한 지휘관인 로던 경

로던 경은 나보다 먼저 뉴욕을 향해 떠났다. 우편선의 출발 시간은 로던 경이 마음대로 정할 수 있었는데, 당시 뉴욕에는 두 대의 우편선이 있었다. 로던 경은 그 중 한 척이 곧 출항할 것이라고 알려주었다. 배를 놓치지 않기 위해 나는 정확한 시간을 알려달라고 부탁했다. 로던 경은 이렇게 대답했다.

"다음 주 토요일에 출항하도록 명령을 내렸지만, 우리끼리 얘긴데 당신이 월요일 아침까지만 그곳에 오면 될 겁니다. 하지만 그 이상 지체하면 안 됩니다."

그러나 나루터에서 일어난 뜻밖의 사고로 나는 월요일 정오가 지나서야 도착했다. 바람이 잔잔해서 배가 이미 떠나지 않았을까 걱정했지만, 배가 아직 항구에 정박해 있으며 내일 출항한다는 소식에 마음을 놓았다. 사람들은 이제 내가 유럽으로 곧 떠날 거라고 생각했다. 나도 그렇게 생각했다. 하지만 당시에 나는 로던 경의 성격을 잘 모르고 있었다. 장군의 성격은 '우유부단' 그 자체였다. 몇 가지 예를 들어보겠다. 내가 뉴욕에 도착한 것은 4월 초순이었는데 배가 출항한 것은 6월 말이 다 되어서였다. 당시 항구에는 우편선 두 척이 있었는데 로던 경이 편지를 다 쓰지 못했다는 이유로 자꾸 내일로 미루면서 오랫동안 붙들려 있는 상태였다.

그러는 동안 또 한 척의 우편선이 도착했다. 그 배 역시 항구에 묶였다. 우리가 떠나기 전에 네 번째 우편선이 들어오기로 되어 있었다. 우리 배가 가장 오랫동안 항구에 있었기 때문에 제일 먼저 떠나야 했다. 승객들 모두 승선 예약을 해 놓고 출발만 기다리고 있는 상태였다. 몇몇 사람들은 몹시 초조해 했고 상인들은 편지와 보험에 든 어음(전쟁 중이었으므로), 가을 상품 등으로 걱정하고 있었다. 하지만 사람들이 이렇게 걱정을 하는데도 로던 경의 편지는 끝날 줄을 몰랐다. 그가 항상 책상 앞에 펜을 들고 앉아 있었기 때문에 사람들은 그가 써야 할 편지가 많은가 보다 하고 기다릴 수밖에 없었다.

어느 날 아침, 로던 경에게 인사를 하러 갔다가 대기실에서 필라델피아에서 온 이니스라는 심부름꾼을 만났다. 그는 데니 지사가 로던 경에게 전하는 편지를 가지고 급히 왔다고 했다. 또 내게도 필라델피아의 친구들이 보낸 편지 몇 통을 전해주었다. 이니스 편에 답장을 보내려고 그에게 돌아가는 날과 숙박하는 곳을 물었다. 그는 내일 아침 9시에 로던 경이 답장을 받으러 오라고 했다면서 편지를 받는 대로 곧바로 떠난다고 했다.

그래서 나는 그날 바로 답장을 써서 그에게 주었다. 2주일 후 나는 같은 장소에서 이니스를 다시 만났다. "벌써 돌아온 건가, 이니스?" "돌아오다니요. 아닙니다, 아직 떠나지도 못했습니다." "그게 무슨 말인가?" "지난 2주일 동안 매일 아침 로던 경의 답장을 받으러 왔는데, 아직 안 되셨다고 하는군요." "굉장한 문필가이신데 그럴 리가 있겠나? 늘 책상 앞에 앉아계시는 것 같던데." "그렇죠. 하지만 로던 경은 그림 속의 세인트 조지[전설적인 인물로 말을 타고 용과 싸우는 그림을 많이 볼 수 있다] 같은 분이지요. 언제나 말 위에 있지만 절대 달리는 법이 없죠."

이 심부름꾼의 로던 경에 대한 평은 근거가 충분했다. 내가 영국에 있을 때 피트 수상이 로던 경을 해임하고 애머스트 장군과 울프 장군을 임명한 이유가 바로 로던 경에게서 한 번도 보고를 받은 적이 없어서 그가 무엇을 하고 있는지 알 수가 없었기 때문이라고 했다.

매일같이 출항을 기다리고 있는 동안 세 척의 우편선은 샌디훅으로 가서 그곳에 정박 중인 함대와 합류했다. 승객들은 갑자기 출항 명령이 떨어져서 배가 떠나고 뒤에 혼자 남겨지지 않도록 배 안에서 기다리기로 했다. 내 기억이 맞다면 우리는 6주 가량을 기다렸고 그 사이에 식량이 다 떨어져서 다시 사야 했다.

마침내 함대는 장군과 모든 군인들을 태우고 요새를 공격하고 함락하기 위해 루이스버그로 향했다. 장군의 함대와 함께 있던 우편선들은 로던 경의 편지가 준비되는 대로 받아가라는 명령을 받았다. 우리 배는 닷새를 기다렸다가 편지와 함께 출항 허가를 받고 함대 곁을 떠나 영국으로 향했다. 다른 배 두 척은 여전히 붙들려 있다가 로던 경을 따라 핼리팩스까지 끌려갔다. 그곳에서 장군은 얼마동안 머물면서 가상 요새에 대한 모의 공격 훈련을 실시한 뒤 루이스버그를 포위 공격하려던 마음을 바꿔서 뉴욕으로 돌아왔다. 군인들과 앞서 말한 두 척의 우편선과 모든 승객들까지 끌고 말이다! 장군이 없는 동안 프랑스 군대와 인디언들이 최전방에 있는 조지 요새를 점령했고, 인디언들은 항복한 수비병들을 학살했다.

그 후에 런던에서 그 우편선 중 한 척의 선장이었던 보넬 씨를 만났다. 그가 얘기하기를, 우편선이 한 달간 묶여 있는 동안 배 밑바닥에 해초, 조개껍데기 등이 엉겨 붙어 부식이 심해져서 우편선의 생명인 속도를 내지 못할 정도였기 때문에 장군에게 이 사실을 알리고 배를 기울여서 바닥을 청소할 시간을 좀 달라고 했다고 한다. 그러자 장군은 며칠이나 걸리겠냐고 물었고 선장은 사흘이면 된다고 대답했다.

그랬더니 장군은 이렇게 대답했다고 한다. "하루 안에 끝낼 수 있으면 허락하겠네. 그 이상은 안 되네. 모레에는 반드시 떠나야 하니 말일세." 그래서 선장은 결국 청소를 하지 못했다. 하지만 그 후로도 하루하루 시간을 끌더니 결국 석 달을 묶여 있었다.

나는 보넬 선장의 배에 탔던 승객도 한 명 만났다. 그는 장군에게 몹시 화가 나 있었다. 자기를 속이고 뉴욕에 그렇게 오랫동안 붙잡아 놓더니 핼리팩스까지 끌고 갔다가 다시 돌아왔다면서 장군을 상대로 손해배상 소송을 걸겠다고 벼르고 있었다. 그가 정말 소송을 했는지는 모르겠지만 그의 말대로라면 그가 입은 손해는 실로 엄청난 액수였다.

이런 여러 일들을 지켜볼 때, 대체 어떻게 그런 사람이 대규모 군대를 지휘하는 그런 막중한 임무를 맡게 되었는지 놀라울 정도였다. 하지만 세상을 더 많이 알게 되니 그런 지위를 어떻게 얻는지 또 어떤 기준으로 그런 지위를 주는지가 더 이상은 궁금하지 않았다. 내 생각으로는 브래드독 장군이 죽은 뒤에 군대를 지휘했던 셜리 장군이 계속해서 그 자리에 있었다면 로던 경보다는 훨씬 나은 군사 작전을 펼쳤을 것 같다.

1757년 로던 경의 종군은 어리석었고, 혈세 낭비였으며, 국가에 상상할 수 없는 불명예를 안겨주었다. 셜리 장군은 직업군인은 아니었지만 분별력 있고 현명했으며 다른 사람의 충고를 귀담아들을 줄 알았다. 또 신중하게 계획을 세웠고 신속하고 적극적으로 실행에 옮겼다. 로던 경은 막강한 병력을 가지고도 식민지를 지킬 생각은 않고 핼리팩스에서 노닥거리다가 조지 요새를 잃고 말았다.

게다가 식량 수출을 오랫동안 금지해서 모든 상업 활동을 어지럽히고 무역을 압박했다. 적군에게 군량을 빼앗기지 않기 위해서라는 구실을 댔지만, 실제로는 본토 상인들에게 유리하게 가격을 낮추려는 의도였다. 억측일지도 모르지만 로던 경이 수익에서 일정 몫을 챙긴다는 이야기도 있었다. 마침내 수출 금지가 해제되었을 때도 찰스타운에 그 사실을 즉시 통지하지 않아서 캐롤라이나 함대가 석 달이나 더 항구에 묶여 있었다. 그 때문에 배 밑바닥이 썩어서 상당히 많은 배가 돌아가는 도중에 가라앉아 버렸다.

내 생각에 셜리 장군은 군 업무에 익숙하지 않은 사람에게는 부담이었을 군 지휘 업무에서 벗어나는 것을 진심으로 후련하게 생각하는 것 같았다. 나는 로던 경의 장군 취임을 축하하기 위해 뉴욕 시에서 마련한 환영식에 참석했는데, 전임자인 셜리 장군도 그 자리에 나와 있었다. 그 외에도 장교와 시민들, 방문객들도 어찌나 많이 참석했는지 근처에서 의자를 빌려와야 할 정도였다. 그 중에 아주 낮은 의자가 하나 있었는데 공교롭게도 셜리 장군이 그 자리에 앉게 되었다. 그것을 보고 옆자리에 있던 내가 "장군님께 너무 낮은 의자를 드렸네요"라고 말하자 그가 대답했다. "괜찮습니다, 프랭클린 씨. 전 낮은 자리가 더 편하다는 것을 알고 있습니다."

앞에서 말한 대로 뉴욕에 묶여 있는 동안 나는 브래드독 장군에게 공급했던 식량과 기타 물품에 대한 회계 보고를 받았다. 나는 그 일을 위해서 여러 사람들을 고용했기 때문에 빨리 제출하지 못한 청구서도 있었나. 나는 이 청구서들을 로던 경에게 보여주고 잔금을 지불해달라고 요청했다. 로던 경은 담당 장교에게 검토해보라고 했다. 장교는 모든 물품 항목과 영수증을 대조해보고는 틀림없다고 확인해주었다. 로던 경은 회계 담당관에게 잔금 지불 명령을 내리겠다고 약속했다. 하지만 계속해서 미뤄지기만 했다.

약속에 따라 여러 차례 찾아가봤지만 받지 못했다. 그러다가 내가 뉴욕을 떠나기 직전에 그가 한다는 말이, 전임자가 쓴 비용을 자신이 낼 필요가 없다는 것이었다. 그러면서 이렇게 덧붙였다. "영국에 가서 재무성에 이 회계 보고를 제출하면 그 즉시 받을 수 있을 거요."

나는 뉴욕에서 오래 지체하느라 생각지도 않은 비용이 많이 들었으니 지금 지불해달라고 했다. 그러나 그는 꿈쩍도 하지 않았다. 나는 내가 수수료를 받고 그 일을 한 것도 아니고 사비로 선금 치른 돈을 받는 건데 이렇게 번거롭고 계속 지체되는 것은 부당한 처사라고도 했다. 그러자 그는 이렇게 말했다. "아, 프랭클린 씨, 그 일로 당신이 얻은 게 없다는 말을 믿으라는 겁니까? 이쪽 일이 어떻게 돌아가는지 훤히 알고 있어요. 군대에 납품을 하다보면 자기 주머니를 채우는 방법쯤은 누구나 알게 되기 마련이니까요."

나는 그런 사람이 아니며 단 한 푼도 챙기지 않았다고 단호히 말했지만, 로던 경은 내 말을 전혀 믿지 않는 눈치였다. 그런 일을 하면서 막대한 이익을 챙길 수도 있다는 것을 나중에 알게 되었다. 잔금은 지금까지도 받지 못했는데, 그 이야기는 뒤에 다시 하겠다.

지금은 실험의 시대

우리 우편선의 선장은 출항 전부터 자기 배가 아주 빠르다고 큰소리를 쳤다. 유감스럽게도 바다에 나가보니 우리 배는 아흔여섯 척의 배들 중에서 가장 느렸다. 선장은 몹시 당혹스러워 했다. 우리만큼이나 느린 다른 배 하나도 우리 가까이에서 달리다가 앞서 나가기 시작했다. 배가 느려진 원인을 이리저리 추측해 보던 선장은 모두 배 뒤로 가서 가능한 한 돛대 가까이에 붙어 서라고 했다.

배에는 승객을 포함하여 사십여 명이 타고 있었다. 선장의 말대로 했더니 배는 속력을 내기 시작했고 가까이에 있던 배들을 제치고 앞질러 나갔다. 선장이 추측한 대로 뱃머리에 짐을 너무 많이 실은 게 원인이었다. 알고 보니 물통들이 모두 앞쪽에 놓여 있었다. 선장은 그 것들을 배 뒤로 옮기라고 지시했다. 그러자 배는 속력을 회복했고, 선장이 큰소리친 대로 배들 중에서도 단연 빠른 속도로 내달렸다.

선장은 그 배가 한때 13노트, 즉 시속 15마일로 달렸다고 했다. 승객 중에 케네디라는 해군 대령이 타고 있었는데, 그는 그런 일은 불가능하다면서 어떤 배도 그렇게 빨리 달릴 수는 없다고 했다. 그러면서 측정기의 눈금이 잘못되었거나 속도 측정에 실수가 있었을 거라고 주장했다. 두 사람은 내기를 걸고 바람이 충분히 부는 날에 속도를 재보기로 했다. 케네디 대령은 측정기를 꼼꼼히 점검해서 문제가 없는 것을 확인하고는 자기가 직접 바다에 던지기로 했다. 며칠 뒤, 상쾌한 순풍이 불었다. 러트위지 선장은 지금 속도가 13노트일 거라고 말했다. 케네디 대령은 속도를 측정했고 내기에서 졌다.

이 얘기를 하는 이유는 관찰하면서 느낀 점을 전하고 싶어서다. 새로 만든 배가 속도가 빠른지 아닌지는 항해를 해볼 때까지는 알 수 없기 때문에 건조 기술은 불완전한 거라고들 한다. 속도가 빠른 배와 같은 방식으로 설계를 해서 배를 만들어도 터무니없이 느린 경우가

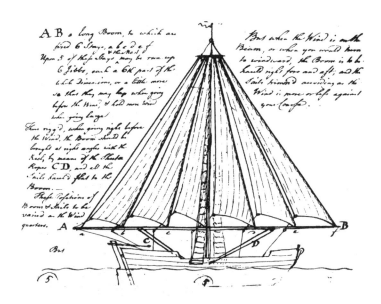

프랭클린의 편지에 기록된 그림.
그는 작은 배의 항해성능을 향상시키기 위해 새로운 장비 설치 방법을 고안했다.

있다. 내 생각에는 선원들마다 화물을 싣고, 배를 정비하고, 항해하는 방식이 다른 것도 어느 정도 영향을 미치는 것 같다. 한 사람이 배를 만들고 바다에 띄우고 항해까지 하는 경우는 거의 없다.

한 사람이 선체를 만들면 다른 사람은 돛을 만들고 또 다른 사람은 짐을 싣고 항해를 한다. 이들 중 누구도 다른 사람의 생각이나 경험을 알지 못하기 때문에 전체를 종합해서 결론을 이끌어낼 수가 없다.

항해 중에 돛을 조작하는 간단한 작업에서조차 항해사에 따라 같은 바람의 조건에서도 다른 판단을 내리는 것을 보았다. 어떤 사람은 돛을 팽팽하게 당기고, 또 어떤 사람은 돛을 느슨하게 당기는 등 일정한 규칙이 없는 듯했다. 그러나 몇 가지 실험을 통해 기본적인 것은 결정해야 한다고 생각한다.

첫째, 가장 빨리 달릴 수 있는 선체의 모양을 결정한다. 둘째, 돛대의 가장 이상적인 크기와 위치를 결정한다. 셋째, 돛의 모양과 수를 정하고 바람에 따른 위치를 결정한다. 마지막으로, 짐을 싣는 위치와 방법을 결정한다.

지금은 실험의 시대다. 일련의 실험을 정확하게 실행해서 결합하면 큰 도움이 될 것이다. 그래서 나는 머지않아 유능한 과학자가 이 일에 착수할 거라고 믿으며 그가 꼭 성공하기를 바란다.

우리는 항해 중에 몇 번이나 적함의 추격을 받았지만 그 배들보다 더 빠르게 달아날 수 있었고, 30일 만에 측연[바다의 깊이를 재는 데 쓰는 기구]으로 수심을 잴 수 있는 곳까지 갔다. 선장은 주위를 관찰하더니 팔머스 항구 근처까지 왔다고 판단하고는 밤에 잘만 가면 아침에 항구

어귀에 닿을 거라고 했다.

밤에 항해를 하면 영국 해협 근처에 자주 출몰하는 민간 선박으로 위장한 적함의 눈길을 피할 수 있을 거라고 했다. 우리는 돛을 있는 대로 다 올리고 순풍을 타고 쏜살같이 달렸다. 선장은 이리저리 관측을 하더니 실리 군도에서는 암초를 멀리 피해 가도록 뱃길을 잡았다. 세인트 조지 해협에서는 때때로 강한 조류가 생겨서 뱃사람들을 집어삼키는 일이 자주 있었다. 실제로 클로드슬리 쇼블 경의 함대로 바로 이곳에서 침몰했다. 우리에게 닥친 일도 아마 이 조류 때문인 것 같았다.

우리는 뱃머리에 파수꾼을 세워 두었다. 선원들이 가끔씩 그에게 "앞을 잘 봐!"라고 소리쳤다. 그러면 그는 "알았어, 알았어!"라고 대답했다. 파수꾼들은 때때로 기계적으로 대답을 한다고 하던데, 그도 눈을 감고 졸았던 것 같다. 그는 우리 배 바로 앞에 나타난 불빛을 보지 못했다. 조타수나 다른 선원들 역시 보조돛에 가려 그 불빛을 보지 못했다. 그렇게 우연히 배가 한쪽으로 기우는 바람에 그 불빛을 보게 되었고 한바탕 소란이 일어났다.

불빛이 배와 닿을 듯 아주 가까이 있어서 내 눈에는 수레바퀴만큼이나 커 보였다. 한밤중이라 선장은 잠에 빠져 있었다. 케네디 대령이 갑판으로 뛰어 올라와서 위험한 상황을 확인하고는 돛은 모두 그대로 두고 뱃머리가 바람이 부는 방향으로 돌아가도록 하라고 명령했다. 돛대가 부러질 수도 있는 조치였지만 우리는 무사할 수 있었다.

우리 배가 등대가 서 있는 바위를 향해서 똑바로 달려간 덕분에 난

파를 면할 수 있었던 것이다. 이 일로 나는 등대가 얼마나 유용한지 절실히 느꼈다. 그래서 살아서 돌아간다면 아메리카에 더 많은 등대를 세워야겠다고 결심했다.

다음날 아침 떠들썩한 소리가 들려오자 항구 가까이 왔다는 것을 알 수 있었다. 그러나 짙은 안개 때문에 아무것도 보이지 않았다. 9시쯤 되니 안개가 걷히기 시작했다. 마치 극장에서 막이 오르듯이 수면 위로 올라가더니 그 아래로 팔머스 시와 항구에 정박 중인 배들과 도시 주변을 둘러싼 들판이 모습을 드러냈다. 오랫동안 망망대해에서 단조로운 풍경만 보던 사람에게는 아주 황홀한 광경이었다. 또 전쟁 중에 항해하느라 불안했던 마음에서 벗어날 수 있어서 더 기뻤다.

영주 토지 과세 법안을 통과시키다

나는 아들과 함께 런던을 향해 바로 출발했다. 가는 길에 잠깐 멈춰서 솔즈베리 평원에 있는 스톤헨지와 윌턴에 있는 펨브로크 경의 저택과 정원을 둘러보고 진기한 골동품들을 구경했다. 우리는 1757년 7월 27일 런던에 도착했다.

찰스 씨가 마련해준 숙소에 짐을 풀자마자 나는 포더길 박사를 찾아갔다. 친구들은 내게, 박사를 찾아가 앞으로 내가 어떻게 해야 할지 꼭 조언을 구하라고 했다. 박사는 정부에 바로 탄원하기보다는 먼저 영주들을 개인적으로 만나 타협하고 설득해서 문제를 평화적으로 해결하라고 조언했다. 그러고는 편지를 자주 주고받던 오랜 친구 피터 콜린스 씨를 만났다.

콜린스 씨는 버지니아의 거상인 존 핸베리 씨가 내가 도착하면 알려달라고 했다면서 당시 영국 의회 의장인 그랜빌 경이 가능한 한 빨리 나를 만나고 싶어 하니 자기가 나를 데려가겠다고 했다는 것이다. 나는 다음날 아침에 핸베리 씨와 함께 가기로 했다. 약속대로 다음 날 아침 핸베리 씨가 찾아와서 나를 자기 마차에 태우고 그랜빌 경의 저택으로 갔다. 그랜빌 경은 정중하게 나를 맞아주었다. 그는 아메리카의 현재 상황에 대해 몇 가지 질문을 한 후 본론으로 들어갔다.

"당신네 아메리카인들은 법의 본질을 잘못 생각하고 있소. 국왕이 주지사들에게 내린 훈령은 법이 아니라고 주장하고 그 훈령을 당신들 마음대로 따르거나 따르지 않을 자유가 있다고 생각하지요. 하지만 훈령은 외교사절에게 내리는 사소한 행동 지침과는 차원이 달라요. 훈령은 법에 조예가 깊은 판사들이 먼저 초안을 작성하면, 의회에서 심의와 토론을 거치고 또 필요한 경우에는 수정도 한 뒤에 국왕의 서명을 받는 것이오. 그러니 훈령은 당신들의 국법이 되는 것이오. 왜냐하면 국왕은 식민지 최고의 입법자이기 때문이오."

나는 경에게 그런 원칙은 처음 듣는다고 말했다. 우리의 법은 우리 주의회에서 만든 후에 국왕의 재가를 받는 것이며, 일단 재가가 나면 국왕도 철회하거나 바꿀 수 없는 걸로 안다고 했다. 또한 주의회가 국왕의 재가 없이 영구적인 법률을 만들 수 없듯이 국왕도 주의회의 동의 없이 법률을 만들 수 없는 걸로 안다고 덧붙였다.

경은 내가 완전히 잘못 알고 있다고 단호히 말했다. 그러나 나는 그렇게 생각하지 않았다. 그랜빌 경과 대화를 나누면서 영국 궁정이 우리에 대해 어떤 생각을 갖고 있는지를 알고는 좀 놀랐다. 그래서 숙소로 돌아오자마자 이 일을 기록해두었다. 20여 년 전 일로 기억하는데 당시 영국 정부는 국왕의 훈령을 식민지의 법으로 제정하자는 법안을 의회에 제출했다. 하지만 하원에서 그 법안을 부결시켰다. 그 때문에 우리는 하원 의원들을 우리의 친구이자 자유의 수호자라고 칭송했다. 하지만 1765년에 그들이 우리에게 한 행동으로 미루어 볼 때[아메리카에서 사용되는 모든 문서에 영국 정부의 인지를 첨부한다는 인지세법을 통과시킨 일], 하원은 식민지를 위해 국왕의 법안을 물리친 것이 아니라 자신들의 특권을 지키기 위함이었다는 것을 알게 되었다.

며칠 후 포더길 박사의 주선으로 스프링 가든에 있는 토머스 펜 씨의 저택에서 영주들을 만날 수 있었다. 회담은 '서로 합리적인 선에서 합의를 이끌어내자'는 선언으로 시작되었지만, 합리적이라는 말을 서로 다르게 이해하고 있었다. 이어서 내가 열거한 몇 가지 불만 사항들을 함께 검토해나갔다. 영주들은 자신들의 입장을 정당화하려고 했고, 나는 주의회의 의견을 정당화하려고 했다. 의견 차이가 너무 커서 합의 가망은 없는 것 같았다. 그래서 내가 우리의 불만 사항을 서면으로 제출하면 영주들은 그것을 다시 검토해 보겠다는 약속을 하고 회담이 끝났다.

나는 즉시 서류를 작성해서 제출했지만 영주들은 그것을 자기네 변호사인 퍼디낸드 존 패리스에게 넘겨버렸다. 당시 펜실베이니아와

독서중인 프랭클린. 그는 이 초상화를 아주 마음에 들어 해서, 복사를 해 아내에게 보냈다.

메릴랜드는 경계선 문제로 70년이나 소송을 진행하고 있었는데 패리스 변호사는 볼티모어 경을 상대로 한 이 소송에서 영주들을 대신해 모든 법률 업무를 처리했고, 주의회와 분쟁이 있을 때도 영주들을 대신해 서류와 교서를 도맡아 작성하고 있었다.

그런데 패리스 변호사는 거만하고 성을 잘 내는 사람이었다. 나는 가끔씩 주의회의 답변서에서 그의 글을 혹독하게 비판했다. 글의 논점이 약하고 표현이 건방졌기 때문이다. 그래서 그는 내게 지독한 반감을 품을 수밖에 없었고 나를 볼 때마다 그런 감정을 드러냈다. 나는 불만 사항을 패리스 변호사와 논의하라는 영주들의 제안을 거절하면서 영주들 외에는 누구하고도 이 문제를 다루지 않겠다고 했다. 그러자 영주들은 패리스 변호사의 충고에 따라 내가 보낸 문서를 법무장관과 차관에게 보내서 그들의 의견과 조언을 구하기로 했다.

하지만 1년에서 8일이 모자란 기간 동안 답변이 없었다. 그동안 나는 영주들에게 여러 차례 답을 달라고 했지만 아직 법무장관과 차관이 의견을 주지 않았다는 말밖에는 듣지 못했다. 설사 영주들이 그들에게서 답을 받았다고 해도 내게 알려주지 않으면 그것이 무엇인지 알 길이 없었다.

그러던 어느 날 패리스 변호사가 기초하고 서명한 장문의 교서가 주의회에 도착했다. 페리스는 내가 보낸 문서를 인용하며 무례하게 형식도 제대로 갖추지 않았다고 비난하고는 자신들의 행동에 대해 속보이는 변명을 늘어놓았다. 그리고 주의회가 영주들과 그 문제를 다룰 공정한 사람을 보낸다면 타협할 의사가 있다며 나는 적격자가 아님을 넌지시 비쳤다.

형식을 갖추지 않았거나 무례하다는 것은 내가 서류에 '펜실베이니아의 진정한 영주들'이라는 칭호를 붙이지 않았다고 해서 나온 말이었다. 내가 칭호를 생략한 것은 그 서류의 목적이 회담에서 전한 말을 글로 써서 정확성을 기하려는 의도였기 때문에 굳이 그럴 필요가 없다고 생각했기 때문이었다.

일이 이렇게 지체되는 사이에 주의회는 데니 지사를 설득해서 영주의 재산에도 일반 주민의 재산과 마찬가지로 과세한다는 법안을 통과시켰다. 이로써 논쟁의 핵심 문제가 해결되었기 때문에 영주들에게서 온 교서에 답하는 일은 생략해버렸다.

하지만 이 법안이 통과되고 나서 영주들은 패리스의 조언에 따라 국왕의 재가를 어떻게든 막기로 했다. 그 결정에 따라 영주들은 추밀원에 탄원서를 냈고 얼마 뒤에 청문회가 열렸다. 여기에서 법안을 반대하는 영주들과 법안을 지지하는 내가 각각 2명의 변호사를 선임했다. 그들은 이 법안이 일반 주민의 부담을 덜어주기 위해 영주의 재산에 무겁게 과세를 하려는 것이며, 이 법안이 감행되면 주민들과 사이가 좋지 않은 영주들은 지나치게 많은 세금을 내다가 결국에는 파산할 수밖에 없을 거라고 역설했다.

이 주장에 대해 우리 측에서는 그런 의도는 전혀 없으며 그런 결과도 생기지 않을 거라고 항변했다. 세금 평가원은 정직하고 사려 깊은 사람들이며 공평하고 공정하게 평가한다는 서약 아래 일하고 있는데 영주들의 세금을 늘리고 그들의 세금을 줄여서 기대할 수 있는 이익이 너무 적어서 그걸 얻자고 서약을 깨지는 않을 거라고 했다. 이것이 내가 기억하는 양측 주장의 요지다.

그 외에도 우리는 이 법안이 철회될 경우에 그 결과로 벌어질 유해한 결과에 대해서도 강력하게 주장했다. 국왕이 사용한다는 명목으로 발행된 10만 파운드가 지금 군사비로 쓰이고 주민들 사이에 유통되고 있는데, 이 법안이 철회된다면 이 지폐들은 가치가 없어져서 많은 사람들이 파산하게 되며 앞으로 같은 명목으로 돈을 모금하게 될 때도 어려움이 있을 거라고 했다. 그리고 영주들은 자신들의 재산에 과중한 세금이 매겨질 거라는 근거 없는 걱정으로 일반 주민들이 입을 막대한 손실을 나 몰라라 한다며 영주들의 이기적인 태도를 신랄하게 공격했다. 이때 추밀원 고문관 중 한 사람인 맨스필드 경은 변호사들이 변론을 하는 동안 나를 손짓으로 부르더니 서기실로 갔다.

맨스필드 경은 내게 이 법률이 시행돼도 정말로 영주들의 재산에 손해가 없겠냐고 물었고, 나는 확신한다고 대답했다. 그러자 맨스필드 경은 "그렇다면, 그 점을 보증하는 계약서를 쓰는 데 이의가 없나요?"라고 물었고, 나는 "물론입니다"라고 대답했다. 그러자 맨스필드 경은 패리스를 불러서 의논을 했고 약간의 이야기가 오간 뒤에 경의 제안을 양측 모두 받아들이기로 했다.

의회 서기가 계약서를 작성했고 식민지를 대표해 통상 업무를 맡았던 찰스 씨와 내가 거기에 서명했다. 맨스필드 경이 의회 회의실로 돌아왔고 마침내 법안은 통과되었다. 몇 가지 조항이 수정되어야 한다는 제안이 있었지만 우리는 다음에 그렇게 하겠다고 약속했다. 하지만 주의회는 그럴 필요가 없다고 생각했다.

추밀원의 지시가 내려오기도 전에 주의회는 그 법에 따라 1년치 세금을 거두었고 위원회를 구성해서 과세 평가원들의 업무 상황을 조사했다. 이 위원회에는 영주들과 가까운 친구들도 포함시켰다. 그리고 위원들은 충분한 조사를 거친 후에 세금이 공평하게 부과되었다는 보고서에 만장일치로 서명했다.

주의회는 내가 계약을 성사시키는 것으로 우리 주에 큰 공헌을 했다고 인정했다. 이 법안이 통과된 덕분에 나라 전체에 유통되던 지폐가 신용을 유지할 수 있었기 때문이다. 주의회는 내가 귀국하자 감사장을 보내왔다. 하지만 영주들은 데니 지사가 이 법안을 통과시킨 것에 격노했고, 훈령을 따르겠다는 서약을 어겼다는 이유로 그를 고소하겠다고 협박했다. 그러나 지사는 장군의 요구에 따르고 국왕에게 충성스러운 봉사를 하기 위해 한 일이었고, 또 궁정에 강력한 후원자들이 있었기 때문에 이 협박들을 무시했다. 영주들 또한 협박을 실행에 옮기지는 못했다.

벤자민 프랭클린 연보

자서전은 1757년으로 이야기가 끝나고, 나머지 기간의 이야기는 기록되어 있지 않다. 그래서 프랭클린 생애의 주요 사건들을 다음과 같이 처음부터 상세히 열거해본다.

1706년 보스턴에서 태어나고 올드 사우스 교회에서 세례를 받다.

1714년 여덟 살 때 라틴어 학교에 입학하다.

1716년 아버지의 양초·비누 제조업을 돕다.

1718년 형 제임스의 인쇄소에서 견습공으로 일하다.

1721년 시사 민요를 써서 인쇄하여 거리에서 팔다. 익명으로 《뉴잉글랜드 커런트》에서 자유기고가로 활동하고, 잠시 발행인이 되다. 자유사상가와 채식주의자가 되다.

1723년 형과의 계약을 깨고 필라델피아로 떠나다. 키머 씨의 인쇄소에서 일하다. 채식을 그만두다.

1724년 키드 지사의 권유로 인쇄소를 차리기 위해 활자를 사러 런던으로 가다. 런던에서 인쇄 일을 하며 〈자유와 필연, 쾌락과 고통을 논함〉이라는 논문을 발표하다.

1726년 필라델피아로 돌아오다. 포목점에서 점원으로 일하다가 키머 씨 인쇄소에서 매니저로 일하다.

1727년 전토 클럽, 즉 '가죽 앞치마 클럽'[Leather Apron Club : 도덕과 정치 및 자연철학 문제를 토론하며 지식을 교환]을 만들다.

1728년 휴 메레디스와 동업으로 인쇄소를 개업하다.

1729년 《펜실베이니아 가제트》지의 경영자이자 편집자가 되다. 익명으로 《지폐의 본질과 그 필요성에 대한 기초 연구》를 발행하다. 문구점을 열다.

1730년	레베카 리드 양과 결혼하다.
1731년	필라델피아 도서관을 설립하다.
1732년	'리처드 손더스'라는 가명으로 〈가난한 리처드의 달력〉을 처음 발행하다. 25년간 계속 발행된 이 달력에는 교훈이 될 만한 격언들이 그의 재치 있는 글솜씨로 채워져 있다. 당시 다양하고 제각각이던 아메리카인의 특징을 하나로 모아 형성하는 데 큰 역할을 했다.
1733년	프랑스어, 이탈리아어, 스페인어, 라틴어 공부를 시작하다.
1736년	주의회 서기로 선출되다. 필라델피아에서 유니언 소방대를 창설하다.
1737년	주의회 의원에 선출되다. 필라델피아 우체국장에 임명되다. 도시 순찰대를 계획하다.
1742년	개방식 난로, 일명 '프랭클린 난로'를 발명하다.
1743년	대학 설립 계획을 제안하고 이 계획이 1749년에 채택되어 이후 펜실베이니아 대학을 설립하다.
1744년	'아메리카 철학협회'를 설립하다.
1746년	〈명백한 진리〉라는 소논문을 발표하여 조직적인 방위 체계의 필요성을 알리고 민병대를 결성하다. 전기 실험을 시작하다.
1748년	인쇄업에서 은퇴하다. 치안판사에 임명되다. 시의회와 주의회 의원으로 선출되다.
1749년	인디언과의 협상 체결에 나설 위원으로 임명되다.
1751년	필라델피아 병원 설립을 돕다.
1752년	연을 날려서 번개와 전기가 같은 것이라는 실험을 하다.
1753년	이 실험으로 '고드프리 코플리 상'을 받고 왕립협회 회원이 되다. 예일대와 하버드대에서 석사 학위를 받다. 아메리카 체신장관으로 임명되다.

1754년 펜실베이니아 대표 위원으로 임명되어 올버니에서 열리는 식민지 회의에 참석하다. 연방 정부안을 구상하여 제안하다.

1755년 브래드독 장군 부대에 군수 물자를 조달하기 위해 장군을 대신해 보증을 서다. 크라운 포인트 요새 원정대를 돕기 위해 주의회에서 원조금을 얻어내다. 민병대 설립 법안을 관철시키다. 민병대 연대장으로 임명되어 전투를 지휘하다.

1757년 주의회에 필라델피아 도로 포장을 제안하는 법안을 제출하다. 《부에 이르는 길》이라는 유명한 에세이를 발표하다. 영주들에 대한 주의회의 권리를 주장하기 위해 영국으로 가다. 펜실베이니아 대표로 영국에 체류하다. 영국의 학자와 문인들과 친분을 쌓다.

여기서 자서전은 끝이 난다.

1760년 국고 세입을 확보하기 위해 추밀원에서 합의를 통해 영주의 토지에 과세하는 결정을 이끌어내다.

1762년 옥스퍼드대와 에든버러대에서 법학박사 학위를 받다. 아메리카로 돌아오다.

1763년 우체국 조사를 위해 5개월간 북부 식민지 지역을 방문하다.

1764년 윌리엄 펜 일가에 밀려 주의회 의장 재선에 실패하다. 펜실베이니아 대표로 영국에 가다.

1765년 인지세법 통과를 막기 위해 애쓰다.

1766년 인지세법 통과와 관련해 하원에 출두하다. 매사추세츠, 뉴저지, 조지아 대표로 임명되다. 괴팅겐 대학을 방문하다.

1767년 프랑스로 가서 국왕을 만나다.

1769년	하버드대학에 망원경을 구비해주다.
1772년	프랑스 아카데미의 외국인 회원으로 위촉되다.
1774년	체신장관직에서 해임되다. 토머스 페인[영국 태생의 미국 작가이자 국제적 혁명 이론가로 미국 독립전쟁과 프랑스혁명 때 활약했다]이 필라델피아로 이주하도록 돕다.
1775년	아메리카로 돌아오다. 2차 대륙회의의 대표로 선출되다. 비밀 회담의 일원으로 임명되다. 캐나다를 동맹 세력으로 끌어들이는 임무를 맡다.
1776년	독립선언문 작성을 위한 위원회의 위원으로 임명되다. 펜실베이니아 헌법위원회 의장으로 선출되다. 식민지 대표로 프랑스에 가다.
1778년	프랑스와 방어동맹 조약과 우호통상 조약을 체결하다.
1779년	프랑스 전권 공사로 임명되다.
1780년	연합군 사령관으로 폴 존스를 임명하다.
1782년	예비 평화 협정에 서명하다.
1783년	정식 평화 협정에 서명하다.
1785년	아메리카로 돌아오다. 펜실베이니아 대표로 선출되다.
1786년	재선되다.
1787년	삼선이 되다. 제헌회의에 참여하다.
1788년	모든 공직에서 물러나다.
1790년	4월 17일에 사망하다.

플랭클린의 묘지는 필라델피아 아치가 5번가 교회 경내에 있다.

삶의 지혜를 일깨워주는 프랭클린의 명언들

❧

하늘은 스스로 돕는 자를 돕는다.

∿

그대는 인생을 사랑하는가?
그렇다면 시간을 낭비하지 마라.
인생이라는 것은 오직 시간으로 이루어져 있다.

∿

좋은 전쟁이나 나쁜 평화라는 것은 있을 수 없다.

∿

상대방이 불유쾌한 말을 할지라도 그것을 싫어하지 말고,
오히려 적극적으로 그것을 받아들이고
조금이라도 상대방의 의견을 존중하고 있다는 것을 표현해보라.
그렇게 하면 상대방도 나의 의견을 존중해준다.

오늘의 하루는 내일의 두 배 가치가 있다.
오늘 할 수 있는 일을 내일로 미루지 말라.

20세에 소중한 것은 의지,
30세에는 기지, 40세에는 판단이다.

일찍 자고 일찍 일어나는 습관이
건강과 부富, 지혜를 부른다.

기억하라. 신용이 곧 돈이다.

모든 사람이 똑같이 생각한다는 것은,
아무도 생각하지 않는 것이다.

인내할 수 있는 사람은
무엇이든 원하는 것을 이룰 수 있다.

～

좋은 본보기가 최고의 설교다.

～

우리를 망치는 것은 다른 사람의 눈이다.
만약 나를 제외한 다른 사람이 모두 장님이라면,
나는 굳이 고래등 같은 집도
번쩍이는 가구도 원할 필요가 없을 것이다.

～

교만한 사람이 가장 많은 모욕을 당한다.

～

준비를 제대로 못했을 때,
그대는 실패를 준비하게 된다.

남을 설득하고자 한다면 지성보다 이익에 호소하라.

~

친구를 고를 때는 천천히, 친구를 바꿀 때는 더 천천히.

~

아무것도 하지 않는 것의 문제점은
끝났을 때 아무것도 모른다는 것이다.

~

이미 흘러간 물로는 물레방아를 돌릴 수 없다.
과거의 어리석은 일로 고민할 것은 없다. 슬프든지 분하든지
과거는 과거로 묻어버리고 오늘은 오늘로써 생활해야 한다.
과거의 한 토막으로 새날을 더럽혀서는 안 된다.

~

말은 그 사람의 재치를 보여주지만
행동은 그 사람의 의미를 알려준다.

옮긴이 이정임

숙명여자대학교를 졸업하고, 현재 번역가들의 모임인 바른번역의 회원이다. 옮긴 책에는 《검찰측의 증인》《구부러진 경첩》《누가 하비 버넬 선생을 죽였나》《모차르트 컨스피러시》《밍과 옌》《내일의 책》《철학가 고양이 안데르센을 만나다》《과학 천재가 된 카이우스》《골든 보이 딕 헌터의 모험》《행복한 이기주의자를 위한 긍정에너지》《세계의 대탐험》《성혈과 성배》《미친 투자》 등이 있다.

프랭클린 자서전

초판 1쇄 발행 2015년(단기 4348년) 5월 15일
초판 3쇄 발행 2022년(단기 4355년) 8월 1일

지은이 · 벤자민 프랭클린
옮긴이 · 이정임
펴낸이 · 심남숙
펴낸곳 · (주)한문화멀티미디어
등록 · 1990. 11. 28. 제 21-209호
주소 · 서울시 광진구 능동로 43길 3-5 동인빌딩 3층 (04915)
전화 · 영업부 2016-3500 편집부 2016-3507
http://www.hanmunhwa.com

운영이사 · 이미향 | 편집 · 강정화 최연실 | 기획 홍보 · 진정근
디자인 제작 · 이정희 | 경영 · 강윤정 조동희 | 회계 · 김옥희 | 영업 · 이광우

만든사람들
책임 편집 · 이미향 | 디자인 · 이정희

ⓒ 한문화, 2015
ISBN 978-89-5699-209-9 03840